U0116160

全国专业技术人员计算机应用能力考试标准教程

PowerPoint 2003 中文演示文稿

全国专业技术人员计算机应用能力考试命题研究组　编著

清华大学出版社

北京

内 容 简 介

本书严格依据最新颁布的《全国专业技术人员计算机应用能力考试大纲》编写,并结合了考试的环境、历年考题的特点、考题的分布和解题的方法。

本书循序渐进地讲解了 PowerPoint 2003 考试中应该掌握、熟悉和了解的内容,并结合了大量精简的案例操作演示,内容直观明了、易学,具体内容包括大纲中要求的 9 个模块,包括:PowerPoint 2003 操作基础、幻灯片版面设计、幻灯片文本编辑、图形的绘制和编辑、使用表格和图表对象、插入和编辑其他对象、动画设计、演示文稿的输出和安全与协同工作。各个章节除了操作演示之外均安排了"本节考点"和"本章试题解析",前者帮助考生归纳了考试中可能会出现的所有考点,以便进行有针对性的复习,后者供考生进行模拟测试。本书的光盘中设置了一个试题库,包括全真的解题演示和自测练习,考生可以在其中进行模拟测试,当遇到难解之题,或者做错了考题的时候,可以查看对应的解题演示。

本书适合报考全国专业技术人员计算机应用能力考试"PowerPoint 2003 中文演示文稿"科目的考生选用,也可作为大中专院校相关专业的教学辅导用书或者相关培训课程的教材。

图书在版编目(CIP)数据

全国专业技术人员计算机应用能力考试标准教程——PowerPoint 2003 中文演示文稿 / 全国专业技术人员计算机应用能力考试命题研究组编著. —北京:清华大学出版社,2012.1

ISBN 978-7-302-27189-5

Ⅰ. ①全…　Ⅱ. ①全…　Ⅲ. ①图形软件,PowerPoint 2003 – 资格考试 – 自学参考资料　Ⅳ. ①TP391.41

中国版本图书馆 CIP 数据核字(2011)第 219711 号

责任编辑:袁金敏　薛　阳
责任校对:徐俊伟
责任印制:杨　艳

出版发行:清华大学出版社　　　　　　　　　地　　　址:北京清华大学学研大厦 A 座
　　　　　http://www.tup.com.cn　　　　　邮　　编:100084
　　　社　总　机:010-62770175　　　邮　购:010-62786544
　　　投稿与读者服务:010-62795954,jsjjc@tup.tsinghua.edu.cn
　　　质　量　反　馈:010-62772015,zhiliang@tup.tsinghua.edu.cn

印　刷　者:北京密云胶印厂
装　订　者:三河市金元印装有限公司
经　　销:全国新华书店
开　　本:185×260　印　张:18　字　数:450 千字
　　　　　附光盘 1 张
版　　次:2012 年 1 月第 1 版　　印　次:2012 年 1 月第 1 次印刷
印　　数:1~4000
定　　价:39.50 元

产品编号:044589-01

前　　言

　　"全国计算机应用能力考试"又称为"全国职称计算机考试"，是国家人力资源和社会保障部在全国范围内推行的一项全国性考试，并将考试成绩作为评聘专业技术职务的条件之一。

　　编者在多年的考试培训中发现，许多考生尽管对自己的计算机操作能力十分自信，但是却屡次参加考试，均都没有通过。究其原因，主要是因为掌握的知识覆盖面太窄，缺少有针对性的、全面性的、实战性的练习，本丛书依据最新的《全国专业技术人员计算机应用能力考试大纲》而编写，知识覆盖面广，并特别设置了一个试题库，考生可以在其中模拟练习或者观看全真的答题过程，帮助考生快速掌握各方面知识和答题技巧，顺利通过职称计算机考试。

　　本丛书目前已推出5本图书，具体如下。

　　《全国专业技术人员计算机应用能力考试标准教程——Windows XP 操作系统》

　　《全国专业技术人员计算机应用能力考试标准教程——Word 2003 文字处理》

　　《全国专业技术人员计算机应用能力考试标准教程——Excel 2003 中文电子表格》

　　《全国专业技术人员计算机应用能力考试标准教程——PowerPoint 2003 中文演示文稿》

　　《全国专业技术人员计算机应用能力考试标准教程——Internet 应用》

　　本丛书主要特点如下。

　　(1) 严格按照最新《全国专业技术人员计算机应用能力考试大纲》的要求组织内容，采取案例式的精简式操作演示，直观明了，结合考试环境、历年考题的特点、考题的分布和解题的方法。

　　(2) 每节均设置了"本节考点"，可以让考生对需要考试的知识点了如指掌，在最后的考试冲刺阶段，可以作为强化复习的依据。

　　(3) 每章都设置了试题解析，是针对每章考点的试题库，考生经过练习，可以掌握所有考点，考题万变不离其宗，考生只要能够理解并达到熟练操作，即可顺利通过考试。

　　(4) 在光盘中设置了全真的解题演示和自测练习，帮助考生强化练习，考生可以在其中进行模拟测试，当遇到难解之题，或者做错了考题的时候，可以查看对应的解题演示。

　　本书为《PowerPoint 2003 中文演示文稿》，具体内容包括大纲中要求的9大知识模块，具体如下。

　　第1章　PowerPoint 2003 操作基础：包括启动和退出、工作界面的操作、各种视图之间的切换、幻灯片的基本编辑。

　　第2章　幻灯片版面设计：包括背景、配色、模板、母版、页眉与页脚设计。

　　第3章　幻灯片文本编辑：包括在文本框和占位符中输入文本、文本的编辑和段落格式设置、项目符号和编号的设置、文本框的设置。

　　第4章　图形的绘制和编辑：包括图形对象的绘制、图形的调整与编辑。

第 5 章　使用表格和图表对象：包括表格和图表的插入与设置、插入 Excel 工作表。

第 6 章　插入和编辑其他对象：包括图片和剪贴画的插入与编辑、艺术字和图示的插入与编辑、影片和声音的插入和编辑。

第 7 章　动画设计：包括幻灯片的切换与动画方案、自定义动画、超链接和动作的应用。

第 8 章　演示文稿的输出：包括放映方式的设置、打包的设置、演示文稿的打印。

第 9 章　安全、协同工作和其他设置：包括安全与审阅、数据的共享、与 Office 其他组件协同工作、宏的使用、语言与信息检索。

刘丽华、刘彩红任本书主编，徐蕾担任副主编，与刘丽华、邓志伟一起负责光盘试题的编写工作；刘丽华、石林、刘小红、王飞、徐蕾、王勇、刘晔负责光盘中试题的制作工作；宋锦萍编写了第 1 章和第 2 章；聂静编写了第 3 章和第 4 章；常学颖编写了第 5 章和第 6 章；刘小红编写了第 7 章；宋彤编写了第 8 章和第 9 章。

编　者

2011 年 8 月

光盘操作说明

一、进入光盘的学习界面

光盘的学习界面为如下图所示，具体进入的方法如下：

- 将图书中的配套光盘放入光驱，可自动开启学习界面；
- 双击光盘中的"start.exe"文件，可开启学习界面。

二、光盘界面的操作说明

- **章按钮**：通过单击按钮的方式，可以选择需要学习的章，这里的章与图书教材中的章是一一对应的。
- **章标题**：显示了当前所选章的标题。
- **节标题**：通过单击方式，可以在当前所选的章中选择需要学习的节。
- **试题要求**：显示了当前试题的文字内容。
- **演示区**：在这里可以自测试题，或查看解题演示。
- **控制按钮**：各按钮的功能如下表所示。

按 钮 名 称	功　　能
上一题	单击该按钮，可跳转到上一题的学习
下一题	单击该按钮，可跳转到下一题的学习
考试简介	单击该按钮，可打开关于考试介绍的网页
打开素材	单击该按钮，可打开存放图书中素材的窗口
帮助	单击该按钮，可打开关于光盘操作说明的网页
退出	单击该按钮，可退出光盘的学习

 ◆ **模拟测试**：在进入学习界面时，默认为"模拟测试"模块，此时可以在"演示区"中，按照试题的要求进行自测，如果解题成功，将会出现"恭喜你成功了！"的提示，如下图所示。

  在该模块中，"模拟测试"按钮处于不可用状态，单击"解题演示"按钮，可以跳转到"解题演示"模块。

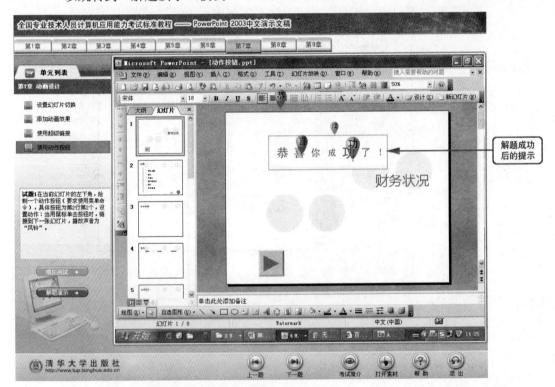

 ◆ **解题演示**：在"模拟测试"模块中单击"解题演示"按钮，可进入"解题演示"模块，此时在"演示区"中将演示当前试题的解题过程，如下图所示，在"演示区"的下方会出现一个控制条，单击其中的按钮或拖动进度滑块，可控制播放状态和进程。

  在该模块中，"解题演示"按钮处于不可用状态，单击"模拟测试"按钮，可以跳转到"模拟测试"模块。

全国计算机应用能力考试 简介

根据《关于全国专业技术人员计算机应用能力考试的通知》，人力资源和社会保障部在全国范围内推行专业技术人员计算机应用能力考试（又称为全国职称计算机考试），并将考试成绩作为评聘专业技术职务的条件之一。

一、考试科目和时间

全国计算机应用能力考试主要是测试参考人员在计算机与网络方面的基本应用能力，考试科目采取模块化设计，每一科目单独考试。

全国计算机应用能力考试不设定全国统一的考试时间，一般每年都有多次考试的机会，具体可咨询当地的人事部门。应试人员在某一考试中如果未能通过某一考试科目，可以多次重复报考该科目，多次参加考试，直到通过该科目。

应用类别	科　目	备　注
操作系统	中文 Windows XP 操作系统	
办公应用	Word 2003 中文字处理	考生任选其一
	WPS Office 办公组合中文字处理	
	金山文字 2005	
	Excel 2003 中文电子表格	考生任选其一
	金山表格 2005	
	PowerPoint 2003 中文演示文稿	考生任选其一
	金山演示 2005	
网络应用	Internet 应用	考生任选其一
	FrontPage 2000 网页制作	
	Dreamweaver MX 2004 网页制作	
	FrontPage 2003 网页设计与制作	
数据库应用	Visual FoxPro 5.0 数据库管理系统	
	Access 2000 数据库管理系统	
图像制作	AutoCAD 2004 制图软件	
	Photoshop 6.0 图像处理	考生任选其一
	Photoshop CS4 图像处理	
	Flash MX 2004 动画制作	
	Authorware 7.0 多媒体制作	
其他	Project 2000 项目管理	
	用友财务（U8）软件	考生任选其一
	用友（T3）会计信息化软件	

二、考试形式

为了有效测试参考人员在计算机与网络方面的基本应用能力，全国计算机应用能力考试采用模拟的方式进行测试，所有测试内容全部采用上机操作的方式进行。每套试卷共有 40 题，考试时间为 50 分钟。

三、考试的合格标准

每个科目（模块）满分 100 分，60 分（含 60 分）以上为合格。要求评聘初、中级专业技术职务的人员需取得 3 个科目（模块）合格证书；评聘高级专业技术职务的人员需取得 4 个科目（模块）合格证书。

目　　录

第 1 章　PowerPoint 2003 操作基础

考试基本要求

掌握的内容：

◆ PowerPoint 2003 的启动和退出方法；

◆ 工作界面（包括菜单、工具栏及任务窗格）的设置；

◆ 能熟练地切换各种基本视图；

◆ 幻灯片的显示比例、标尺、网格和参考线的方法；

◆ 可以使用多种方法（包括使用设计模板、现有文档及相册）创建演示文稿；

◆ 打开、保存和关闭演示文稿各种方法；

◆ 幻灯片的查看、选择、添加、插入、复制、删除及调整顺序等操作方法；

◆ 大纲级别升降和顺序调整方法。

熟悉的内容：

◆ 大纲视图的打开和关闭；

◆ 会使用"大纲"工具栏进行大纲的编辑；

◆ 摘要幻灯片的制作；

◆ 大纲的展开与折叠；

◆ 演示文稿的大纲视图及备注页视图；

◆ 保存选项的设置方法。

了解的内容：

◆ 创建相册的方法。

　　PowerPoint 2003 是 Office 2003 套装软件中一个模块，主要用于制作演示文稿。在每个演示文稿中以幻灯片的形式组织了文本、图片等元素。目前演示文稿被广泛地应用于工作中的各个领域。

　　本章主要介绍使用 PowerPoint 2003 的一些基本操作，包括启动和退出的方法、工作界面操作、各种视图之间的切换以及对幻灯片的基本编辑等。

1.1   启动与退出

如果需要制作一个演示文稿，第一个工作步骤是启动 PowerPoint 2003 程序，制作完成后则需要将其关闭并退出。

1.1.1   启动 PowerPoint 2003

在 Windows 操作环境中，可以有多种方法启动 PowerPoint 2003，现归纳如下：

方法 1　单击"开始"按钮，选择"所有程序"菜单中的 Microsoft Office，然后单击 Microsoft PowerPoint 2003 项。

✎提示：使用"开始"菜单可以快速启动计算机中的其他已安装的软件，操作方法与上述相似，只是所选择程序的名称不同而已。

方法 2　通过打开任何一个演示文稿文档都可以启动 PowerPoint 2003。

✎提示：打开文件的方法有多种，常用的方法是用鼠标双击演示文稿文档，或者单击"开始"按钮，选择"我最近的文档"项，在其中可选择并打开最近使用过的 PowerPoint 文档，如图 1-1 所示。

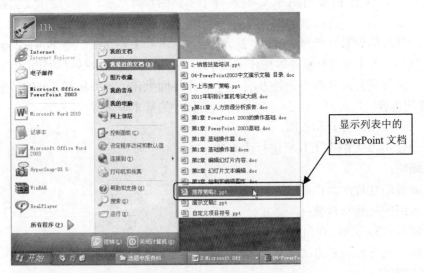

图 1-1   从"我最近的文档"中选择文档打开

方法 3　利用快捷方式启动。

如果经常使用 PowerPoint 2003，则可以为其创建一个快捷方式，这种启动程序的方法常常被大多数人所采用。

最常见的就是将快捷方式的图标放置于桌面上，这样，双击这个快捷方式图标就可以启动程序了。如果将快捷方式图标置于快速启动栏中，那么只需单击这个快捷图标就可以启动程序了。如图 1-2 所示是快速启动栏中的 PowerPoint 2003 快捷方式图标。

图 1-2　快速启动栏中的快捷方式图标

除此以外，也可以将 PowerPoint 2003 的快捷方式添加到"开始"菜单中，只要打开"开始"菜单，就能选择快捷方式进行启动，如图 1-3 所示。

图 1-3　选择快捷命令

✍提示：单击"开始"按钮，选择"所有程序"项，继续选择 Microsoft Office 菜单，用鼠标右键单击 Microsoft Office PowerPoint 2003 项，继续选择"附到开始菜单"命令，可以添加 PowerPoint 2003 的快捷方式至"开始"菜单中。

方法 4　使用"运行"对话框启动。具体过程描述如下：

步骤 1　单击"开始"按钮，选择执行"运行"命令。

步骤 2　在"运行"对话框中，输入 PowerPoint 2003 执行文件所在的位置（如：C:\Program Files\Microsoft Office\OFFICE11\POWERPNT.EXE），如图 1-4 所示。

步骤 3　单击"确定"按钮。

图 1-4　输入执行文件的路径

✍提示：如果不知道 PowerPoint 执行文件的安装路径，可以单击"浏览"按钮，然后选择 PowerPoint 2003 执行文件，系统将按用户所查找的路径来执行打开操作。

1.1.2　退出 PowerPoint 2003

退出程序的主要方法描述如下：

方法 1　在 PowerPoint 窗口中，单击"标题栏"右侧的"关闭"按钮✕。

方法 2　当 PowerPoint 窗口是当前的活动窗口时，按快捷键 Alt+F4 来关闭。

方法 3　使用标题栏左上角的控制按钮关闭程序。

◆　双击该控制按钮可以直接关闭程序。

◆　用鼠标左键或右键单击该按钮，在快捷菜单中选择"关闭"命令。

方法 4　单击"文件"菜单，选择"退出"命令。

方法 5　鼠标右击任务栏上 PowerPoint 2003 的图标，如图 1-5 所示，在快捷菜单中选择"关闭"命令。

图 1-5　右击任务栏中图标后显示的快捷菜单

1.1.3　本节考点

本节的主要考点是 PowerPoint 2003 的启动方法和退出方法，应熟练掌握各种启动和退出的方法。

1.2　操作工作界面

PowerPoint 2003 窗口主要由"标题栏"、"菜单栏"、"工具栏"、"工作区"、"任务窗格"和"状态栏"组成，如图 1-6 所示，其中，在不同的视图中，工作区结构显示不同，如图 1-6 所示，"普通"视图中的工作区由"大纲/幻灯片"窗格、"备注"窗格和"幻灯片编辑"窗格三个部分组成，关于它们的详细操作参见"1.3.2 '普通'视图"节中的内容。

1.2.1　标题栏

标题栏位于 PowerPoint 窗口的最上方，从左侧开始依次显示了软件图标、软件名称和

文件名称，最右侧则显示了"最小化"、"最大化"和"关闭"三个按钮，用于隐藏 PowerPoint
界面、全屏幕显示和关闭 PowerPoint 程序。

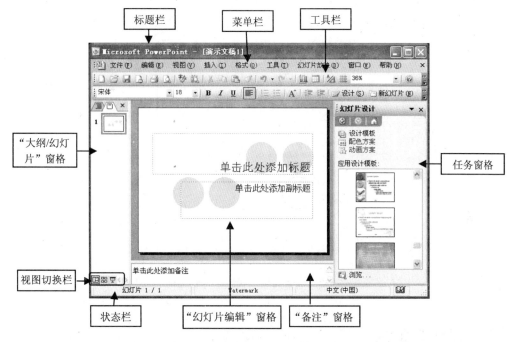

图 1-6　PowerPoint 2003 的工作界面

　　用鼠标右键或左键单击标题栏的最左边控制按钮，都可以显示如图 1-7 所示的快捷
菜单，提供了用于调整界面大小、移动和关闭程序的功能的命令。

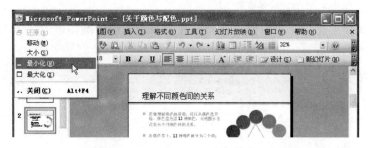

图 1-7　对窗口进行操作的快捷菜单

　　提示：鼠标左键双击标题栏最左侧的控制按钮可以直接关闭程序。

1.2.2　状态栏

　　状态栏位于 PowerPoint 界面的最底部，用于显示目前演示文稿的一些信息。最左侧的
"幻灯片 2/7"表示当前演示文稿中共有 7 张幻灯片，当前选择的是第 2 张幻灯片；中间的
"BANNER"是当前演示文稿所使用的模板名称；最右侧"中文（中国）"表示拼写工具所
使用字典的语言为中文。

提示：按住并拖动状态栏最右侧的 形图示，可以随意调整 PowerPoint 窗口大小。

隐藏状态栏的操作描述如下：单击"工具"菜单，选择"选项"命令，如图 1-8 所示，在"视图"选项卡中取消勾选"状态栏"复选框，单击"确定"按钮完成设置。

图 1-8   取消勾选"状态栏"复选框

1.2.3   操作菜单栏

菜单栏位于标题栏的下方，PowerPoint 2003 中提供了"文件"、"编辑"、"视图"、"插入"、"格式"、"工具"、"幻灯片放映"、"窗口"、"帮助"等九个菜单。大部分的操作和设置都可通过单击菜单栏中的命令来实现。

单击某个菜单名称后，可以弹出菜单并显示其中包含的操作命令，如图 1-9 所示是单击"格式"菜单名称后显示的命令列表。

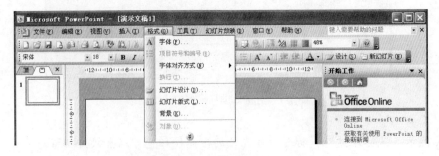

图 1-9   "格式"菜单

1. 显示菜单中的全部命令

默认状态下，菜单中只显示最基本的命令，在对程序使用了一段时间以后，菜单中将显示那些经常被使用的命令，这样可以将菜单长度缩短并使用户更加方便对命令进行选择。如果希望显示全部菜单命令，可以用下面的方法实现，具体描述如下。

方法 1　将鼠标在菜单上停留片刻，不需要任何操作，可以显示全部的菜单命令。

✍ 提示：如果将鼠标在菜单中停留片刻后，没有显示全部的菜单命令，则需要在"自定义"对话框的"选项"选项卡中，选择"鼠标指针短暂停留后显示完整菜单"复选项，如图 1-10 所示。

方法 2　单击菜单底部的 ﹀ 形按钮。

方法 3　双击菜单名称可以打开菜单并显示全部命令。

方法 4　单击"工具"菜单，选择"自定义"命令，打开"自定义"对话框，然后在"选项"选项卡中，如图 1-10 所示，选择"始终显示整个菜单"复选项，可以在单击菜单名称后直接显示出全部的操作命令。

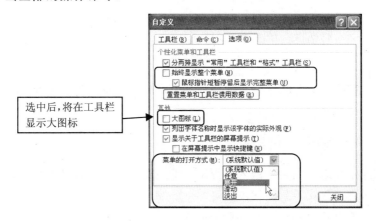

图 1-10　设置菜单

另外，在某些菜单命令的右侧会显示一个黑色的三角符号▸，这说明该命令包含有下一级的子菜单。通常，将鼠标放于该命令选项上后就能显示出子菜单中的各个命令，此时可以进一步的做出选择操作。

✍ 提示：如果某个菜单项前面有一个图标 ☑ ，表示启用了该菜单项对应的功能。

2. 设置菜单的打开方式

在 PowerPoint 2003 中提供了多种菜单的打开方式，我们可以任意选择其中一种来应用。设置方法如下所述。

步骤 1　打开"自定义"对话框。

步骤 2　在"选项"选项卡中，单击"菜单的打开方式"列表框，如图 1-10 所示，可以选择一种菜单的打开方式，包括"任意"、"展开"、"滑动"和"淡出" 4 种。

步骤 3　单击"关闭"按钮完成设置。

1.2.4　操作工具栏

为了方便操作，将一些命令以按钮的形式集中放置，这就是我们所说的工具栏。从工具栏按钮的图形中可以非常容易识别出某个按钮的功能，单击后就可以执行操作了，有效地节省了操作时间。

1．使用工具栏提示信息

如果不能十分清楚地认识工具栏中的那些图标都代表着什么，可将鼠标停放按钮上，几秒后就会显示该按钮的名称，如图 1-11 所示，是鼠标指向"打印预览"按钮时显示的提示信息。

图 1-11　鼠标指向按钮时显示提示信息

如果没有看到这样的提示信息，可以按照下面的方法操作：

打开"自定义"对话框，单击"选项"选项卡，如图 1-10 所示，选择"显示关于工具栏的屏幕提示"复选项，单击"关闭"按钮完成设置。

✍提示：如果希望同时看到与该按钮相对应的快捷键，那么需要把"在屏幕提示中显示快捷键"复选项选中。

2．改变工具栏显示状态和位置

工具栏的显示状态有两种：嵌入和浮动。通过对工具栏的移动操作可以在两种显示状态间切换，同时也能改变工具栏的位置。

用鼠标拖动的方式可以将工具体栏显示为浮动方式，具体操作描述如下。

步骤 1　将鼠标移至工具栏最左侧的 上，如图 1-12 所示，鼠标指针将变为 ✛ 形状。

图 1-12　移动工具栏时鼠标指针的形状

步骤 2　按住鼠标左键往外移动，可使工具栏变成浮动状态，如图 1-13 所示将"格式"工具栏以浮动方式显示。

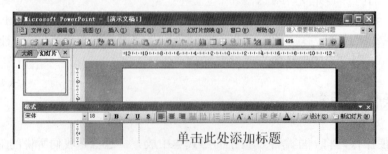

图 1-13　以浮动方式显示的"格式"工具栏

如果希望将浮动工具栏固定地嵌入到窗口中显示，可以用如下方法进行操作。

方法 1　鼠标指向浮动显示的工具栏上，按住鼠标左键并将其拖动到窗口四周的任意边框处，工具栏将自动嵌入到窗口中。

方法 2　当工具栏显示为浮动状态时，鼠标左键双击工具栏的标题栏，可以直接将其嵌入到窗口中。嵌入的位置是上一次该工具栏在窗口中的嵌入位置。

3. 显示及关闭工具栏

在默认情况下，PowerPoint 2003 只显示"常用"工具栏和"格式"工具栏，如果需要使用其他工具栏则需要先将其显示在工作界面中。

显示工具栏的方法有以下几种。

方法 1　在工具栏上的任意处单击鼠标右键，在快捷菜单中选择要显示的工具栏。

方法 2　单击"视图"菜单，选择"工具栏"命令，在列表中选择需要显示的工具栏。

✍️提示：当工具栏名称左侧显示 ✓ 标志的表示该工具栏当前为显示状态。

方法 3　单击"工具"菜单，选择"自定义"命令，在"自定义"对话框的"工具栏"选项卡中，如图 1-14 所示，单击工具栏名称左侧的选择标志，当显示为 ✓ 时，表示该工具栏处于显示状态。

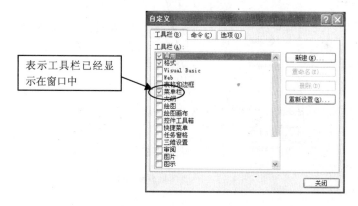

图 1-14　"自定义"对话框

关闭工具栏的方法有如下几种：

方法 1　在工具栏上的任意处单击鼠标右键，继续选择要关闭的工具栏。

方法 2　单击"视图"菜单，选择"工具栏"命令，继续选择需要关闭的工具栏。

方法 3　单击"工具"菜单，选择"自定义"命令，在"自定义"对话框的"工具栏"选项卡中，单击需要关闭的工具栏左侧的 ✓ 标志，取消工具栏的显示。

方法 4　当工具栏为浮动方式时，可直接单击工具栏右上角的"关闭"按钮 ✕。

1.2.5　操作任务窗格

任务窗格显示在窗口的右侧，在 PowerPoint 2003 中，可供用户使用的任务窗格有 16 种之多，其中"开始工作"、"剪贴画"、"剪贴板"、"文档更新"、"共享共作区"等 10 个窗格为 Office 系列软件所共同具备，其他的"幻灯片版"、"幻灯片设计"、"幻灯片设计——配色方案"、"幻灯片设计-动画方案"、"自定义动画"和"幻灯片切换"6 个窗格则为 PowerPoint 所特有。

1．切换任务窗格

大多数时候，用户执行了某个命令时系统都会自动地显示对应的任务窗格。例如，启动程序后，系统将自动显示"开始工作"任务窗格；当用户插了一张幻灯片时，系统则会显示"幻灯片版式"任务窗格。

在操作时也可能需要显示某个任务窗格，手动切换任务窗格的操作过程描述如下。

单击任务窗格上方的"其他任务窗格"按钮（该按钮显示为当前任务窗格的名称），如图 1-15 所示，在"剪贴画"任务窗格上方单击按钮 剪贴画 ▼ ，在显示包含所有任务窗格的列表中选择"自定义动画"项，从而打开了"自定义动画"任务窗格。

图 1-15　手动切换任务窗格

2．打开和关闭任务窗格

如果当前的操作中并不需要使用任务窗格，为了增加操作区的面积，可以将任务窗格关闭，具体方法描述如下。

方法 1　单击任务窗格右上方的"关闭"按钮 ⊠ 。

方法 2　单击"视图"菜单，选择"任务窗格"命令，当"任务窗格"命令的左侧出现 ☑ 时表示显示任务窗格，没有出现时则表示隐藏任务窗格。

方法 3　按快捷键 Ctrl+F1。

重新显示任务窗格的操作方法如下。

方法 1　单击"视图"菜单，选择"任务窗格"命令，可以显示上一次用户所使用过的任务窗格。

方法 2　按快捷键 Ctrl+F1 也可以显示上一次使用过的任务窗格。

3．设置任务窗格的显示状态

任务窗格的显示也可以分为嵌入式和浮动式两种。主要是使用鼠标拖动的方式实现切换，操作方法与工具栏显示状态的调整相似，具体的操作可参考"1.2.4 操作工具栏"中的内容。

1.2.6　本节考点

本节的考点主要是关于工具栏、菜单栏、任务窗格的各种操作，具体包括：

◆　设置显示菜单中所有的操作命令。要熟悉两种不同的实现方法。一般考题中会要求使用"自定义"对话框进行设置。

◆　更改菜单的打开方式。主要在"自定义"对话框中进行设置。

◆　打开或关闭工具栏提示信息。主要在"自定义"对话框中进行设置。

◆　调整工具栏位置。掌握用鼠标拖动对工具栏进行移动的操作方法。常见的考题形式有：将"常用"工具栏移动到窗口右侧以固定方式显示等。

◆　打开或关闭工具栏。本考点常见的考题形式有：打开"图片"工具栏；关闭窗口中的"绘图"工具栏；关闭窗口中的"格式"工具栏等。

◆　任务窗格的设置。本考点的重点是任务窗格的切换、打开及关闭任务窗格的方法。例如，将"幻灯片版式"任务窗格切换到"自定义动画"任务窗格；或者要求打开"幻灯片切换"任务窗格，这些常常会以考题的形式出现。

除了掌握以上考点外，本节中的其他内容也应了解并达到熟练操作水平，这是应试的基础。举例说明：

◆　记住每个菜单中的命令和熟悉工具栏按钮。这是非常重要的，因为考试时许多考题会指定使用菜单命令或工具栏按钮完成。

◆　打开"自定义"对话框的方法。

1.3　操作工作视图

PowerPoint 2003 提供了 4 种主要工作视图，包括"普通"视图、"幻灯片浏览"视图、"幻灯片放映"视图和"备注"视图。根据操作要求的不同选择不同的工作视图。例如，在"幻灯片浏览"视图中，可以查看幻灯片的排列顺序及整体外观，如果觉得不合理，则可以对其进行调整；在"幻灯片放映"视图中，可以观看放映的实际效果。

1.3.1　切换工作视图

各工作视图之间可以进行任意切换。

✎注意：在"幻灯片放映"视图中不能直接切换到其他视图，必须在退出"幻灯片放映"视图后，才能进行视图的切换。按 Esc 键可退出"幻灯片放映"视图。

切换视图的方法有：

方法 1　单击"视图"，在如图 1-16 所示的菜单列表中可选择要切换到的视图。

方法 2　单击"视图切换"栏中的相应按钮进入指定的视图。三个按钮从左至右分别为："普通视图"按钮、"幻灯片浏览视图"按钮、"幻灯片放映视图"按钮。

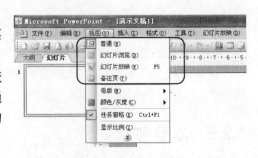

✎提示："视图切换"栏位于状态栏上方左上角处。

图 1-16　用"视图"菜单切换工作视图

1.3.2　"普通"视图

"普通"视图是 PowerPoint 2003 的默认视图，用于编辑写演示文稿大纲、设计和制作幻灯片以及为幻灯片添加备注等操作。

1. 视图布局

"普通"视图的工作区"大纲/幻灯片"窗格、"幻灯片编辑"窗格和"备注"窗格组成，各窗格的应用说明如下。

◆ "大纲/幻灯片"窗格

"大纲/幻灯片"窗格位于窗口的左侧，单击其顶部的选项卡可以在文本大纲和幻灯片缩略图两种显示方式间进行切换，使得对幻灯片的编辑更加方便。

如图 1-17 所示，单击"大纲"选项卡后，窗格中显示了幻灯片的文本大纲，此时便于对演示文稿中的文本进行整体编辑。具体操作参见"1.6 编辑大纲文本"节中的内容。

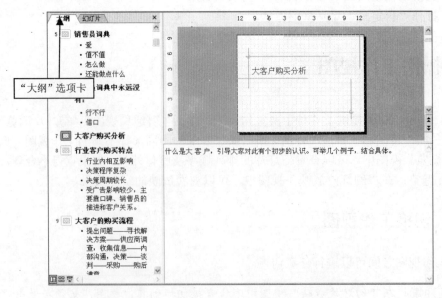

图 1-17　"大纲/幻灯片"窗格的"大纲"模式

✍️提示：当窗格的宽度不足时，选项卡显示为 ≡ □ ；调整窗格的宽度达到一定程度时，选项卡则显示为 大纲 / 幻灯片 。

如图 1-18 所示，单击"幻灯片"选项卡后，在该窗格中显示了幻灯片的缩略图，此时，在该窗格中可以对幻灯片进行选择、复制、删除和移动等操作。

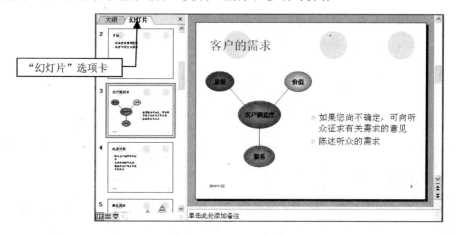

图 1-18　"大纲/幻灯片"窗格的"幻灯片"模式

如果不需要使用"大纲/幻灯片"窗格，可以将它关闭，具体的操作方法描述如下。

方法 1　单击窗格右上角的⊠形按钮。

方法 2　向左拖动"大纲/幻灯片"窗格右侧的边框至 PowerPoint 窗口的左边框处，将其调整至最小。此时该窗格为隐藏状态。

重新显示"大纲/幻灯片"窗格的方法具体描述如下。

方法 1　单击"视图"菜单，选择"普通（恢复窗格）"命令。

方法 2　鼠标移动到窗口的左边框处，鼠标指针显示为 ↔ 形状时，如图 1-19 所示，按住鼠标左键向右拖动，如图 1-20 所示，拖动时显示虚线框，松开鼠标，可重新显示窗格。

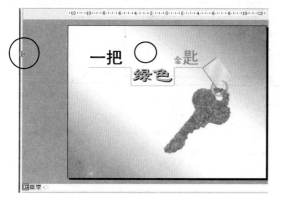

图 1-19　鼠标指针的形状

图 1-20　拖动边框，重新显示窗格

◆ "幻灯片编辑"窗格

"幻灯片编辑"窗格用于查看当前幻灯片的设计效果，并可对幻灯片进行设计和编辑工作。在该窗格中只显示一张幻灯片，拖动右侧的滚动条可以查看和编辑其他幻灯片。

　　◆ "备注"窗格

　　"备注"窗格位于"幻灯片编辑"窗格的下方，单击鼠标后可以为当前幻灯片输入一些备注信息，如图 1-21 所示。将"备注"窗格上方的边框拖动至窗口下方的边框处可将窗格隐藏。

图 1-21　在"备注"窗格中添加备注

　　✍ 提示：重新显示"备注"窗格的方法与重新显示"大纲/幻灯片"窗格的方法相同。

2. 调整窗格的大小

　　鼠标拖动各窗格之间的分隔边框可以调整各窗格的大小，具体操作描述如下。

　　鼠标指向"大纲/幻灯片"窗格右侧的边框时，鼠标显示为┼形状，向左或向右拖动可以调整"大纲/幻灯片"窗格和"幻灯片编辑"窗格的大小，如图 1-22 所示。

　　鼠标指向"备注"窗格上方的边框上，鼠标显示为╪形状时，向上或向下拖动可以调整"备注"窗格和"幻灯片编辑"窗格的大小，如图 1-22 所示。

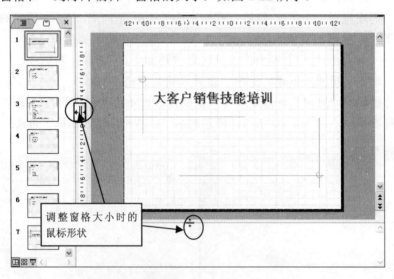

图 1-22　调整窗格大小时的鼠标形状

3. 设置幻灯片显示比例

　　根据需要手动设置幻灯片的显示比例，设置方法具体描述如下。

　　方法 1　鼠标在"幻灯片浏览"窗格中任意位置单击，在"常用"工具中单击"显示比例"列表框，在如图 1-23 所示的列表中选择需要的值。

方法 2   单击 "视图" 菜单，选择 "显示比例" 命令，在 "显示比例" 对话框中进行设置，如图 1-24 所示，可在 "百分比" 框中输入特定的值（最小为 10，最大为 400）。

图 1-23   "显示比例" 列表框

图 1-24   "显示比例" 对话框

4．设置网格和参考线

参考线和网格是对齐幻灯片中对象的辅助工具，下面详细说明网格和参考线的设置。隐藏和显示网格和参考线的具体操作如下。

步骤 1   单击 "视图" 菜单，选择 "网格线和参考线" 命令。

步骤 2   在 "网格线和参考线" 对话框中可以设置参考线与网格线的显示或隐藏，如图 1-25 所示，设置完成后，单击 "确定" 按钮。

✎**提示**：在 "常用" 工具栏中单击 "显示/隐藏网格" 按钮▦可以显示或隐藏网格。

对话框中参数说明如下。

◆ 屏幕上显示网格：选中左侧复选框后，可在幻灯片中将显示网格。
◆ 间距：单击列表框后可以选择相应的大小，也可以输入数值。
◆ 屏幕上显示绘图参考线：选中左侧复选框后，可在幻灯片中显示参考线。
◆ 设为默认值：单击后可使对话框中的各参数恢复到默认值。

✎**提示**：网格线和参考线仅为一种辅助工具，在打印幻灯片时，这些虚线不会被打印。

如图 1-26 所示，参考线是水平和垂直的两条线，且交叉于幻灯片页面中的中央位置。用鼠标拖动参考线可以调整参考线的位置，具体操作描述如下。

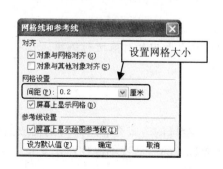

图 1-25   "网格线和参考线" 对话框

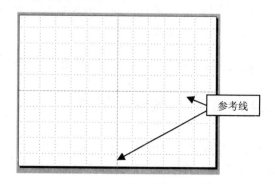

图 1-26   显示的网格线和参考线

鼠标为箭头形时，指向参考线，如图 1-27（a）所示，按下鼠标左键后，将在按下处显示参考线的位置，按住鼠标拖动，移动参考线的位置，同时随着鼠标的拖动会在按下鼠标处显示当前的位置，如图 1-27（b）所示。

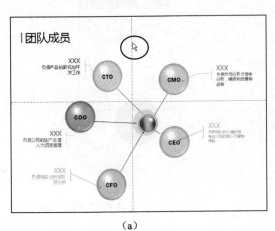
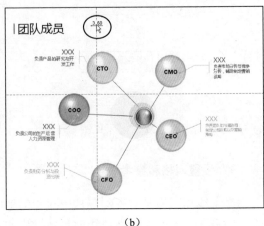

（a）   （b）

图 1-27   调整参考线的位置

✍提示：如果希望在幻灯片页面中自由定位参考线的位置，则需要取消"对象与网格对齐"复选项，否则被移动的对象将会自动与网格线对齐。

5．显示和隐藏标尺

在幻灯片中显示标尺便于了解各对象在幻灯片中的具体位置，标尺分为水平标尺和垂直标尺，单击"视图"菜单中的"标尺"命令，可以显示或隐藏标尺。

如果仅需要在屏幕中显示水平标尺，可以把垂直标尺隐藏起来，具体操作描述如下。

单击"工具"菜单，选择"选项"命令，在"视图"选项卡中取消"垂直标尺"复选框，单击"确定"按钮完成设置。

1.3.3 "幻灯片浏览"视图

在"幻灯片浏览"视图中可以同时显示多张幻灯片，便于查看演示文稿整体的设计效果，更利于对幻灯片进行管理，例如复制、移动和删除幻灯片等，详细操作请参阅"1.5 管理幻灯片"中的内容。

✍注意：在"幻灯片浏览"视图中不能对幻灯片页面中的对象进行编辑。

1.3.4 "幻灯片放映"视图

"幻灯片放映"视图是一个特殊的工作视图，它以全屏的方式查看幻灯片的播放效果，这是向观众展示演示文稿的内容的视图。关于幻灯片放映的一些详细操作在第 7 章中有详细的讲解。

1.3.5 "备注页"视图

在"备注页"视图中，显示幻灯片与备注文本框的显示效果。如图 1-28 所示，在"备注页"视图中的上方显示了幻灯片，幻灯片显示为图片格式，选中后可以添加边框等格式，但不能再对幻灯片进行编辑和处理；下方则以文本框的形式显示了备注信息，用户可以直接在文本框中输入文本，并设置格式。

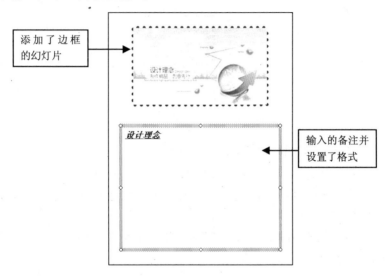

图 1-28　"备注页"视图

1.3.6 更改默认视图

默认视图的可以进行更改，具体操作步骤描述如下。

打开"选项"对话框，单击"视图"选项卡，打开"在该视图打开所有文档"列表框，如图 1-29 所示，可以在列表中选择所需的视图，设置完后单击"确定"按钮。

1.3.7 本节考点

本节考点主要包括切换工作视图、设置幻灯片显示比例、更改默认视图。

◆ 切换工作视图：掌握菜单和工具栏切换方法。一般题型有：将视图切换至"普通"视图，再为当前幻灯片输入备注；在"幻灯片浏览"视图中，在当前幻灯片前插入新幻灯片等。

◆ 设置幻灯片显示比例：包括用"显示比例"列表框和"显示比例"对话框设置幻灯片显示比例的方法。

◆ 网格线和参考线。包括网格线和参考线的显示或隐藏、设置网格间距两点。主要在"网格和参考线"对话框中设置。

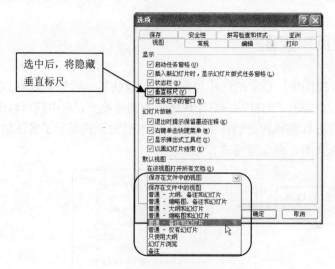

图 1-29　选择"默认视图"

◆　更改默认视图：在"选项"对话框中设置。

◆　标尺：常见题型是将当前演示文稿中的垂直标尺进行隐藏。

本节内容较多，学习后需要多练习，根据每个工作视图的应用特点，本节内容可延伸的考点有：

添加备注。主要方法有两种：在"普通"视图的"备注"窗格中进行输入备注；在"备注页"窗格添加备注内容。

1.4　演示文稿基础

演示文稿以".ppt"为扩展名，它是用户保存的 PowerPoint 的基本文档格式。本节主要讲解演示文稿的创建、打开、关闭和保存等基础操作。

1.4.1　创建演示文稿

演示文稿是 PowerPoint 的基本文件类型，用于组织多张幻灯片，创建演示文稿的方法有多种，下面进行详细的介绍。

1．创建空白演示文稿

启动 PowerPoint 程序时，系统已经创建了一个空白的演示文稿，如果希望继续创建演示文稿，可以按照下面的方法进行操作：

方法 1　按快捷键 Ctrl+N。

方法 2　单击"常用"工具中的"新建"按钮。

方法 3　在"新建演示文稿"任务窗格，单击"空演示文稿"链接。使用下面方法可以打开"新建演示文稿"任务窗格。

◆　单击"文件"菜单，选择"新建"命令。
◆　在"开始工作"任务窗格中单击"新建演示文稿"链接，如图 1-30 所示。

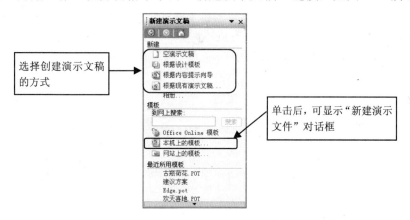

图 1-30　"新建演示文稿"任务窗格

2．根据设计模板创建

使用 PowerPoint 内置的设计模板可以在创建演示文稿时就应用一些格式方案。具体的操作方法描述如下：

在"新建演示文稿"任务窗格中，单击"根据设计模板"链接，在"幻灯片设计"任务窗格中，单击一个设计模板可进行应用，如图 1-31 所示。

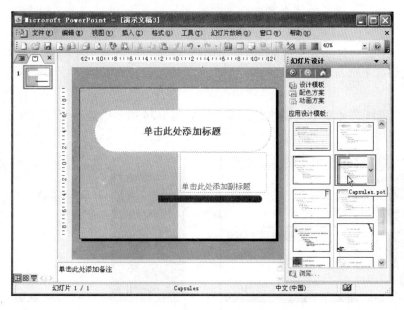

图 1-31　选择并应用设计模板

✍提示：单击"Office Online 模板"按钮，可以连接到微软官方网站并下载使用更新的设计模板，也可以在"新建演示文稿"任务窗格中单击"Office Online 模板"链接进行下载。

3．根据内容提示向导创建

应用内容提示向导可以快速创建包含某个主题大纲的演示文稿。具体操作如下所述。

步骤 1　用下面方法之一打开"内容提示向导"对话框。

◆　在"新建演示文稿"任务窗格中，单击"根据内容提示向导"链接。

◆　打开"新建演示文稿"对话框，在"常用"选项卡中，选择"内容提示向导"项，如图 1-32 所示，单击"确定"按钮。

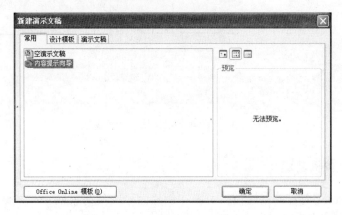

图 1-32　"新建演示文稿"对话框

✍**提示**：在"新建演示文稿"对话框中，如果选择"空演示文稿"项，单击"确定"按钮后可以创建一个空白演示文稿。

步骤 2　在"内容提示向导"对话框中单击"下一步"按钮。

步骤 3　继续选择演示文稿的类型，如图 1-33 所示，单击左侧的类型按钮后，可以在列表框中显示该类型包含的演示文稿，这里选择"常规"类中的"统计分析报告"，单击"下一步"按钮。

步骤 4　继续选择演示文稿的输出类型，如图 1-34 所示，选择"屏幕演示文稿"项，表示演示文稿用于计算机演示用，单击"下一步"按钮。

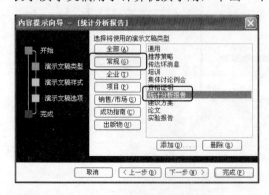

图 1-33　选择演示文稿的类型

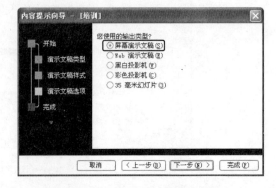

图 1-34　选择演示文稿输出类型

✍**提示**：在图 1-33 所示的对话框中，单击"添加"按钮，可在"选择演示文稿模板"对话框中选择需要增加的模板文件；单击"删除"按钮则可将当前所选模板删除。

步骤 5　根据需要输入演示文稿标题和页脚，如图 1-35 所示，选择"幻灯片编号"将在每张幻灯片中显示编号数，单击"下一步"按钮。

步骤 6　在如图 1-36 所示的对话框中，单击"完成"按钮。

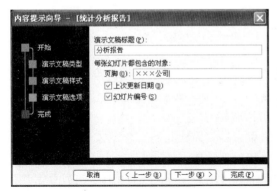
图 1-35　输入标题和页脚

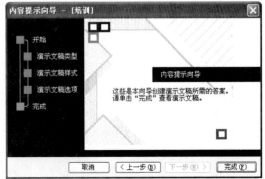
图 1-36　单击"完成"按钮

如图 1-37 所示，创建好的演示文稿中不仅使用了设计模板，而且还包含了相应的文本大纲，在此基础上进行编辑处理，能快速得到自己想要的演示文稿内容。

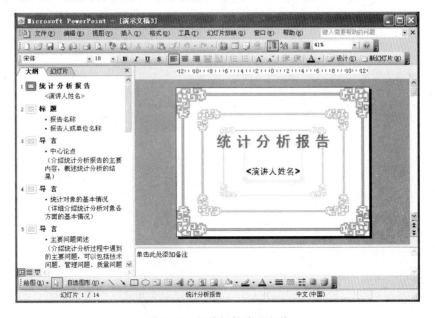
图 1-37　创建好的演示文稿

✍提示：如果不想用向导方式创建演示文稿，还可以在"新建演示文稿"对话框中，单击"演示文稿"选项卡，其中显示的模板文件与在"内容提示向导"对话框中列出的模板文件相同，选择一个模板文件，单击"确定"按钮即可完成演示文稿的创建。

4．根据现有演示文稿创建

用户可以根据现有的演示文稿创建一个新的演示文稿，然后直接在其基础上进行修改即可得到自己需要的演示文稿，这种方法适用于和原稿变化不大的情况。

具体操作步骤如下所述。

步骤 1　在"新建演示文稿"任务窗格中，单击"根据现有演示文稿"链接。

步骤 2　在"根据现有演示文稿新建"对话框中找到并选中所需的文件，单击"创建"按钮，即可创建出与所选文件相同的新演示文稿。

5. 创建相册

相册是集中了一组图片的演示文稿，在创建之前，需要将相关的图片准备好。具体操作过程描述如下。

步骤 1　使用下面方法之一打开"相册"对话框。

◆　单击"插入"菜单，选择"图片"子菜单中的"新建相册"命令。

◆　在"新建演示文稿"任务窗格中单击"相册"链接。

步骤 2　在"相册"对话框，选择图片的来源。如果图片保存在计算机中，可以单击"文件/磁盘"按钮；如果需要从扫描仪或数码相机中获得照片，则可以单击"扫描仪/照相机"按钮。

步骤 3　在"插入新图片"对话框中，选择需添加的图片，单击"插入"按钮。

步骤 4　返回"相册"对话框，在"相册中的图片"列表框中，显示了添加的图片，如图 1-38 所示。

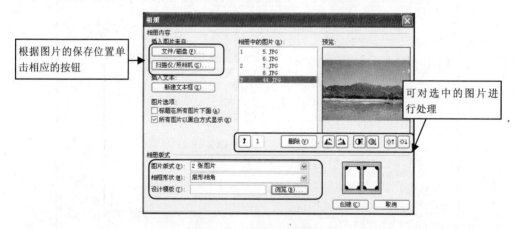

图 1-38　"相册"对话框

步骤 5　根据需要进行相应的设置后，单击"创建"按钮完成相册的创建，显示如图 1-39 所示。

"相册"对话框中的参数说明如下。

◆　图片版式：打开列表框后，可以选择一种版式，例如"2 张图片"。

◆　相框形状：打开列表框后，可以选择一种相框的样式，例如"扇形相角"。

◆　设计模板：单击"浏览"按钮可为相册应用一种设计模板。

◆　标题在所有图片下面：选中复选框后，将使标题在图片下面显示。

◆　所有图片以黑白方式显示：选中复选框后，将使所有图片变为黑白模式。

◆　删除：单击删除图片。

◆　↑和↓按钮：向上或向下移动图片。

图 1-39　创建好的相册

◆　和按钮：对选择的图片进行逆时针和顺时针旋转 90°。
◆　和按钮：增加或降低图片对比度。
◆　和按钮：增加或降低图片亮度。

提示：当相册创建完成后，如果需要对相册进行修改，可以单击"格式"菜单，选择"相册"命令，重新打开"设置相册格式"对话框，按照需要进行修改。

1.4.2　保存演示文稿

制作完演示文稿后，用户可以将其保存起来以备后用。

1．保存新建演示文稿

保存新建演示文稿的方法描述如下：
步骤 1　使用以下方法之一打开"另存为"对话框。
◆　按快捷键 Ctrl+S。
◆　在"常用"工具栏上单击"保存"按钮。
◆　单击"文件"菜单，选择"保存"命令。
步骤 2　首次保存演示文稿时，弹出"另存为"对话框，在"保存位置"框中选择演示文稿的放置位置；在"文件名"框中指定具体的名称；在"保存类型"框中选择保存的文件类型，如图 1-40 所示。
步骤 3　单击"保存"按钮完成保存。
再次保存对该演示文稿的修改时，仍可按照上面的方法保存，但不会弹出"另存为"话框。单击"文件"菜单，选择"另存为"命令，可以重新显示"另存为"对话框，对文档进行更新存储。

2．设置保存选项

在 PowerPoint 2003 中可以对保存的默认位置、自动保存的时间间隔等选项进行设置，具体操作描述如下。

　　步骤 1　单击"工具"菜单，选择"选项"命令，打开"选项"对话框。

　　步骤 2　在"保存"选项卡中可以进行相应的设置，如图 1-41 所示。

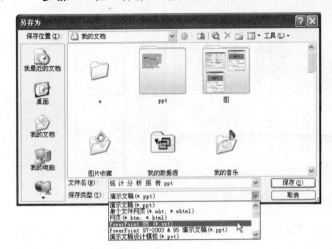

图 1-40　"另存为"对话框

图 1-41　设置自动恢复信息时间间隔

各参数说明如下。

◆　允许快速保存：选中该项后，将启动快速保存功能，保存时，只保存所做的更改，提高了保存的速度。

◆　保存自动恢复信息，在"每隔："输入执行自动保存的时间间隔。

◆　默认文件位置：可在下方的文本框中指定默认的保存路径。

　　✍ **提示**：在编辑过程中，应当将工作的结果随时进行保存，可以随时按下 Ctrl+S 快捷键，以减少在意外断电等情况下的损失。

1.4.3　打开演示文稿

打开演示文稿的操作可以将演示文稿调入到 PowerPoint 2003 窗口中进行编辑、修改等操作。

1. 打开最近使用过的文件

如果要打开的演示文稿刚刚被编辑过，那么可以使用下面的方法快速打开。

　　方法 1　单击"文件"菜单，在菜单底部单击某个文件名即可打开该文件。

　　方法 2　在"开始工作"任务窗格中，单击底部某个文件名的链接也可打开该文件。

2. 设置显示最近打开的文件数

默认情况下，PowerPoint 2003 在"文件"菜单底部显示的 4 个最近打开过的文件，根据需要可以进行更改，具体操作描述如下。

　　步骤 1　打开"选项"对话框，单击"常规"选项卡，如图 1-42 所示，选中"最近使用的文件列表"复选框，并在右侧指定具体的数字 0～9 之间的任意数字。

步骤 2 单击"确定"按钮完成设置。

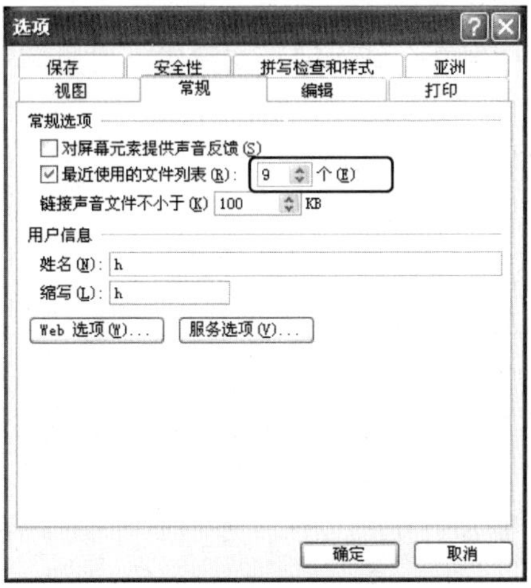

图 1-42 设置最近所用文件的数目

✍**提示**：当在"最近使用的文件列表"框中输入的数字为 0 或取消该复选框时，在"文件"菜单底部将不显示最近打开的文件名。

3．指定打开方式

如果演示文稿被保存在其他位置，可以在"打开"对话框中打开指定的演示文稿。

步骤 1 使用以下方法之一打开"打开"对话框。

◆ 按快捷键 Ctrl+O。

◆ 单击"常用"工具栏上的"打开"按钮。

◆ 单击"文件"菜单，选择"打开"命令。

步骤 2 选择需要打开的演示文稿文件，单击"打开"按钮右侧的黑色的箭头，在如图 1-43 所示的列表中可以选择打开方式，说明如下。

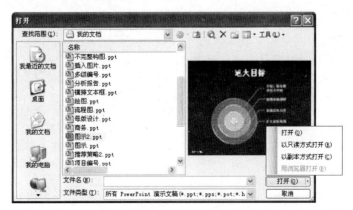

图 1-43 打开方式菜单

◆ 打开：默认的打开方式，与直接单击"打开"按钮相同。

◆ 以只读方式打开：选择该方式时，打开的演示文稿是只读性质的，所做的修改不能够保存到原演示文稿中，只能使用另存为的方法进行保存。
◆ 以副本方式打开：选择该方式时，打开的演示文件是原演示文稿的副本，所做的修改都可以直接保存到这个副本演示文稿中，对原演示文稿没有影响。

1.4.4　关闭演示文稿

查看或编辑完演示文稿后，可以在不退出程序的情况下关闭演示文稿，如图 1-44 所示是全部演示文稿被关闭，仅保留 PowerPoint 2003 程序窗口的状态。

关闭演示文稿的方法具体操作描述如下。

方法 1　单击演示文稿文件右上角的"关闭窗口"按钮⊠，可以关闭当前演示文稿。

✍注意：单击标题栏右侧的"关闭"按钮⊠，则在退出 PowerPoint 程序的同时，关闭所有演示文稿文件。关于程序的退出方法，可参见"1.1.2 退出 PowerPoint 2003"中的内容。

方法 2　按快捷键 Ctrl+W 或 Ctrl+F4，可以关闭当前演示文稿。

方法 3　选择"文件"菜单，选择"关闭"命令，可以关闭当前演示文稿。

如果在执行以上方法之一关闭演示文稿时，没有将所做的修改保存，则会弹出如图 1-45 所示的提示框，提醒进行保存操作。如果希望保留所做的修改，单击"是"按钮；否则单击"否"按钮不保存修改。

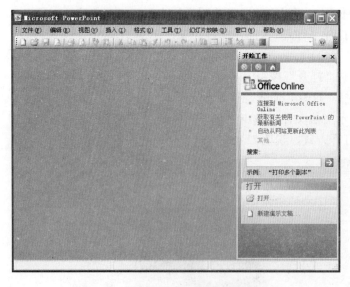

图 1-44　关闭所有演示文稿的程序窗口

图 1-45　提示用户进行保存

1.4.5　本节考点

本节考点主要集中在演示文稿创建、打开、关闭和保存的各种操作方法、相册的创建等方面。具体包括以下内容。

◆ 演示文稿的创建：包括演示文稿的各种创建方法，主要在"新建演示文稿"任务
窗格和"新建演示文稿"对话框中完成。

◆ 创建相册：包括创建相册的方法及相关选项的设置。

◆ 保存演示文稿：重点内容是"另存为"对话框的打开和使用（注意选择保存类型），
快速保存和自动保存间隔的设置。在常见的题型有：将当前演示文稿保存在 D 盘
中的"考试"文件夹中，并指定为大纲格式；设置自动保存间隔时间 15 分钟。

◆ 打开文件的相关操作：包括打开最近使用过的文件的方法，使用"选项"对话框
更改"文件"菜单中最近文件列表数。常见的考题是设置取消在"文件"菜单中
显示最近使用过的文件。

◆ 关闭演示文稿的考点主要集中在关闭演示文稿的各种方法上。

另外，本节中许多操作都可以使用快捷键来快速完成，应加以熟记，考题中若未指定
具体的操作方法，可以在多种方法中选择一种，快捷键的应用可以节省不少操作时间。

1.5　管理幻灯片

在演示文稿中，组织内容的最基本单位是幻灯片，因此，在整个演示文稿的制作过程
中，经常需要对幻灯片进行插入、删除和调换位置等操作。

1.5.1　查看幻灯片

PowerPoint 2003 中可以选择三种不同的模式来查看幻灯片。具体操作如下：单击"视
图"菜单，如图 1-46 所示，选择"颜色/灰度"命令，在子菜单中可以选择"颜色"、"灰
度"和"纯黑白"三种显示模式。

默认情况下，PowerPoint 2003 采用"颜色"显示模式，此时，在幻灯片中的每个对象
都可以正常显示颜色属性，如图 1-47 所示。

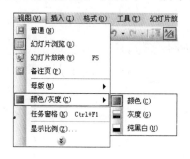

图 1-46　选择幻灯片显示模式　　　　图 1-47　"颜色"模式的显示效果

如图 1-48 所示，在"灰度"显示模式中每个对象的都转换为灰度显示，同时将显示"灰
度视图"工具栏，单击"设置"按钮，可在如图 1-49 所示的列表中选择其他显示方式。单
击"关闭灰度视图"按钮可以返回"颜色"模式。

　　✍**提示**：如果希望将某个对象隐藏，可以选中这个对象，然后在列表中选择"不显示"命令。

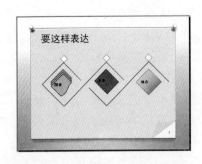 

　　　　图 1-48　"灰度"模式的显示效果　　　　图 1-49　选择灰度显示方式

　　"黑白"显示模式中，对象仅以黑色和白色两种颜色显示，如图 1-50 所示，图形的填充颜色全部显示为白色，边框则显示为黑色，文本也显示为黑色。在"灰度视图"工具栏中，单击"设置"按钮也可以进行相应的设置，单击"关闭黑色视图"按钮，可以返回"颜色"模式。

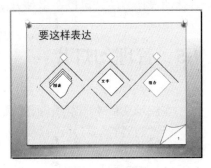

　　✍**注意**：更改幻灯片的显示模式只影响幻灯片在"普通"视图和"幻灯片浏览"视图中的显示效果，仅是一种屏幕设置，不能进行打印输出。

　　　　　　　　　　　　　　　　　　　图 1-50　"黑白"模式的显示效果

1.5.2　选择幻灯片

　　要对幻灯片进行操作，首先要选择幻灯片，具体方法描述如下。

◆　选择单张幻灯片：在"大纲/幻灯片"窗格中单击幻灯片缩略图，"幻灯片编辑"窗格中将显示该幻灯片，如图 1-51 所示，选中的幻灯片四周显示蓝色边框。

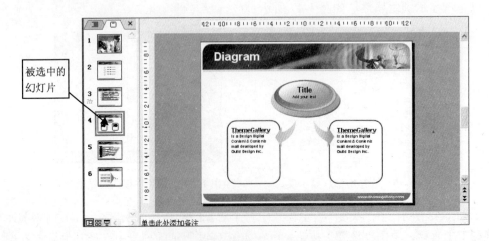

　　　　　　　　　　图 1-51　"普通"视图中被选中的幻灯片

✍提示：使用键盘上的向上、向下方向键，可以在演示文稿的各幻灯片之间进行切换。

◆　选择多张不连续幻灯片：按住 Ctrl 键，依次单击需要选择的其他幻灯片。
◆　选择多张连续幻灯片：单击需要选择的起始幻灯片，按住 Shift 键后，再单击需要选择的最后一张幻灯片，两张幻灯片之间的所有幻灯片被选中。
◆　选择所有幻灯片：按快捷键 Ctrl + A 或单击"编辑"菜单，选择"全选"命令，可选中演示文稿中的所有幻灯片。

在"幻灯片浏览"视图中鼠标直接单击需要选择的幻灯片即可将其选中，在该视图中更方便对幻灯片进行选择。

1.5.3　添加幻灯片

演示文稿编辑过程中，可以随时添加幻灯片，具体方法说明如下。

1．添加空白幻灯片并指定版式

在"普通"视图中，使用以下方法可以在所选幻灯片的下方添加一张空白幻灯片。
方法 1　按快捷键 Ctrl+M。
方法 2　单击"插入"菜单，选择"新幻灯片"命令。
方法 3　鼠标右击幻灯片，在快捷菜单中选择"新幻灯片"命令。
方法 4　在"幻灯片版式"任务窗格中，单击某个版式右侧的按钮，选择"插入新幻灯片"命令，如图 1-52 所示。

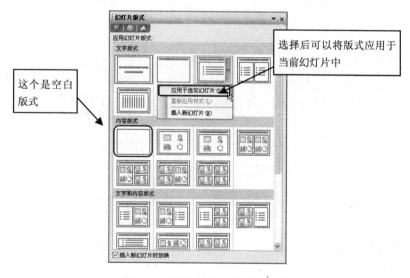

图 1-52　"幻灯片版式"任务窗格

方法 5　在"格式"工具栏中，单击"新幻灯片"按钮。
方法 6　选中一张幻灯片后，按 Enter 键。

✍注意：在"幻灯片浏览"视图中按 Enter 键后将直接返回"普通"视图。在"幻灯片浏览"视图中也不显示"格式"工具栏,因此,后两种方法不适用于"幻灯片浏览"视图。

添加幻灯片后,将显示如图 1-52 所示的"幻灯片版式"任务窗格,单击某个版式右侧的按钮,选择"应用于选定幻灯片"项,可以为新添加的幻灯片指定版式。

✎提示:如果不希望在插入新幻灯片后显示"幻灯片版式"任务窗格,可以打开"选项"对话框,在"视图"选项卡中取消"插入新幻灯片时,显示幻灯片版式任务窗格"复选项。

2. 插入其他演示文稿中的幻灯片

如果当前需要的幻灯片已经存在于其他演示文稿中,用下面的方法可以直接添加这些幻灯片。具体操作描述如下。

步骤 1 在演示文稿中,选中一张幻灯片。

步骤 2 单击"插入"菜单,选择"幻灯片(从文件)"命令。

步骤 3 在"幻灯片搜索器"对话框,单击"浏览"按钮。

步骤 4 在"浏览"对话框中可以选择需要使用的演示文稿,例如"策略.ppt",单击"打开"按钮。

步骤 5 返回"幻灯片搜索器"对话框,在"选定幻灯片"列表框中选择需要插入的幻灯片的缩略图,如图 1-53 所示。

步骤 6 单击"插入"按钮可以插入所选的幻灯片。

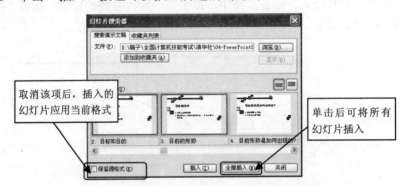

图 1-53　选择需要插入的幻灯片

✎提示:选中"保留源格式"复选框,可以保留幻灯片的源格式,否则插入的幻灯片使用当前演示文稿的格式。

3. 通过大纲添加幻灯片

如果已经在 Word 文档中编辑好了文本大纲,且已经设置相应的大纲级别,就可以把这些文本大纲直接插入到演示文稿中。具体操作描述如下。

步骤 1 单击"插入"菜单,选择"幻灯片(从大纲)"命令。

步骤 2 在"插入大纲"对话框中,选择所需的大纲文件,单击"插入"按钮,可在当前演示文稿中按大纲级别生成幻灯片。

如图 1-54 所示是在 Word 中编辑好的大纲文本,而图 1-55 所示则是导入生成的幻灯片。

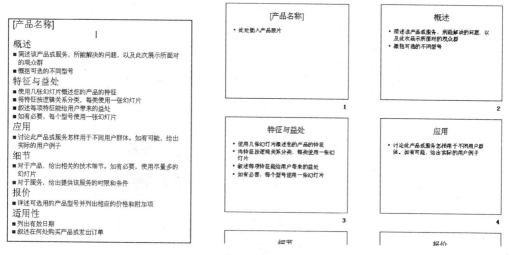

图 1-54　Word 中编辑好的大纲文本　　　　　图 1-55　导入生成的幻灯片

1.5.4　移动、复制和删除幻灯片

1．移动幻灯片

移动操作可以改变幻灯片的排列位置,在"大纲/幻灯片"窗格或"幻灯片浏览"视图中都能完成幻灯片移动的操作。

常用方法有以下几种。

方法 1　使用鼠标拖动的方法移动幻灯片,具体操作描述如下。

步骤 1　选中要移动的幻灯片,例如第 4 张幻灯片。

步骤 2　按住鼠标左键进行拖动,如图 1-56 所示,竖线光标显示在第 2 张幻灯片之后。

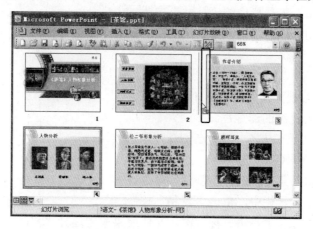

图 1-56　拖动幻灯片时的鼠标指针和虚线

步骤 3　松开鼠标左键,如图 1-57 所示,第 4 张幻灯片移动到了第 2 张幻灯片之后,

其幻灯片序号变为 3，其后的幻灯片编号自动顺延。

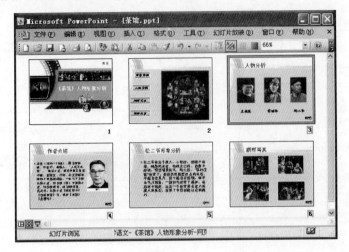

图 1-57　改变位置后的幻灯片

方法 2　用剪切和粘贴操作，具体操作描述如下。

步骤 1　选中需要移动的幻灯片。

步骤 2　使用下面方法之一进行剪切操作。

◆　按快捷键 Ctrl+X。

◆　单击"编辑"菜单，选择"剪切"命令。

◆　单击"常用"工具栏中的"剪切"按钮 。

◆　在选中的幻灯片上单击鼠标右键，在快捷菜单中选择"剪切"命令。

步骤 3　鼠标在需要移动的目录位置之间单击，定位黑色竖线光标。

步骤 4　使用下面方法之一进行粘贴操作。

◆　按快捷键 Ctrl+V。

◆　单击"编辑"菜单，选择"粘贴"命令。

◆　单击"常用"工具栏中的"粘贴"按钮 。

◆　在选中的幻灯片上单击鼠标右键，在快捷菜单中选择"粘贴"命令。

2．复制幻灯片

复制幻灯片的常规操作方法描述如下。

步骤 1　选择要复制的幻灯片。

步骤 2　使用以下方法之一对所选幻灯片进行复制。

◆　按快捷键 Ctrl+C。

◆　单击"编辑"菜单，选择"复制"命令。

◆　在"常用"工具栏中，单击"复制"按钮 。

◆　在选中的幻灯片上单击鼠标右键，在快捷菜单中选择"复制"命令。

步骤 3　在"大纲/幻灯片"窗格中选择要粘贴的位置，然后使用以下方法之一粘贴复制的幻灯片。

◆　按快捷键 Ctrl+V。

◆　单击"编辑"菜单，选择"粘贴"命令。

◆　在"常用"工具栏中单击"粘贴"按钮 。

◆　在目标位置单击鼠标右键，在快捷菜单中选择"粘贴"命令。

执行完粘贴操作后，在幻灯片的右下角显示了"粘贴选项"按钮。单击该按钮，在列表中若选择了"使用设计模板格式"，表示复制的幻灯片自动适应其上方幻灯片的模板格式，如图 1-58 所示；选择"保留源格式"项后，则复制的幻灯片保留其原有格式不变，如图 1-59 所示。

✍ 提示：如果没有显示使用"粘贴选项"按钮，可以打开"选项"对话框，在"编辑"选项卡中，如图 1-60 所示，选择"显示粘贴选项按钮"复选框。

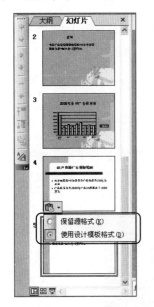  

图 1-58　使用"粘贴选项"按钮　　图 1-59　复制后仍保留源格式　　图 1-60　设置显示"粘贴选项"按钮

如果希望快速复制当前所选幻灯片并将其放置在它的下方，可以执行下面的操作。

◆　单击"插入"菜单，选择"幻灯片副本"命令。

◆　按快捷键 Ctrl+Shift+D。

3．删除幻灯片

选中要删除的幻灯片后，可以用以下任意方法将幻灯片删除。

◆　按键盘上的 Delete 键。

◆　单击"编辑"菜单，选择"删除幻灯片"命令。

◆　鼠标右键单击选中的幻灯片，在快捷菜单中选择"删除幻灯片"命令。

1.5.5　本节考点

本节的考点主要是内容的考点主要集中在 5 点：选择幻灯片，插入新幻灯片，删除幻灯片，复制幻灯片，调整幻灯片的位置。

◆ 在"浏览"视图中选择幻灯片的各种操作方法：本考点不会单独出现，但掌握其操作方法是完成其他操作的基础，注意，在"普通"视图和"幻灯片浏览"视图中各方法的适用性。

◆ 添加空白幻灯片的各种方法：本考点应考频率较高，常与其他考点一起出现。例如，在第 3 张幻灯片下方添加一张空白幻灯片，并指定版式为"标题和两栏文本"。

◆ 插入其他演示文稿中的幻灯片：在"插入"菜单中选择"幻灯片（从文件）"命令完成，注意"保留源格式"复选框的应用。

◆ 插入大纲文本：这是非常容易出题的一个考点。常与新建演示文稿、指定版式等考点一起出现。常见的题型有新建一个演示文稿，并为其应用某个设计模板，将给定的大纲文件导入到当前演示文稿中。

◆ 移动、删除和复制幻灯片：方法有很多，要求熟练掌握，考试时可以使用其中一种方法完成操作。可以在"普通"视图或"幻灯片浏览"视图中进行。

1.6　编辑大纲文本

使用"大纲"工具栏可以在"大纲/幻灯片"窗格中编辑演示文稿中的文本，例如对文本的大纲级别进行相应的处理。还可以利用展开和折叠等操作来查看演示文稿中的文本纲要。如图 1-61 所示，是在窗口中显示的"大纲"工具栏。

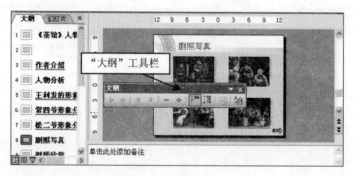

图 1-61　"大纲"工具栏

1.6.1　"大纲"工具栏

演示文稿大纲的编辑工作主要是使用"大纲"工具栏中的按钮来完成的，各按钮功能说明如下。

1. 显示大纲文本的格式

在"大纲"工具栏中，单击"显示格式"按钮，可以在"大纲/幻灯片"窗格中显示文本所应用的格式，如图 1-62 所示。

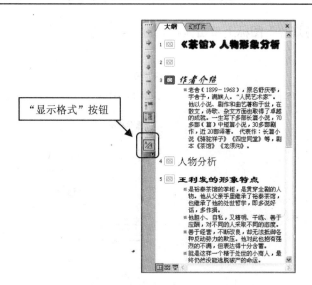

"显示格式"按钮

图 1-62　在窗格中显示大纲文本的格式

2．折叠与展开大纲文本

演示文稿中的文本也具有大纲级别，默认情况下，一级大纲显示为幻灯片标题，其他大纲文本则按级别依次缩进显示，如图 1-63 所示。

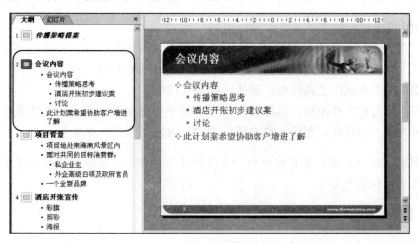

图 1-63　大纲级别及其缩进关系

根据需要可折叠或展开大纲文本，以便于对这些文本的查看。

◆　折叠幻灯片文本

选中需要折叠显示文本的幻灯片，采用下面方法之一进行操作，具体描述如下。

方法 1　按快捷键 Alt + Shift+减号（-）。

方法 2　在"大纲"工具栏中，单击"折叠"按钮 。

✍提示：如果希望将演示文稿中所有幻灯片的文本都折叠显示，可以单击"大纲"工具栏中的"全部折叠"按钮 。

　　方法 3　在"幻灯片"图标上单击鼠标右键，在如图 1-64 所示的菜单中选择"折叠"命令。

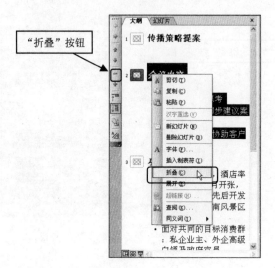

图 1-64　选择"折叠"命令

　　方法 4　鼠标左键双击该幻灯片文本左侧的"幻灯片"图标。

　　📝**提示**：单击"幻灯片"图标时，可以选中该张幻灯片及其中的文字内容。

◆　展开单张幻灯片文本
选中需要展开显示文本的幻灯片，可用下面方法之一进行操作，具体描述如下。
　　方法 1　选择需要展开的幻灯片，按快捷键 Alt + Shift+加号（+）。
　　方法 2　在"大纲"工具栏中，单击"展开"按钮 🔲。
　　方法 3　双击幻灯片图标，如果当前幻灯片处于折叠状态，那么将会被展开。
　　方法 4　在"幻灯片"图标上单击鼠标右键，选择"展开"命令。

　　📝**提示**：在"大纲"工具栏中的"全部展开"按钮 🔲，可以快速将演示文稿中所有幻灯处的文本大纲展开显示。

3．大纲级别的升降

对大纲文本进行升级和降级的具体操作如下。
　　步骤 1　将光标定位在大纲文本中。
　　步骤 2　用下面方法之一对大纲文本进行升级或降级操作。
◆　按住鼠标左键向左拖动可使大纲文本上升一级，向右拖动则可以使大纲文本下降一级。如图 1-65 所示，鼠标拖动时显示黑色竖线，到达合适位置时松开完成升级或降级操作。
◆　按 Tab 键可将大纲级别下降一级，按 Shift+Tab，则可以将大纲级别上升一级。
◆　按快捷键 Alt+Shift+→，大纲上升一级；按快捷键 Alt+Shift+←，大纲下降一级。
◆　在"格式"工具栏中单击"增加缩进量"按钮 🔲，大纲下降一级，单击"减少缩进量"按钮 🔲，大纲上升一级。

◆　单击"大纲"工具栏中的"升级"按钮◻或"降级"按钮◻，如图 1-66 所示。

✍提示：将文本升级到一级大纲时，将生成一张新的幻灯片。

图 1-65　鼠标拖动实现大纲升级

图 1-66　单击"升级"按钮

此方法同样适用于在文本框或占位符中操作。在幻灯片中对文本段落进行降级的操作描述如下：如图 1-67 所示，光标定位在文本框的第 1 个段落中，按 Tab 键后，如图 1-68 所示，段落大纲下降一级。

图 1-67　光标定位在第 1 个段落中

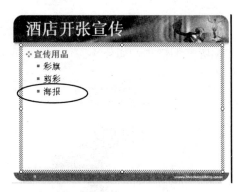

图 1-68　向右增加缩进量

4．移动文本大纲的位置

移动文本大纲位置的操作方法描述如下。

方法 1　光标定位在需要调整位置的大纲文本处，在"大纲"工具栏中，单击"上移"按钮◻，大纲文本向上移动；单击"下移"按钮◻，大纲文本的位置向下移动。

方法 2　如图 1-69 所示，鼠标左键单击需要调整位置的大纲文本左侧的图标，将其选中，按住鼠标左键进行拖动，如图 1-70 所示，黑色横线光标到达目标位置时松开鼠标，完成大纲文本的移动。同时，这种改变也反映在了"幻灯片编辑"窗格中的幻灯片缩略图中。

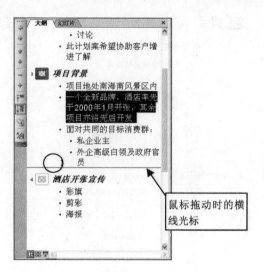

鼠标拖动时的横线光标

图 1-69   选中的大纲文本   图 1-70   鼠标拖动时的横线光标

1.6.2   制作摘要幻灯片

使用"摘要幻灯片"功能可以快速得到由所有幻灯片的标题文本组成的目录页，具体的制作过程描述如下。

步骤 1   选择所有需要引用其标题的大纲，如图 1-71 所示。

注意：一般不选择第一张幻灯片，因为这张幻灯片通常为标题页。

步骤 2   在"大纲"工具栏上单击"摘要幻灯片"按钮，即可新建一张引用了所选幻灯片标题的幻灯片，如图 1-72 所示。

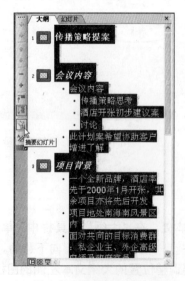
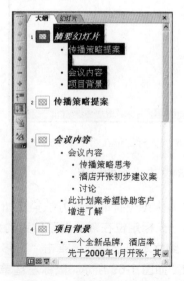

图 1-71   选择幻灯片大纲   图 1-72   新建的摘要幻灯片

✍提示：如果在"幻灯片浏览"视图中操作，则可以在选择幻灯片后，在"幻灯片浏览"工具栏中单击"摘要幻灯片"按钮。

1.6.3　本节考点

本节的考点主要包括显示大纲文本的格式，对大纲文本进行折叠和展开显示，调整大纲文本的位置，制作摘要幻灯片。

所有操作都可以在"大纲"工具栏中选择相应的按钮完成，操作结果同时显示在"大纲/幻灯片"窗格和"幻灯片编辑"窗格中。本节中内容常见的考题形式有：将当前演示文稿第 4 张幻灯片的大纲文本折叠显示，将第 6 张幻灯片的大纲文本展开显示；为当前演示文稿创建一张摘要幻灯片等。

1.7　本章试题解析

试　　题	解　　析
一、启动与退出	
试题 1　使用"开始"菜单启动 PowerPoint 2003	单击"开始"按钮|"所有程序"| Microsoft Office|Microsoft PowerPoint 2003
试题 2　PowerPoint 2003 程序安装在 C 盘，通过资源管理器，打开该应用程序	在"资源管理器"中，找到"C:\ Program Files\Microsoft Office\OFFICE11\POWERPNT.EXE"文件，双击"POWERPNT.EXE"
试题 3　利用快捷方式启动 PowerPoint 2003，再用菜单命令退出 PowerPoint 2003	参见"1.1.1 启动 PowerPoint 2003"和"1.1.2 退出 PowerPoint 2003"
试题 4　打开最近使用过的文档的方法启动 PowerPoint 2003（推荐策略.ppt），在不退出程序的前提下，关闭该文档	参见"1.1.1 启动 PowerPoint 2003"和"1.4.4 关闭演示文稿"
二、操作工作界面	
试题 1　在当前演示文稿中，隐藏"常用"工具栏，要求用菜单命令操作	参见"1.2.4"中的"3.显示及关闭工具栏"
试题 2　打开"图片"工具栏，并设置显示大图标	参见"1.2.4"中的"3.显示及关闭工具栏" 打开"自定义"对话框，在"选项"选项卡中，勾选"大图标"复选框，单击"确定"
试题 3　取消鼠标指针悬停时显示菜单命令的功能，将菜单打开方式设置为"滑动"，显示关于工具栏的屏幕提示	打开"自定义"对话框，在"选项"选项卡中设置
试题 4　设置在菜单中始终显示全部命令，取消显示工具栏提示信息	参见"1.2.3"中的"1.显示菜单中的全部命令" 参见"1.2.4"中的"1.使用工具栏提示信息"
试题 5　将"常用"工具栏移动到窗口右侧	参见"1.2.4"中的"2.改变工具栏显示状态和位置"
试题 6　用命令打开任务窗格，然后显示"自定义动画"任务窗格	参见"1.2.5"

试　　题	解　　析
三、操作工作视图	
试题 1　使用按钮操作，将当前视图切换到"幻灯片浏览"视图，选择第 3 张幻灯片，再切换回"普通"视图	单击"视图切换"栏中的"幻灯片浏览视图"按钮，单击"普通"视图按钮
试题 2　设置默认视图为"只使用大纲"，并取消显示"状态栏"	参见"1.3.6 更改默认视图"和参见"1.2.2 状态栏"
试题 3　使用工具栏更改幻灯片的显示比例为 65%，同时使幻灯片窗格显示网格线	在"常用"工具栏上的"显示比例"输入框中输入"65%"，单击"显示/隐藏网格"按钮
试题 4　选中第 2 张幻灯片，在"备注"窗格中添加备注"质量要求需具体化"	选择第 2 张幻灯片，在"备注"窗格中输入备注信息"
试题 5　使用按钮进入"幻灯片放映"视图，再切换至"幻灯片浏览"视图（使用菜单命令）	参见"1.3.1 切换工作视图"
试题 6　设置在屏幕中只显示水平标尺	单击"工具"菜单，选择"选项"命令，在"视图"选项卡中取消"垂直标尺"复选框
试题 7　在当前演示文稿中进行选项的设置，要求最多可撤销操作数为 15	打开"选项"对话框的"编辑"选项卡，在"最多可取消数"中输入 15
试题 8　切换到备注页视图中，为第 3 张幻灯片添加备注文字"具体明细"	参见"1.3.5"备注页"视图"
试题 9　设置在当前演示文稿中显示网格和标尺	选择"视图"|"网格和参考线"命令，勾选"网格""标尺"复选框
试题 10　首先在幻灯片中显示标尺、参考线和网格线，然后设置网格间距为每厘米 6 个网格	参见"1.3.1"中的"4.设置网格和参考线"
四、演示文稿基础	
试题 1　用内容提示向导创建一个项目类的演示文稿，标题为"项目可行性分析"，页脚为"人事部"，另存为"PowerPoint 放映"格式，文件名和保存位置用默认值	参见"1.4.1"中的"3．根据内容提示向导创建"参见"1.4.2"中的"1.保存新建演示文稿"，将保存类型设置为"PowerPoint 放映"格式
试题 2　使用菜单命令创建一个空白演示文稿，使用按钮将其保存在 D 盘根目录下，文件名为"我的演示文档"	参见"1.4.1"中的"1.创建空白演示文稿"参见"1.4.2"中的"1.保存新建演示文稿"
试题 3　利用任务窗格，将演示文档设置为空白演示文稿	在"幻灯片版式"任务窗格中，单击"内容版式"|"空白版式"
试题 4　用"Crayons"模板创建演示文稿	参见"1.4.1"中的"2.根据设计模板创建演示文稿"
试题 5　利用 Office Online 模板新建一个演示文档，要求使用关键字为"评估"中的"营销效率评估"模板	在"新建演示文稿"任务窗格中，单击"Office Online 模板"，在搜索框中输入"评估"后搜索，单击"营销效率评估"模板，单击"下载"按钮
试题 6　以只读方式打开 D 盘 llh 文件夹下的"推荐策略.ppt"演示文稿，再用副本方式打开"营销.ppt"	在"打开"对话框中选择需要打开的文件后，单击按钮右侧的下拉箭头，然后选择"以只读方式打开"命令和"以副本方式打开"命令
试题 7　将当前打开的演示文稿保存为大纲格式，保存位置为"我的文档"，设置文件名为"策略的大纲格式"	将文件另存为后，选择文件的格式，选择保存位置和输入文件名

试　　题	解　　析
试题 8　将当前演示文稿保存为模板,文件名称为"我的模板",其他为默认	使用"另存为"命令
试题 9　将演示文稿保存为网页格式,保存位置为"我的文档",文件名为"策略的网页"	使用"另存为"命令
试题 10　设置 PowerPoint 允许快速保存,保存间隔时间为 5 分钟,更改默认保存位置为"D:\llh"	参见"1.4.2"中的"2.设置保存选项"
试题 11　在当前的文件夹窗口中,同时打开"策略.ppt"和"营销.ppt"演示文稿,然后全部重排,再层叠显示	按住 Ctrl 键选中 2 个文件,选择"文件"|"打开"命令,选择"窗口"菜单中的"全部重排"和"层叠"命令
试题 12　在当前窗口中,切换演示文稿到"策略.ppt"	选择"窗口"菜单中的相应命令
试题 13　在窗口中显示 Office 助手,将"恋恋"设置为当前助手,取消声音效果(用右键打开对话框)	单击"帮助"菜单,选择"显示 Office 助手"命令,在 Office 助手上右击,选择"选择助手"命令,在"Office 助手"对话框中单击"下一位"按钮,切换到"选项"选项卡,取消"声音效果"复选框,单击"确定"
试题 14　使用右键菜单设置 Office 助手的选项,要求可以为向导提供帮助	用鼠标右键单击 Office 助手,选择"选项",选中"向导帮助"复选框
试题 15　在窗口中开启 PowerPoint2003 的帮助并显示目录	打开"PowerPoint 帮助"任务窗格,再单击 "目录"链接
试题 16　取消在"文件"菜单底部显示的最近使用过的文件	参见"1.4.3"中的"2.设置显示最近打开的文件数"
试题 17　使用菜单命令打开"相册.ppt",修改图片版式为"1 张图片",相框形式为"方形相角",去掉图片的颜色,使其显示黑色效果	在"打开"对话框中,找到并打开"相册.ppt"文档,再单击"格式"菜单,选择"相册"命令在"设置相册格式"对话框中设置
试题 18　在相册中,将最后一张图片移动到第 2 张的位置上,然后将图片顺时针旋转 90 度	参见"1.4.1"中的"5.创建相册",在"设置相册格式"对话框中设置
试题 19　新建一个相册,其中包含"相册"文件夹中的图片,要求每张幻灯片显示两张图片,相框形状为三角形	参见"1.4.1"中的"5.创建相册"
试题 20　用上题方法新建一个相册后,要求为其设置设计模板为"我的模板",并在图片下面显示标题	参见"1.4.1"中的"5.创建相册"
试题 21　将保存在"我的文档"中的图片"1.jpg"以链接方式添加到当前相册中	单击"设置相册格式"对话框的"文件/磁盘"按钮,选中要添加的图片,单击 插入⑤ 按钮右侧的下拉箭头,选择"链接文件"
试题 22　将当前窗口中选中的 Excel 数据复制到演示文稿的第 3 张幻灯片中,粘贴时使用"HTML格式"	复制数据后,切换到演示文稿窗口,选择"编辑"|"选择性粘贴"命令,选择"HTML 格式"方式
五、管理幻灯片	
试题 1　要求使用菜单命令操作,在第 2 张幻灯片后面插入一个"标题和两栏文本"版式的幻灯片	选中第 2 张幻灯片后,单击"插入"菜单,选择"新幻灯片"命令,然后"幻灯片版式"任务窗格中选择"标题和两栏文本"版式

试　　题	解　　析
试题 2　将当前演示文稿切换到"幻灯片浏览"视图，要求使用按钮操作，在第 3 张幻灯片后插入一张"标题和竖排文字"版式的幻灯片，再将第 3 张幻灯片设置为一项大型内容和两项小型内容，最后回到普通视图	在"幻灯片浏览"工具栏中单击"插入新幻灯片"按钮，在"幻灯片版式"任务窗格中选择版式应用
试题 3　切换到"普通"视图，在第 5 张幻灯片之后插入一张空白幻灯片（使用菜单命令）	参见"1.5.3 添加新幻灯片"中的"1. 添加空白幻灯片"
试题 4　在"幻灯片浏览"视图下，删除第 3、第 4、第 6 张幻灯片	按住 Ctrl 键，单击第 3、第 4、第 6 张幻灯片，按 Delete 键删除
试题 5　在当前演示文稿中，切换到"幻灯片浏览"视图，复制第 3 张幻灯片到第 5 张幻灯片之后，要求保留源格式	参见"1.5.4"中的"2.复制幻灯片"
试题 6　在"幻灯片浏览"视图下，将第 6 张移至第 3 张幻灯片之前使用菜单命令	参见"1.5.4"中的"2.移动幻灯片"
试题 7　选中第 8 张幻灯片，将"D:\LLH"文件夹中的"产品说明.doc"文档导入生成幻灯片	选中第 8 张幻灯片，参见"1.5.3"中的"3.通过大纲添加幻灯片"
试题 8　将"策略.ppt"演示文稿中的第 4、第 6 张幻灯片插入到当前演示文稿中，要求不保留源格式文件	参见"1.5.3 添加幻灯片"中的"2.插入其他演示文稿中的幻灯片"
六、编辑大纲文本	
试题 1　在"大纲"窗格，利用按钮将第 2 张幻灯片折叠，将第 3 张幻灯片展开	选中幻灯片，单击"折叠"按钮 ▭ 和"展开"按钮 ✚
试题 2　使用"大纲"窗格，将当前演示文稿的第 2 页和第 3 页合为 1 页	单击"大纲"选项卡，选中第 3 张幻灯片的标题，单击"大纲"工具栏中的"降级"按钮
试题 3　切换到幻灯片浏览视图，制作包含第 2 张到第 7 张幻灯片标题的摘要幻灯片	按住 Shift 键可选中连续的多张幻灯片，显示"幻灯片浏览"工具栏，单击"摘要幻灯片"按钮
试题 4　在"大纲"窗格中，用拖动的方法将第 7 张幻灯片中的第 2 行文本上移到第 5 张幻灯片的第 1 行的上方	单击"大纲"选项卡，选择第 7 张幻灯片上的第 2 行文本，拖动到第 5 张幻灯片的第 1 行的上方
试题 5　使用"大纲"工具栏按钮，把第 8 张幻灯片中的第 2 行的文本的大纲升级一级显示	单击"大纲"选项卡，光标定位在第 2 行文本中，单击"升级"按钮

第2章 幻灯片版面设计

考试基本要求

掌握的内容：

◆ 幻灯片页面的设置方法；

◆ 幻灯片背景及填充颜色的方法；

◆ 设计模板配色方案的应用；

◆ 幻灯片母版的基本设计方法。

熟悉的内容：

◆ 能对模板的背景进行选择；

◆ 标准配色方案的编辑（添加、删除）方法，能够自定义配色方案；

◆ 讲义母版、备注母版的使用方法。

了解的内容：

◆ 页眉和页脚的添加与编辑的方法；

◆ 设计模板的创建方法。

提升幻灯片的感染力是所有用户追求的目标之一，除了在文字、图形、图片等方面做好设计工作以外，多数人更希望在演示文稿风格方面做些功课，以使整个文档看起来更协调。

本章主要介绍幻灯片的背景、配色、模板、母版设计、页眉页脚等内容。

2.1 设置幻灯片版面布局

版面布局是设计和制作的基础，包括页面方向和大小、页眉和页脚等。

2.1.1 设置页面设置

对幻灯片进行页面设置的具体操作方法描述如下。

步骤 1 单击"文件"菜单，选择"页面设置"命令。

步骤 2 在"页面设置"对话框中，可指定幻灯片大小和方向，如图 2-1 所示。在"幻灯片大小"框中选择"自定义"后，在"高度"和"宽度"框中分别输入所需要的值，在"方向"区中指定幻灯片方向为"纵向"。

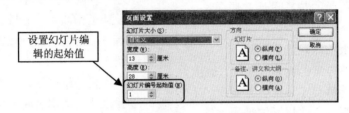

图 2-1 "页面设置"对话框

步骤 3 单击"确定"按钮后，如图 2-2 所示，幻灯片页面显示为纵向了。

在幻灯片片开始制作之前就应当指定其页面的大小和方向，以避免因幻灯片大小和方向发生变化时影响其显示效果，如图 2-3 所示是页面方向更改为"横向"后，幻灯片显示效果发生了变化，图片和文字都变形了。

图 2-2 纵向显示的幻灯片　　　　图 2-3 横向显示的幻灯片

在全新定义母版时，也需要对页面的大小和方向进行设置，操作方法相同。

　　✍注意：在同一个演示文稿中，幻灯片的大小和方向都是一致的。如果希望在放映时显示不同的页面大小，则可以用超链接实现，具体操作方法参见第 7 章中的内容。

2.1.2　设置页眉和页脚

　　用户可以根据需要为幻灯片、讲义或备注页添加页眉和页脚。

1．为幻灯片添加页眉和页脚

　　页眉和页脚是显示在每张幻灯片中的信息，并且可以被打印输出。建议，在制作幻灯片之前就对页眉页脚进行设置，以避免幻灯片中添加的对象将页眉页脚区域挡住，减少因此而产生的编辑工作。

　　具体操作描述如下。

　　步骤 1　打开需要添加页眉和页脚的演示文稿。

　　步骤 2　用以下方法打开"页眉和页脚"对话框。

　◆　单击"视图"菜单，选择"页眉和页脚"命令。

　◆　在打印预览时，单击"选项"按钮，在列表中选择"页眉和页脚"命令。

　　步骤 3　在"页眉和页脚"对话框中，单击"幻灯片"选项卡，可以进行相应的设置，如图 2-4 所示。

　　对话框中的各参数设置说明如下：

　◆　日期和时间：选中复选框后，可在幻灯片中添加日期和时间。有两种格式供选择：一种是"自动更新"，表示设置的日期和时间随计算机的日期和时间自动更新，并可指定显示格式、语言（国家/地区）、日历类型，如图 2-4 所示。选中"固定"单选框后，可输入一个日期和时间。此后，幻灯片将一直使用该日期和时间。

　◆　幻灯片编号：选中复选框后，可为幻灯片添加编号。

　　✍提示：在"页面设置"对话框中的"幻灯片编号起始值"框中，可指定幻灯片编号的起始数字。

　◆　页脚：选中复选框后，可直接输入页脚文本。

　◆　标题幻灯片不显示：选中复选框后，在标题幻灯片中将不会显示所设置页脚信息。

　　设置完成后，可单击"应用"按钮，如图 2-5 所示将页眉页脚添加到当前所选的幻灯片中；如果希望为所有幻灯片设置相同的页眉和页脚，则可以单击"全部应用"按钮。

　　✍提示：如需要修改则需要进入到幻灯片母版视图中。

图 2-4　选择"幻灯片"选项卡

图 2-5　页面底部的页脚信息

如图 2-5 所示，添加页脚信息显示在幻灯片的下方，其显示格式由设计模板所定。如果所设计的页眉和页脚的格式比较复杂或者希望在页眉区域显示公司的 Logo 图片，那么，就需要在幻灯片母版中进行相应的设置。

关于幻灯片母版的使用方法请参见本章"2.5 使用并设计母版"中的内容。

2．为备注或讲义添加页眉或页脚

为备注或讲义添加页眉和页脚的操作如下所述。

步骤 1 打开演示文稿。

步骤 2 打开"页眉和页脚"对话框，单击"备注和讲义"选项卡，在其中可以进行相应的设置，如图 2-6 所示，设置完成后，单击"全部应用"按钮。

在打印预览时，添加的页面显示在纸张的左上角，如图 2-7 所示。

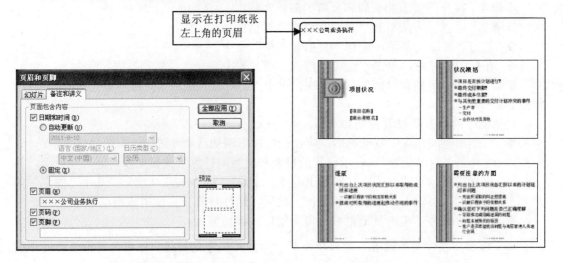

图 2-6　选择"备注和讲义"选项卡　　　　图 2-7　显示的页眉

✍**提示**：为备注或讲义添加的页眉或页脚信息是显示在打印纸张中的，其内容根据需要可与显示在幻灯片中的页眉和页脚信息有所不同，两者并不冲突。

同样，如果要对备注或讲义的页眉和页脚格式进行修改，则需在备注母版或讲义母版中进行。关于备注母版和讲义母版的使用请参见本章"2.5 使用并设计母版"中的内容。

3．删除页眉和页脚

具体操作描述如下。

步骤 1 单击"视图"菜单，选择"页眉和页脚"命令。

步骤 2 打开"页眉和页脚"对话框，如需要删除幻灯片页面中的页眉，可在"幻灯片"选项卡中，取消选中相应选项的复选框；如果要删除备注或讲义页面中的页眉和页脚，可以在"备注和讲义"选项卡中，取消选中相应选项的复选框。

步骤 3　设置完成后单击"应用"或"全部应用"按钮。

✍注意：经过上面的操作后，只是暂时取消了页眉和页脚信息的显示，如果有需要可重新设置。

2.1.3　本节考点

本节考点包括页面设置、页眉和页脚的设置、设置幻灯片背景 3 点。

◆ 页面设置：在"页面设置"对话框中操作。要注意自定义页面大小的设置。
◆ 页眉和页脚的设置：添加和删除操作都在"页眉和页脚"对话框中进行。常见的题型是为幻灯片添加编号。要注意编号起始值的设置需要在"页面设置"对话框中完成。

2.2　设置幻灯片背景

为幻灯片应用一种背景颜色能对前景的文本或其他对象起到取得较好的衬托效果。

2.2.1　为幻灯片添加背景

设置幻灯片背景的具体的设置方法描述如下。

步骤 1　选中需要设置背景的幻灯片。

步骤 2　使用以下方法之一打开"背景"对话框。

◆ 单击"格式"菜单，选择"背景"命令。
◆ 在幻灯片的空白处单击鼠标右键，选择"背景"命令。

步骤 3　在"背景填充"中，单击"颜色"框右侧的下拉菜单，在如图 2-8 所示的列表中可以选择填充的颜色。

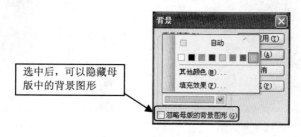

图 2-8　选择填充的颜色

步骤 4　单击"其他颜色"按钮后，可在"颜色"对话框中"标准"选项卡中可以选择一种颜色应用。如图 2-9 所示。在"自定义"选项卡中，可输入具体的颜色值，如图 2-10 所示。

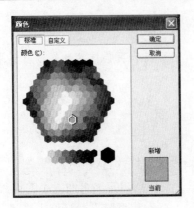

图 2-9　设置背景颜色　　　　　　　　　　图 2-10　自定义颜色

步骤 5　单击"应用"按钮,为当前幻灯片应用所设置的背景颜色。单击"全部应用"按钮可以将指定的背景颜色应用于所有幻灯片中。

如果有必要,可在如图 2-8 所示的列表中选择"填充效果"项,然后在"填充效果"对话框的对应选项卡中分别设置,图 2-11 至图 2-14 所示分别是幻灯片背景填充为渐变、图案、纹理和图片时的显示效果。

关于填充效果的设置方法可参见"3.3.3 设置填充格式"中的内容。

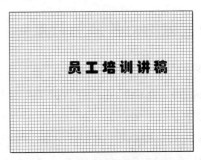

图 2-11　渐变填充效果　　　　　　　　　　图 2-12　图案填充效果

图 2-13　纹理填充效果　　　　　　　　　　图 2-14　图片填充效果

2.2.2　忽略母版图形

有时,设置幻灯片的背景填充色,幻灯片中仍然显示了设计模板中的图案。例如,将

图 2-15 所示的幻灯片背景设置为"鱼类化石"图案，在页面中仍然保留了设计模板中的图案，如图 2-16 所示。

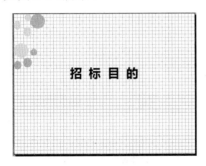

图 2-15　左上角是母版中的图形

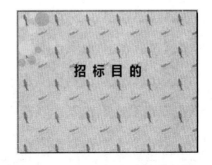

图 2-16　设置背景后仍然显示母版图形

要解决这个问题，需要在图 2-8 所示的"背景"对话框中，选中"忽略母版的背景图形"复选项，以取消背景图形在幻灯片中的显示。

2.2.3　本节考点

本节考点主要是设置幻灯片背景的方法。在"背景"对话框中进行设置，注意忽略背景图形的处理。

2.3　应用设计模板

设计模板是演示文稿样式的文件，包括项目符号和字体的类型和大小、占位符大小和位置、背景设计和填充、配色方案以及幻灯片母版和可选的标题母版。

2.3.1　为幻灯片指定设计模板

在演示文稿的制作过程中，根据需要可以随时更改设计模板。

1. 应用内置设计模板

在 PowerPoint 2003 中，允许用户在同一演示文稿中使用多个设计模板。在幻灯片制作过程中，可根据需要随时为幻灯片应用设计模板，具体的操作方法描述如下。

步骤 1　选中需要应用设计模板的幻灯片。

步骤 2　打开并显示"幻灯片设计"任务窗格。

步骤 3　在"幻灯片设计"任务窗格中，鼠标指向一个模板，单击其右侧的下拉按钮，在如图 2-17（a）所示的下拉列表中可以对应用范围进行选择，说明如下。

◆　应用于所有幻灯片：可更改所有幻灯片的设计模板，如图 2-17（b）所示，为所有幻灯片应用 Crayons.pot 设计模板的效果。

◆ 应用于选定幻灯片：只更改当前所选幻灯片设计模板，如图 2-17（c）所示，将标题幻灯片的设计模板更改为 network.pot。

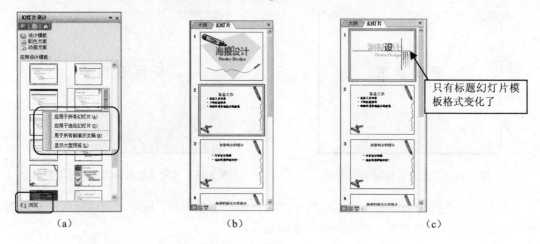

（a）　　　　　　　　（b）　　　　　　　　（c）

图 2-17　将设计模板应用到所有幻灯片中

2. 使用外部设计模板

当内部模板不能满足需要时，可以从外部导入模板文件，具体操作描述如下。

步骤1　在"幻灯片设计"任务窗格中，单击左下角的"浏览"链接，如图 2-17（a）所示。

步骤2　在"应用设计模板"对话框中，选择一个包含设计模板的文件，例如"事故分析.ppt"；如图 2-18 所示。

图 2-18　选择外部文档

提示：被导入的文件可以是一个 ppt 文档，也可以是一个设计模板文件，只要其中包含设计母版即可。

步骤3　单击"应用"按钮，如图 2-19 所示，所有幻灯片都应用了该文件的设计格式。通过保存母版格式可以将文件的格式创建为设计模板并显示在"幻灯片设计"任务窗格中，具体操作方法参见本章"2.5 使用并设计母版"中的内容。

图 2-19　应用外部模板格式

2.3.2　允许或禁止应用多个设计模板

PowerPoint 2003 中允许用户在演示文稿中应用两个或更多的设计模板。如果不希望使用这个功能，可以将它禁止，具体操作描述如下。

步骤 1　单击"工具"菜单，选择"选项"命令。

步骤 2　在"选项"对话框的"编辑"选项卡中，如图 2-20 所示，选中"多个母版"复选框，表示不允许在演示文稿应用多个设计模板。

步骤 3　单击"确定"按钮，完成设置。

重新为幻灯片指定设计模板，如图 2-21 所示，在列表中"应用于选定幻灯片"命令项消失，所选设计模板只能应用于所有幻灯片中。

图 2-20　"选项"对话框

图 2-21　隐藏了"应用于选定幻灯片"命令项

✍**注意**：如果在演示文稿中已经使用多个设计模板，设置禁用多母版后，不会自动将原有的母版删除。但应用了新的设计模板后，原有母版将被删除。

2.3.3　设置默认设计模板

默认模板文件将在创建空白演示文向时自动应用，使用下面方法之一可以重新指定默认的设计模板。

方法 1　将内置的设计模板指定为默认模板。

具体操作描述如下：在"幻灯片设计"任务窗格中，指向设计模板，单击右侧的下拉按钮后，选择"应用于所有新建演示文稿"项。

方法 2　将外部文件指定为默认模板。

具体操作描述如下。

步骤 1　在演示文稿中删除不必要的幻灯片，为每个设计模板保留一张幻灯片。

步骤 2　单击"文件"菜单，选择"另存为"命令。

步骤 3　在"另存为"对话框中，将模板以"blank.pot"的名称保存在默认的路径中。

✍**注意**：如果希望恢复原来的默认模板，可以将 blank.pot 删除。

2.3.4　本节考点

本节考点主要包括为幻灯片应用设计模板、允许或禁止使用多个设计模板、设置默认设计模板 3 点，要求掌握具体的设置方法。

2.4　应用配色方案

配色方案决定了幻灯片背景、文本和线条、阴影、标题文本、填充、强调和超链接的颜色。本节介绍配色方案的应用方法。

2.4.1　应用标准配色方案

演示文稿的配色方案由当前应用的设计模板所确定，使用同一设计模板的幻灯片也可以使用不同的配色方案，以显示不同的风格，如图 2-22 所示。

具体操作描述如下。

步骤 1　选中需要设置配色方案的幻灯片。

步骤 2　打开"幻灯片设计"任务窗格，单击其中的"配色方案"链接。

步骤 3　在"幻灯片设计——配色方案"任务窗格中，鼠标指针指向所要应用的配色方案，单击右侧下拉箭头，如图 2-23 所示，在下拉菜单中选择应用的范围。

列表中各选项说明如下。

◆　应用于所选幻灯片：将配色方案应用到选中的幻灯片中。

◆　应用于所有幻灯片：将配色方案应用到演示文稿的所有幻灯片中。

◆　应用于母版：为所有使用某个设计模板的幻灯片应用配色方案。例如，演示文稿中第 2 张和第 4 张幻灯片使用了相同的设计模板，选择"应用于母版"项后，其配色方案同时发生变化，如图 2-24 所示。

图 2-22　同一设计模板应用不同的配色的显示效果

图 2-23　应用配色方案　　　　　　图 2-24　为母版应用配色方案的效果比较

2.4.2　编辑配色方案

下面介绍配色方案的创建和修改、删除和复制操作。

1．创建和修改配色方案

创建配色方案的操作描述如下。

步骤 1　在如图 2-23 所示的任务窗格中，单击左下角的"编辑配色方案"链接。

步骤 2　在"编辑配色方案"对话框的"自定义"选项卡中，如图 2-25 所示，单击要修改颜色的色块，单击"更改颜色"按钮。

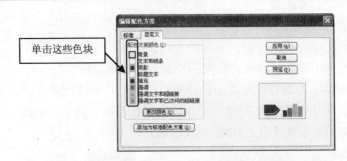

图 2-25 "编辑配色方案"对话框

步骤 3 继续在颜色对话框中设置并选择所需要的颜色，设置完成后单击"确定"按钮。

步骤 4 单击"添加为标准配色方案"按钮，将设置好的配色方案保存为标准配色方案。再单击"应用"按钮将配色方案应用于所有幻灯片。

2. 删除配色方案

同样，不再被需要的配色方案可以将其删除，具体操作描述如下。

在"编辑配色方案"对话框的"标准"选项卡中，选择一个配色方案，单击"删除配色方案"按钮，可将其删除。

✍提示：不能删除全部的配色方案，至少保留一个配色方案，如图 2-26 所示。

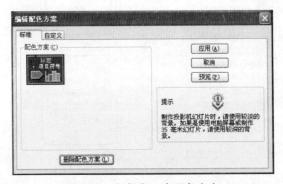

图 2-26 仅保留一个配色方案

3. 复制配色方案

对配色方案进行复制，具体操作方法描述如下。

步骤 1 切换到"幻灯片浏览"视图中，选择一张含有所需配色方案的幻灯片，在"常用"工具栏中单击"格式刷"按钮。

步骤 2 鼠标变为 ▷▣ 形状时，直接在需要使用相同配色方案的幻灯片上单击左键，即可完成配色方案的复制。

✍提示：如果需要在不同的演示文稿中进行配色方案传递，操作时，可以将两个演示文稿的窗口并排放置，并且均处于"幻灯片浏览"视图。

2.4.3　设置图表配色参照

如果在演示文稿中存在图表对象，在对演示文稿应用配色方案之前应当考虑图表对配色方案的适应方式。具体设置方法描述如下。

步骤 1　在幻灯片中选择图表对象，单击"格式"菜单选择"对象"命令。

步骤 2　在"设置对象格式"对话框的"图片"选项卡中，单击"重新着色"按钮，如图 2-27 所示。

步骤 3　在图 2-28 所示的"图表重新着色"对话框中，可以对图表着色的方式进行设置，完成后单击"确定"按钮。

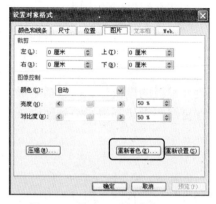

图 2-27　单击"重新着色"按钮

图 2-28　"图表重新着色"对话框

对话框中的选项说明如下：

◆　参照完整配色方案：选择该项后，图表完全适应配色方案，如图 2-29 所示。

◆　参照文本及背景色：选择该项后，只有图表中的文本和背景色与配色方案适应，如图 2-30 所示。

◆　无参照：选择该项后，图表不随配色方案的变化而变化，如图 2-31 所示。

📝注意：应在对幻灯片使用配色方案之前就对相应的图表做好设置。

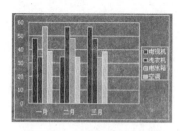

图 2-29　参照完整配色方案

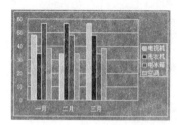

图 2-30　参照文本及背景色

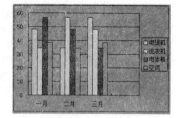

图 2-31　无参照

2.4.4　本节考点

本节考点主要包括应用配色方案，配色方案的创建、复制和删除两点。

◆ 应用配色方案：主要在"幻灯片设计——配色方案"任务窗格中操作。注意应用
范围的选择。
◆ 配色方案的创建、复制和删除：创建和删除配色方案在"编辑配色方案"对话框
中完成。

2.5　使用并设计母版

在 PowerPoint 中，可以将母版理解为样式，对母版的修改将影响所有使用这一母版的
幻灯片，PowerPoint 2003 中提供了幻灯片母版、讲义母版、备注母版三种类型的母版，分
别用于设计和统一幻灯片、讲义和备注的格式。本节介绍母版的应用。

2.5.1　设计幻灯片母版

幻灯片母版中存储了当前演示文稿所用的设计模板的模板信息，包括字形、占位符大
小和位置、背景设计和配色方案。在母版中进行更改和设计都将影响到使用该设计模板的
所有幻灯片。

1．进入和关闭幻灯片母版视图

要查看当前演示文稿中的母版，需要打开幻灯片母版视图，用以下方法之一可以打开
幻灯片母版视图。
◆ 单击"视图"菜单，选择"母版"命令，再继续选择"幻灯片母版"命令，如图
2-32 所示。

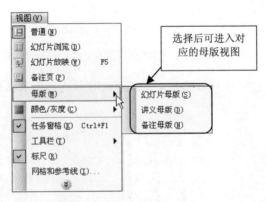

图 2-32　三个进入母版视图的命令

◆ 按住 Shift 键，然后单击"幻灯片/大纲"窗格下方的"普通视图"按钮，打开幻灯
片母版。
如图 2-33 所示，在幻灯片母版视图的左侧窗格中显示了当前演示文稿中所应用的母
版，它们成对显示。如果使用了多个设计模板，那么，在窗格中将显示多个母版对。
每个幻灯片母版对中最上方页面是幻灯片母版页，对它的修改将影响演示文稿中所有

版式的幻灯片；下方的页面是标题幻灯片母版页，对它的修改将只影响使用"标题幻灯片"版式的幻灯片。

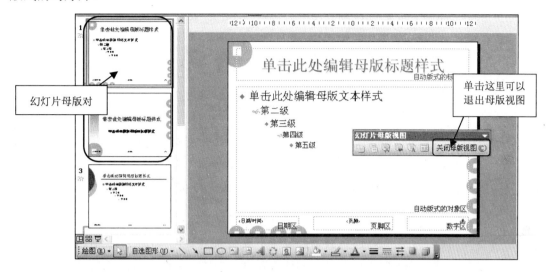

图 2-33　幻灯片母版视图

✍️**注意**：显示在母版页面上的文本仅用于样式，实际显示的文本需要在"普通"视图中进行输入，页眉和页脚的文本也需要在"页眉和页脚"对话框中输入。

退出"幻灯片母版"视图的操作方法有：

方法 1　在"幻灯片母版视图"工具栏中，单击"关闭母版视图"按钮，返回幻灯片编辑状态。

方法 2　在窗格左下角单击相应的视图按钮进行视图切换。

2．插入并设计幻灯片母版

在"幻灯片母版"视图中，添加一个新的空白母版的操作方法如下。

步骤 1　进入"幻灯片母版"视图。

步骤 2　用以下方法之一插入一个新幻灯片母版，如图 2-34 所示。

◆　在"幻灯片母版视图"工具栏中，单击"插入新幻灯片母版"按钮 📄。

◆　单击"插入"菜单，选择"插入新幻灯片母版"命令。

◆　在母版视图的左侧窗格处单击鼠标右键，选择"新幻灯片母版"命令，如图 2-35 所示。

步骤 3　选择新添加的幻灯片母版页后，用以下方法之一插入新标题幻灯片母版。

◆　在"幻灯片母版视图"工具栏中，单击"插入新标题幻灯片母版"按钮 📄。

◆　单击"插入"菜单，选择"插入新标题幻灯片母版"命令。

◆　单击鼠标右键，选择"新标题幻灯片母版"命令。

对幻灯片母版中文本和占位符的格式可以进行设置，当然，也可以添加图片等对象，操作过程与幻灯片的操作过程相同。

图 2-34　用鼠标右键操作　　　　　图 2-35　添加的新幻灯片母版图

　　在幻灯片母版页面中对标题文本格式、项目符号进行了设置，又在页面中添加了一些图形，并为幻灯片设置了一种网格背景，最终形成了如图 2-36 所示的效果。

　　在标题幻灯片母版页面中也进行了同样的设置，形成了如图 2-37 所示的效果。

图 2-36　幻灯片母版页　　　　　　图 2-37　标题幻灯片母版

　　关于文本格式、项目符号和图形的设置操作请参见本书相关章节中的内容。

　　当然，如果有必要也可以为母版页面应用一种设计模板，其操作方法与为幻灯片应用设计模板的方法相同。

3. 重命名母版

对母版命名可以方便对母版的识别，具体操作方法描述如下。

步骤 1　选中要命名的幻灯片母版。

步骤 2　用以下方法打开"重新命名母版"对话框。

◆　在"幻灯片母版视图"工具栏中，单击"重命名母版"按钮 📄。

◆　在幻灯片母版页处单击鼠标右键，选择"重命名母版"命令。

步骤 3　在"重命名母版"对话框中输入母版名称，例如"业务说明"，如图 2-38 所示。

步骤 4　单击"重命名"按钮，完成母版的重命名。

图 2-38　重命名母版

4．删除母版

母版可以被删除。但需要注意：每个演示文稿中至少应当保留一个母版，当删除的母版是演示文稿中唯一的母版时，删除操作不可执行。

删除母版的操作方法描述如下。

步骤 1　选择幻灯片母版（例如选择最上方的一张）。

步骤 2　用下面方法之一删除该母版。

◆　在"幻灯片母版视图"工具栏中，单击"删除母版"按钮。

◆　在"幻灯片母版"视图左侧窗格中，鼠标右键单击要删除的母版，在如图 2-34 所示的图中选择"删除母版"命令。

　　提示：删除幻灯片母版页的同时，将删除与其对应的标题幻灯片母版页；但删除标题母版页时，不会删除与之对应的幻灯片母版页。

5．恢复母版占位符

在母版编辑过程中，会遇到这样的情况，占位符被删除后，又想重新恢复占位符。用下面的方法进行恢复，具体操作描述如下。

步骤 1　在"幻灯片母版视图"工具栏上，单击"母版版式"按钮。

步骤 2　在如图 2-39 所示"母版版式"对话框中，选中希望重新恢复的占位符。

步骤 3　单击"确定"按钮完成操作。

图 2-39　"母版版式"对话框

　　提示：只有被删除的占位符才会显示为可选状态。若想恢复那些被移动位置或调整大小的占位符，可先将占位符删除再进行恢复。

6．在母版中设置页眉页脚

在幻灯片母版视图中，右侧的窗格中显示了所选择母版页，根据需要可以对字形、占位符的大小和位置、背景和配色方案等进行相应的设置，还可以根据需要添加其他对象。

下面以设置页眉页脚格式为例说明在幻灯片母版中的操作。具体操作描述如下。

步骤 1　进入幻灯片母版视图。

步骤 2　选择母版页底部中间位置的"页脚区"占位符，对其文本格式进行了相应的设置，并为占位符填充一种颜色，如图 2-40 所示，根据需要输入页脚文本内容。（本例只为突出显示修改的效果，不考虑是否与母版风格匹配）

步骤 3　退出母版视图，在幻灯片中显示了设置好的页眉，如图 2-41 所示。

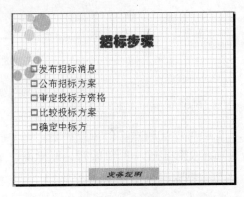

图 2-40　在母版中设置页脚格式　　　　　图 2-41　幻灯片页面中显示的页脚效果

如果有必要可以对"页脚区"占位符的位置和大小进行调整，此处不讲解具体过程了。

✍提示：如果希望在每个幻灯片页面都显示公司的 Logo 图片，可以将图片插入到幻灯片母版页面中，并进行适当的处理。关于图片的相关操作请参阅第 6 章。

7. 为母版添加保护

当在演示文稿中将所有使用某个母版的幻灯片都删除时，或者为所有幻灯片重新应用了另一个设计模板时，PowerPoint 会自动删除幻灯片原来的母版。为母版添加保护可以防止这种情况发生，具体操作方法描述如下。

步骤 1　在幻灯片母版视图左侧的窗格中，选中要保护的幻灯片母版。

步骤 2　单击"幻灯片母版视图"工具栏上中的"保护母版"按钮🔲。

当母版页面的左侧显示🔳形图标时，表示该母版已经被保护起来了。

✍注意：在母版视图中，仍然可以将被保护的母版删除。

8. 将母版保存为设计模板

如果希望辛苦工作得来的母版可以被反复地调用，应当将母版保存为设计模板，具体操作描述如下。

创建新设计模板的操作如下：

步骤 1　将需要保存的母版添加保护，使需要保存的母版页左侧显示🔳形标记。

步骤 2　切换到"幻灯片浏览"视图，将所有幻灯片删除。

步骤 3　单击"文件"菜单，选择"另存为"命令，在"另存为"对话框，将"保存类型"设置为"演示文稿设计模板"项，如图 2-42 所示，此时保存位置自动切换到了 Templates 文件夹中，这是设计模板的默认的保存目录。在"文件名"中输入所创建的新模板的名称。

步骤 4　单击"保存"按钮，即可创建一个新的设计模板，如图 2-43 所示，创建的新设计模板显示在"幻灯片设计"任务窗格中。

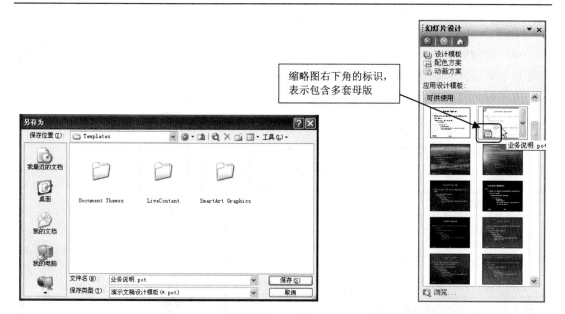

图2-42 保存设计模板   图2-43 显示在任务窗格中的设计模板

在"幻灯片设计"任务窗格中的"可供使用"列表中看到所保存的设计模板，其右下角的标识说明在设计模板中包含了多个母版。应用时，将显示如图 2-44 所示的提示框，单击"是"按钮后，可把所有母版都复制到当前演示文稿中；单击"否"按钮后，将只应用设计模板中的第一个母版，其他母版不被复制。

图 2-44 提示框

2.5.2 设计讲义母版和备注母版

讲义母版用于设计讲义的显示和打印格式，备注母版则用于设计备注页的显示和打印格式，下面介绍讲义母版和备注母版的应用。

1. 进入和关闭讲义母版视图

将演示文稿中的幻灯片打印成册就成了讲义。讲义母版用于对讲义的页眉页脚、日期和页码的数字格式等进行设计，所做的更改用"打印预览"查看。

用以下两种方法可以打开讲义母版视图。

◆ 按住 Shift 键，然后单击幻灯片视图窗格下方的"幻灯片浏览视图"按钮。

◆ 单击"视图"菜单，选择"母版"命令，继续选择"讲义母版"命令。

进入"讲义母版"视图后，可在如图 2-45（a）所示的"讲义母版视图"工具栏中单击相应的按钮，在不同的讲义版式间切换。

　　如图 2-45（b）所示，单击"显示每页 4 张幻灯片的讲义位置"按钮后，在母版中显示了对应的母版页。其中，页面中间的 4 个虚线框，代表该版式中包含 4 张幻灯片。上方则显示了页眉区和日期区，可用于设置页眉格式和日期格式；下方则显示了页脚区和数字区，用于设计页脚格式和页码格式。

　　✐ 提示：讲义的页面方向，需要在"打印"对话框中进行设置，如图 2-45（c）所示是设置为"水平"页面每页打印 4 张幻灯片时的讲义母版。

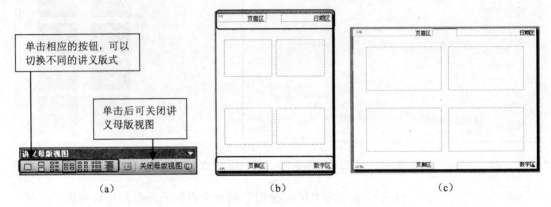

（a）　　　　　　　　　　　（b）　　　　　　　　　　（c）

图 2-45　当前演示文稿的讲义母版

　　在设置完讲义母版后，单击"讲义母版视图"工具栏上的 关闭母版视图(C) 按钮，可关闭讲义母版。

2．在讲义母版视图中设置页眉页脚

　　在讲义母版视图中，用户可以对页眉、日期、页脚和页码的数字格式进行定义，但不能调整讲义母版上幻灯片的占位符的大小和位置。

　　下面以设置页眉格式为例，说明具体的操作方法。

　　步骤 1　鼠标右键单击页面左上角页眉区占位符，如图 2-46 所示，在菜单中选择"编辑文本"命令。

　　步骤 2　占位符中文本显示反白，此时可以输入页眉文本，如图 2-47 所示。

图 2-46　选择"编辑文本"命令

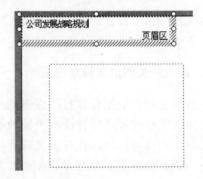

图 2-47　在页眉中输入文本

　　步骤 3　可以根据显示的需要继续设置其文本格式，如图 2-48 所示。

步骤 4　将事先准备好的 Logo 图片添加到讲义页面中，并调整至页面的右上角处。

📝**提示**：关于文本的格式设置、图片的插入与编辑等操作，可以参见本书中相关章节的内容。

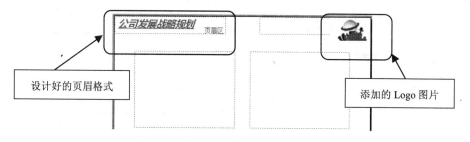

图 2-48　设置的页眉

设置好的页眉根据需要在打印预览时进行查看。

步骤 5　单击"常用"工具栏中的"打印预览"按钮，如图 2-49 所示，可以看到在讲义页面中显示了设置的页眉，并且页面方向和讲义版式的更改对页眉的应用没有影响。

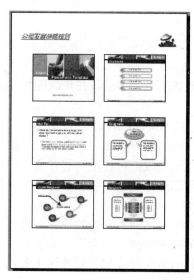
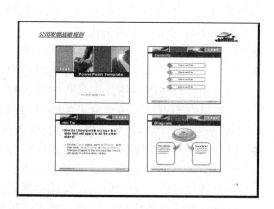

图 2-49　不同方向和版式的讲义中都显示了相同的页眉

3．设计备注母版

在"备注页"视图中，可以调整幻灯片和备注框的大小和位置，但每次只能设置一张幻灯片。如果需要快速地统一设置所有备注页的显示和打印格式，需要使用备注母版。

具体操作方法描述如下。

单击"视图"菜单，选择"母版"命令，继续选择"备注母版"命令，进入备注页母版视图。

在如图 2-50 所示的备注母版视图中，可以根据需要调整幻灯片、备注、页眉区、日期区、页脚区和数字区占位符的大小和位置。

与备注母版一同显示的还有"备注母版视图"工具栏，利用该工具栏可以设置备注母版版式和关闭备注母版。

（a）

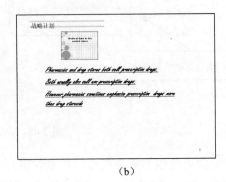
（b）

图 2-50　备注母版

2.5.3　本节考点

本节的母版操作都是常考的内容，主要包括母版视图的切换、幻灯片母版的操作、设计讲义母版和备注母版三方面的内容。

◆　母版视图的切换：一般不会单独出现，经常与其他操作结合。

◆　幻灯片母版的操作：设置的考题包括母版页面的添加、删除、重命名、保护，可在"幻灯片母版视图"工具栏中单击相应的按钮完成；可使用"另存为"命令将母版保存为设计模板。常见的题型包括为当前幻灯片中的母版中添加一个名称为"演示专业"的新母版，设置母版页背景为绿色。

◆　设计讲义母版和备注母版：重点应掌握在母版中对页眉和页脚的设置。常见考题是：为当前演示文稿的讲义添加文本为"业务往来明细"的页眉，要求在讲义母版中进行设置；为当前演示文稿中所有幻灯片的备注页添加"业务往来明细"的页脚，其字体为黑体，倾斜，要求在母版中进行设置。

2.6　本章试题解析

试　题	解　析
一、设置幻灯片版面布局	
试题 1　在当前演示文稿中，设置页面大小为 A3，纵向显示，完成后切换到"幻灯片浏览"视图查看效果	参见"2.1.1 页面设置"，然后单击"视图切换栏"中的"幻灯片浏览视图"按钮
试题 2　指定当前演示文稿幻灯片从"11"开始编号	参见"2.1.1 页面设置"

试　题	解　析
试题 3　在当前演示文稿中，为所有幻灯片添加固定的日期和时间"2011-08-15"，设置"页脚"为"组织体系设计"，预览其讲义打印效果	参见"2.1.2"中的"1.为幻灯片添加页眉和页脚"。设置完后，单击"打印预览"按钮查看效果
试题 4　在当前演示文稿中，要求为除第一张幻灯片外的所有幻灯片添加页脚"组织体系设计"	打开"页眉和页脚"对话框，选中"页脚"复选框后输入文本，选中"标题幻灯片中不显示"复选框，单击"全部应用"
试题 5　将当前演示文稿中的页脚删除	参见"2.1.2"中的"3.删除页眉和页脚"
试题 6　为当前演示文稿的讲义添加页脚文字"组织体系讲稿"，并显示页码	参见"2.1.2"中的"2.为备注或讲义添加页眉页脚"
试题 7　在演示文稿的所有幻灯片中插入日期，格式为"2011/10/5"，并为幻灯片编号	参见"2.1.2"中的"1.为幻灯片添加页眉和页脚"
试题 8　要求依次操作：首先打印预览，然后为幻灯片加框，再为所有幻灯片编号	在打印预览窗口中单击工具栏上的"选项"按钮，选择"幻灯片加框"命令，再单击"选项"按钮，选择"页眉和页脚"命令，选中"幻灯片编号"复选框，单击"全部应用"按钮
二、设置幻灯片背景	
试题 1　为所有幻灯片设置背景颜色，要求使用"颜色"对话框的"标准"选项卡中的第三行的第二种颜色，预览后确定	参见"2.2.1 为幻灯片添加背景"
试题 2　为当前演示文稿中的所有幻灯片，添加一种颜色背景，颜色的 RGB 值为（65，155，173），忽略母版的背景图形	参见"2.2.1 为幻灯片添加背景"
试题 3　为第 1 张幻灯片填充渐变背景，要求"预设"为"漫漫黄沙"，"底纹样式"为"斜下"，选择"变形"为第 1 种	参见"2.2.1 为幻灯片添加背景"
试题 4　为第 2 张幻灯片设置一幅背景图片，该图片为保存在"我的文档"的"water.jpg"	参见"2.2.1 为幻灯片添加背景"
试题 5　为第 3 张幻灯片设置一种渐变色，要求为"双色"，其中设置"颜色 1"为红色，"颜色 2"为蓝色	参见"2.2.1 为幻灯片添加背景"
试题 6　为当前演示文稿中的所有幻灯片设置一种填充，要求填充为一种"编织物"纹理效果（第四行第四列），忽略母版的背景图形	参见"2.2.1 为幻灯片添加背景"和"2.2.2 忽略母版图形"
三、应用设计模板	
试题 1　在当前任务窗格中打开"幻灯片设计"任务窗格，对第 4 个模板显示大型预览	在任务窗格中单击第 4 个模板右侧的下拉按钮，选择"显示大型预览"命令
试题 2　在演示文稿中，为所有幻灯片应用设计模板"熊猫翠竹"	参见"2.3.1 为幻灯片指定设计模板"中的"1. 应用内置设计模板"
试题 3　在演示文稿，为第 2 张幻灯片应用模板"诗情画意"，然后再将此设计模板复制到第 4 张幻灯片	选中第 2 张幻灯片，参见"2.3.1"中的"1.应用内置设计模板"，再选中第 2 张幻灯片，单击"常用"工具栏上的"格式刷"按钮，在第 4 张幻灯片空白处单击

试　　题	解　　析
试题 4　在演示文稿中，对第 1、第 3 张幻灯片同时应用"Crayons.pot"设计模板	选择第 1、第 3 张选幻灯片，再参见"2.3.1"中的"1. 应用内置设计模板"
四、应用配色方案	
试题 1　在演示文稿中，要求将第一行第二列的配色方案应用到所有幻灯片中	参见"2.4.1 应用标准配色方案"
试题 2　在演示文稿中，通过设置配色方案，将背景颜色更改为"标准"选项卡中的蓝色，标题文本的颜色为白色	参见"2.4.2"中的"1.创建和修改配色方案"
试题 3　通过编辑配色方案，设置"强调文字和已访问的超链接"的颜色为红色，并将其添加为标准配色方案	参见"2.4.2"中的"1.创建和修改配色方案"
试题 4　在当前演示文稿中，要求将倒数第 2 个配色方案应用到第 1 张幻灯片中	参见"2.4.1 应用标准配色方案"
试题 5　在当前演示文稿中，将第 2 张幻灯片的配色方案复制到第 5 张幻灯片中	参见"2.4.2"中的"3.复制配色方案"
试题 6　在演示文稿中，要求删除最后一个标准配色方案，然后对第 3 行第 2 列配色方案先进行预览，预览后再取消	参见"2.4.2"中的"2.删除配色方案"，再选中配色方案后，单击"预览"按钮，再单击"取消"按钮
五、使用并设计母版	
试题 1　在当前演示文稿中，进入母版视图，查看母版后，关闭母版视图	参见"2.5.1"中的"1.进入和关闭幻灯片母版视图"
试题 2　将当前演示文稿中的第 2 个幻灯片母版删除	参见"2.5.1"中的"4.删除母版"
试题 3　打开母板，在幻灯片的左上角插入一幅剪贴画，已知剪贴画的关键字为"汽车"，具体图形为第 2 行第 1 列	打开幻灯片母版后，用任务窗格搜索剪贴画，然后插入指定的图形
试题 4　使用母版功能，要求将第一级项目符号修改图片，具体为第 3 个图片项目符号	进入母版编辑状态，打开"项目符号和编号"对话框，单击"图片"按钮，选择指定的图片
试题 5　使用母版功能，设置所有幻灯片的背景，要求为第六行第八种图案，设置前景为"红色"，背景为"黄色"	进入母版视图后，参见"2.2.1 为幻灯片添加背景"为母版设置背景
试题 6　使用母版功能，添加页脚文字为"战略计划"，将"页脚区"填充为红色，要求透明度为30%	参见"2.5.1"中的"6.在母版中设置页眉页脚"选择"页脚区"占位符，单击鼠标右键，选择"格式"|"占位符"命令，然后在"设置自选图形格式"对话框中进行设置
试题 7　在演示文稿中，将第一张幻灯片的日期框填充为绿色	在幻灯片母版视图中，选中"日期区"占位符，打开"设置自选图形格式"对话框，选择绿色
试题 8　使用母版功能，设置所有幻灯片的标题，要求字体为黑体，颜色为红色	在幻灯片母版视图中，选中标题占位符，打开"字体"对话框进行设置
试题 9　要求进入讲义母版，然后设置每页显示 6 张幻灯片，再显示 9 张幻灯片，最后关闭母版	进入讲义母版，利用"讲义母版视图"工具栏上的按钮操作

试　　题	解　　析
试题 10　在讲义母版中，为幻灯片讲义添加固定的日期"2011-8-12"，再添加编号，要求在标题页中不显示编号	在讲义母版视图中，单击"插入"菜单中的"日期和时间"命令，在对话框中选择"固定"项，输入日期，再选中"幻灯片编号"复选框，勾选"标题幻灯片中不显示"复选框，单击"全部应用"按钮
试题 11　将讲义母版页中被删除的"文本"占位符重新恢复	参见"2.5.1　设计幻灯片母版"中的"5.恢复母版占位符"
试题 12　在为幻灯片中，利用"备注页"视图，输入备注文字"战略计划"	选择"视图"|"备注页"命令，在备注文本区中输入文本
试题 13　设置当前幻灯片的备注页文字（用"格式"工具栏），其中字体为楷体，字号为 20，颜色为绿色，最后推出备注页	进入"备注页"，选择备注文本框，按要求进行设置，用鼠标双击退出备注页
试题 14　将所有幻灯片的备注文本字体设置为黑体，其他保持不变	在备注母版视图中，单击占位符，打开"字体"对话框进行设置
试题 15　将备注页母版中的文本区填充为蓝色	参见"2.5.2"中的"3.设计备注母版"
试题 16　在备注母版中，将幻灯片区的高度设置为 5 厘米，宽度同时成比例的变化	进入备注母版视图，单击幻灯片区，打开"设置占位符格式"对话框，指定高度值，选中"锁定纵横比"复选框
试题 17　在当前演示文稿中，将所有幻灯片的页脚颜色设为红色	参见"2.5.1"中的"6.在母版中设置页眉页脚"
试题 18　在当前演示文稿中创建一个新母版，并重命名为"母版－战略"	参见"2.5.1"中的"2.插入并设计幻灯片母版"和"3.重命名母版"
试题 19　将名称为"母版－战略"的母版删除	参见"2.5.1"中的"4.删除母版"
试题 20　将当前演示文稿中的母版添加保护，最后保存为设计模板	参见"2.5.1"中的"7.为母版添加保护"和"8.将母版保存为设计模板"

第 3 章　幻灯片文本编辑

考试基本要求

掌握的内容：

◆ 在幻灯片中输入文本（包括使用占位符、文本框）的方法；掌握文本框的编辑（复制、插入、删除、修改、移动）操作；

◆ 文本框的选择和属性设置（尺寸、位置和角度的调整）方法；

◆ 段落缩进、行距、段间距、对齐的设置方法；

◆ 为段落应用项目符号和编号的方法。

熟悉的内容：

◆ 文本框中字体的对齐设置；

◆ 多级编号的应用方法。

了解的内容：

◆ 文本的编辑（选择、复制、删除、查找与替换、设置文本格式）方法；

◆ 文本框内部格式的调整方法；

◆ 文本框格式的设置方法；

◆ 英文大小写的设置方法。

　　文本是幻灯片中的重要构成元素之一，是表达演示文稿的制作目的和思想的最直白的手段。

　　本章主要介绍幻灯片的文本编辑方法，包括在文本框和占位符中输入文本、创建段落、文本的编辑、段落格式的设置、项目符号和编号的设置及文本框的设置。

3.1 输入和编辑文本

文本是幻灯片中最基本的组成元素，本节将介绍幻灯片文本的编辑，包括输入、移动、复制和删除、格式设置等操作。

3.1.1 输入文本

文本使幻灯片更具可读性，在 PowerPoint 2003 中有多种输入文本的方法。

1. 使用占位符输入文本

当对幻灯片应用了某种版式后，页面中会显示出一些带有虚线或阴影线边缘的框，这些框就是占位符，在其中可以放置文本、图表、表格和图片等对象。

用占位符输入文本的具体操作描述如下。

步骤 1　单击幻灯片标题位置处的占位符，这时，占位符中原有的提示文本"单击此处添加标题"消失，如图 3-1 所示，可以看到闪动的光标。

步骤 2　输入事先准备好的文本就可以了，如图 3-2 所示。

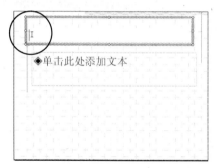

图 3-1　单击占位符后显示的光标　　　　图 3-2　在占位符中输入的文本

2. 占位符的自动调整功能

当输入的文本超过了文本占位符的宽度或大小，默认情况下，文本会自动换行并根据占位符的大小自动调整字体大小，如图 3-3 所示。

在占位符的左下角显示一个"自动调整选面"按钮，单击后可以在其中选择"停止根据此占位符调整文本"项，来禁止文本自动调整大小，如图 3-4 所示。

如果希望所有的幻灯片中都不再使用自动调整功能，可以用如下的方法设置。

步骤 1　单击"自动调整选项"按钮，在如图 3-3 所示的列表中选择"控制自动更正选项"命令。

步骤 2　在"自动更正"对话框中，取消"根据占位符自动调整标题文本"和"根据占位符自动调整正文文本"两个复选项，如图 3-5 所示。

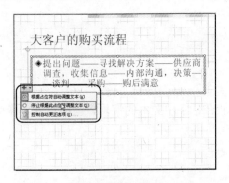

图 3-3　单击"自动调整选项"按钮

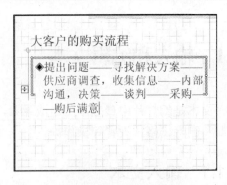

图 3-4　停止根据占位符自动调整文本

　　✍提示：单击"工具"菜单中的"自动更正选项"命令，也能打开"自动更正"对话框。

　　步骤 3　单击"确定"按钮完成设置。

　　此后，在显示的"自动调整选项"按钮列表中不再显示"根据占位符自动调整标题文本"和"根据占位符自动调整正文文本"两个命令了。

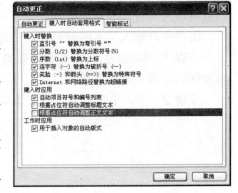

图 3-5　设置自动更正选项

　　但此时会在列表中显示如图 3-6 所示的几个命令，选择后可以对超出占位符的文本进行处理。各命令的功能说明如下。

　　◆ 拆分两个幻灯片间的文本：选择此项后，文本被分别显示在两张幻灯片中。

　　◆ 在新幻灯片上继续：选择此项后，将在当前幻灯片的后面添加一张新幻灯片，以供继续输入文本。

　　◆ 将幻灯片更改为两列版式：选择此项后，当前幻灯片的版式将被更改为两列文本的版式，如图 3-7 所示。

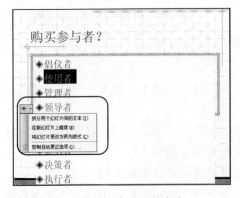

图 3-6　自动调整命令

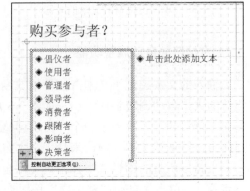

图 3-7　更改为两列版式后的显示效果

3．使用文本框输入文本

　　占位符是添加在幻灯片母版中的一个特殊的文本框，它的位置是事先设计好的，如果需要在幻灯片的其他位置输入文本，则需要使用文本框来输入文本。

　　在 PowerPoint 2003 中，文本框有"横排"和"竖排"两种。其中，"横排"文本框中文本将按水平方向显示，在"竖排"文本框中，文本将按垂直方向显示。如图 3-8 所示是横排文本框中文本的显示效果；如图 3-9 所示则是竖排文本框中文本的显示效果。

图 3-8　"横排"文本框

图 3-9　"竖排"文本框

用文本框输入文本的具体操作描述如下。

步骤 1　使用下面的方法之一选择需要绘制的文本框类型。

◆ 单击"插入"菜单，选择"文本框"命令，继续选择需要绘制的文本框类型。选择"横排"命令可以绘制一个水平文本框，选择"竖排"命令可以绘制一个竖排文本框。

◆ 在"绘图"工具栏中单击相应的按钮，单击"文本框"按钮，绘制一个水平文本框；单击"竖排文本框"按钮，绘制一个垂直文本框。

步骤 2　如图 3-10 所示，按住鼠标左键拖动，绘制出一个指定大小的文本框，光标自动显示在文本框中，直接输入文本内容即可，如图 3-11 所示，文本可按照文本框的大小自动换行。

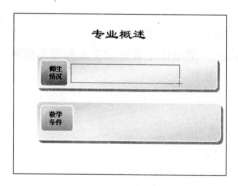

图 3-10　拖动鼠标绘制文本框

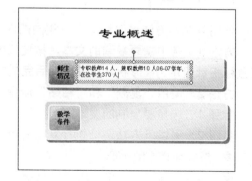

图 3-11　在文本框中输入文本

　　提示：用鼠标左键在页面单击可以直接添加一个文本框，输入时，文本不会自动换行，文本框的宽度会随着内容的增多而加宽。需换行时要按 Enter 键进行换行处理。并且，用此方法添加文本框后不立即输入文字，所添加的文本框将自动消失。

4．在“大纲/幻灯片”窗格中输入文本

在“大纲/幻灯片”窗格中输入文本的方法是：在大纲窗格中定位光标后，可以直接输入文本。关于大纲的编辑参见 “1.6 编辑大纲文本”中的内容。

3.1.2　编辑文本

文本则是组成段落的基本元素，本节主要说明文本的各种编辑设置。

1．选择文本

在对文本进行操作之前，需要先选中文本。具体描述如下。

步骤 1　在文本框或占位符的内部单击鼠标左键。

步骤 2　用如下方法之一可以选择所需要的文本。

◆ 单击鼠标定位光标，按住 Shift 键，在需要选择的文本的最后一个字符处单击鼠标，可以选中两次单击之间的所有文本。

✍提示：按住 Shift 键后，每按一次向右方向键可以选择一个文本。

◆ 双击鼠标左键选中光标位置处的词语；连续按三次鼠标左键选中光标所在的整个段落。

◆ 鼠标指针为✛形状时，单击段落左侧的项目符号，选择该级项目列表以及其包含的各级文本。

◆ 按住鼠标左键进行拖动可以选择任意多的文本。

◆ 按快捷键 Ctrl+A 或单击“编辑”菜单选择“全选”命令，可以选中文本框中的所有文本。

2．复制文本

使用复制的方法可以快速录入相同的内容，具体方法描述如下。

方法 1　选中需要复制的文本，按住 Ctrl 键后，用鼠标左键拖动文本到目标位置，此时鼠标指针显示为形状，松开鼠标后完成文本的复制。

方法 2　使用“复制”和“粘贴”命令。

步骤 1　选择要复制的文本。

步骤 2　用以下方法之一执行复制命令。

◆ 按快捷键 Ctrl + C。

◆ 单击“编辑”菜单，选择“复制”命令。

◆ 在“常用”工具栏中单击“复制”按钮。

◆ 在选中的文本处单击鼠标右键，选择“复制”命令。

步骤 3　将光标定位在目标位置处，使用以下方法之一执行粘贴操作。

◆ 按快捷键 Ctrl + V。

◆ 单击“编辑”菜单，选择“粘贴”命令。

◆ 在 "常用" 工具栏中单击 "粘贴" 按钮 🖼️ 。
◆ 在目标位置处单击鼠标右键，选择 "粘贴" 命令。

执行粘贴后，可在文本的右下角显示 "粘贴选项" 按钮，单击该按钮可以对粘贴效果进行设置。例如，将标题文本 "销售员" 复制到下方的文本框中，选择 "保留源格式"，可以保留文本原有的格式，如图 3-12（a）所示；选择 "只保留文本" 项，可以使文本适应目标位置的格式，如图 3-12（b）所示。

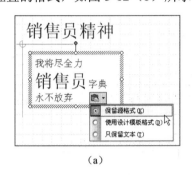（a） 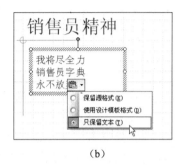（b）

图 3- 12 "粘贴选项" 按钮

3. 文本的移动

移动文本的操作方法主要有以下几种，具体描述如下。

方法 1 使用鼠标拖动的方法移动文本位置。

步骤 1 选定要移动的文本。

步骤 2 鼠标指针指向选定的文本，显示为 🖑 时按住鼠标左键进行拖动，此时光标将显示为 🖑 形状，如图 3-13 所示。

步骤 3 当虚线插入点到达目标位置时，松开鼠标左键文本被移动到目标位置了，如图 3-14 所示，是将上方文本框中的字符移动到下方文本框中的效果。

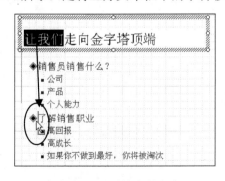 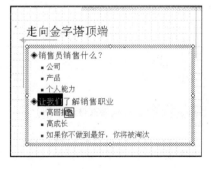

图 3-13 拖动选定的文本   图 3-14 文本被拖动到目标位置

方法 2 使用传统的剪切和粘贴操作。

步骤 1 选择需要移动的文本。

步骤 2 使用以下方法之一执行 "剪切" 操作，将文本剪切到剪贴板上。

◆ 按快捷键 Ctrl+X。
◆ 单击 "编辑" 菜单，选择 "剪切" 命令。

◆ 在"常用"工具栏中单击"剪切"按钮。

◆ 在选中的文本处单击鼠标右键，选择"剪切"命令。

步骤 3　光标定位到目标位置，用以下操作之一完成文本的移动。

◆ 按快捷键 Ctrl + V。

◆ 单击"编辑"菜单，选择"粘贴"命令。

◆ 在"常用"工具栏中单击"粘贴"按钮。

◆ 在目标位置处单击鼠标右键，选择"粘贴"命令。

4．删除文本

用下面三种方法之一都可以删除文本，具体描述如下。

方法 1　按键盘中的 Delete 键或单击"编辑"菜单选择"清除"命令，可删除当前选定的文本。

方法 2　按键盘中的 Backspace 键删除光标前面的字符；按键盘中的 Delete 键删除光标后面的字符。每按一次删除一个字符。

5．查找文本

查找文本可以更快速地在演示文稿中找到某个指定的关键词，具体操作描述如下。

步骤 1　在"幻灯片编辑"窗格中选中幻灯片。

步骤 2　用以下方法之一打开"查找"对话框。

◆ 单击"编辑"菜单，选择"查找"命令。

◆ 按快捷键 Ctrl+F。

步骤 3　在"查找"对话框中的"查找内容"框中输入要查找的关键词，单击"查找下一个"按钮，可以从当前位置向下依次查找，被找到的词自动被选中，如图 3-15 所示。查找到最后一处时，将弹出提示框，如图 3-16 所示，单击"确定"按钮完成查找。

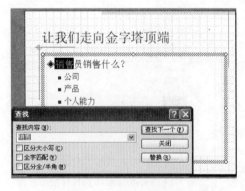

图 3-15　输入查找内容　　　　　　　　　　　　图 3-16　提示对话框

在查找文本时，可以进行一些设置，各参数说明如下。

◆ 区分大小写：选中该项后，将执行精确查找，所查找的英文字符区别大小写。例如，在"查找内容"框中输入的是"Day"，那么，单词"day"、"DAY"就不会被找到。

◆　全字匹配：选中该复选框，表示查找完全匹配的词组或单词，如查找"photo"时，那么，包含"photo"的"photography"就不会被找到。

◆　区分全/半角：选中该复选框，表示对查找的内容的全角或半角状态进行区别。例如，查找的是全角字符"ＤＡＹ"，则半角的字符"DAY"就不会被找到。

✎ 提示：如果希望在"大纲/幻灯片"窗格中查找文本，则需要在执行查找操作之前，切换到大纲显示状态并定位光标。

6. 替换文本

使用"替换"功能可以对文本进行批量更改，具体的操作方法描述如下。

步骤 1　使用以下方法之一打开"替换"对话框。

◆　按快捷键 Ctrl+H。

◆　在"查找"对话框中单击"替换"按钮。

◆　单击"编辑"菜单，选择"替换"命令。

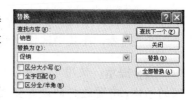

图 3-17　输入替换条件

步骤 2　在"替换"对话框的"查找内容"框中输入待修改的内容，如图 3-17 所示，在"替换为"框中输入需要替换的结果，表示用"促销"替换"销售"。

步骤 3　单击"替换"按钮后，将找到的内容进行替换。单击"全部替换"按钮，演示文稿中所有符合条件的词都会被替换。

步骤 4　单击"关闭"按钮结束替换操作并关闭对话框。

✎ 提示：如果希望在替换之前进行确认，可以单击"查找下一个"按钮，确认需要替换时，再单击"替换"按钮。

3.1.3　本节考点

本节内容的考点较多，是考试中常考的内容之一，主要包括文本的输入，文本的移动、复制和删除及查找与替换文本。

◆　文本的输入：要求掌握在占位符中输入文本和使用文本框输入文本两种方法。本考点一般会与新建幻灯片、为幻灯片应用指定版式等考点结合在一起。

◆　文本的移动、复制和删除：有多种操作方法，要求要熟练掌握。一般题型为使用菜单命令复制文本并将其粘贴到另一个幻灯片中。

◆　查找与替换文本：主要的考点是查找指定的字符串。要查找英文内容时要注意区分大小写。

3.2　设置文本格式

在制作演示文稿时，都需要对默认字体、字形、大小和颜色等文本格式进行修改，以符合演示文稿的设计需要。

3.2.1 设置文本外观格式

选中需要设置外观格式的文本后，可以用下面的方法之一进行设置，具体操作描述如下。

方法 1　在"格式"工具栏中设置文本外观格式。

在"格式"工具栏中提供了用于对文本格式进行设置的按钮，如图 3-18 所示。

图 3-18　"格式"工具栏中的相关按钮

◆ 字体：单击"字体"框[Arial]，可以打开图 3-19（a）所示的"字体"下拉列表，在其中选择需要使用的字体。列表中可以直接预览到实际的字体外观。

✎ 提示：使用"字体"框为文本设置字体时，文本中文字符和英文字符都将使用相同的字体，有时这样的设置会使中文字体与西文字母在形体和对齐方式上的不一致。此时，可以利用"字体"对话框为中文字符和西文字符指定不同的字体。

◆ 字号：单击"字号"框[32]，可以打开如图 3-19（b）所示的"字号"下拉列表，从中选择字号即可，用户也可以自己在文本框中输入大小数值。数值越大，文本显示越大。

✎ 提示：单击"增大字号"按钮 A 或"减小字号"按钮 A，可以增大字号或减小字号。

◆ 字形区包含四个按钮：[B I U S]，从左至右分别为加粗、倾斜、下划线和阴影，单击相应的按钮，可以为文本添加相应的效果，如图 3-19（c）所示。

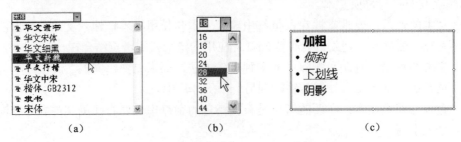

图 3-19　设置字体、字号及应用字形效果

◆ 字体颜色：单击"字体颜色"按钮 A，可在列表中选择一种颜色应用。单击"其他颜色"命令项后，可在"颜色"对话框中单击选择颜色。

方法 2　使用"字体"对话框设置文本外观格式。

具体操作步骤如下所述。

步骤 1　选中要设置格式的文本。

步骤 2　使用以下方法之一打开"字体"对话框。

◆　鼠标右键单击选中的文本，选择"字体"命令。

◆　单击"格式"菜单，选择"字体"命令。

步骤 3　在"字体"对话框中，可以对字体、字号、字形效果及颜色等进行设置，如图3-20 所示，设置完成后，单击"确定"按钮。

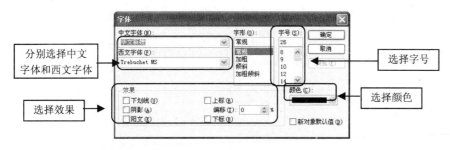

图 3-20　"字体"对话框

3.2.2　替换字体

使用字体替换功能可以快速将演示文稿中的某种字体进行整体替换，具体操作描述如下。

步骤 1　单击"格式"菜单，选择"替换字体"命令。

步骤 2　在"替换字体"对话框中，单击"替换"列表框，选择需要替换的字体，该字体目前被演示文稿所使用，在"替换为"框中需要选择要应用的字体，如图 3-21 所示。

步骤 3　单击"替换"按钮，将对字体进行替换，替换完成后单击"关闭"按钮。

3.2.3　设置英文大小写

使用"更改大小写"功能，可快速的将幻灯片中的英文内容设置为"句首字母大写"、"全部小写"、"全部大写"、"词首大写"和"切换大小写"等几种形式，操作步骤描述如下。

步骤 1　选中要更改大小写的英文单词或句子。

步骤 2　单击"格式"菜单，选择"更改大小写"命令。

步骤 3　在图 3-22 所示"更改大小写"对话框中，进行设置，然后单击"确定"按钮。

图 3-21　"替换字体"对话框

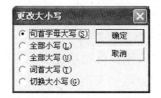

图 3-22　"更改大小写"对话框

提示：如果只想更改某个英文单词的大小写，只需将光标插入点定位于该单词中任意位置即可。

3.2.4　本节考点

本节内容的考点较多，是考试中常考的内容之一，主要包括以下几点：文本外观格式的设置、字体的替换、更改英文大小写。

◆ 设置字体格式：掌握"格式"工具栏按钮和"字体"对话框两种方法。掌握快速替换字体的操作方法。

◆ 更改英文大小写：在"更改英文大小写"对话框中完成。

3.3　编辑文本框

在幻灯片页面中添加的文本框，通常需要进一步的调整和编辑，例如调整文本框的大小和位置、对文本框进行复制和删除以及设置文本框的边框和填充格式等。

3.3.1　选择文本框

文本框是一个对象，在操作之前需要将其选中，选择文本框的方法主要有以下两种，具体描述如下。

方法 1　在文本框的文字中单击鼠标，可显示出文本框的虚线框。

方法 2　鼠标指向文本框的任意边框，指针变为 ⊞ 形状时，单击左键将文本框选中。

注意：第一种方法只是激活了文本框，文本框中的文本并未被选中；第二种方法则在选中文本框的同时也将文本内容选中。

3.3.2　文本框的移动、复制和删除

当文本框的位置不合适时，可以对其进行调整；当要创建相同或相似的文本框时，则可以使用复制功能。

1. 移动文本框

添加的文本框可能会因为位置的不合适，而与幻灯片的整体效果不协调，因此，用户常常需要调整其位置。

方法 1　用鼠标拖动文本框可以移动其在页面中的位置，具体操作描述如下。

步骤 1　选中文本框。

步骤 2　将鼠标指向文本框的任意边框处（注意，不能放在圆形控点上），鼠标指针显示为 形状，如图 3-23 所示。

步骤 3　按住鼠标左键进行拖动，如图 3-24 所示，鼠标指针将变为✛形状，当虚线框到达目标位置处时松开鼠标左键，完成文本框的移动操作。

图 3-23　鼠标形状　　　　　　　　　　　　　图 3-24　拖动文本框的位置

方法 2　选中文本框后，按键盘中的方向键可以对文本框进行移动。

方法 3　在"设置文本框"对话框中设置。

如果希望精确地指定文本框在幻灯片中的位置，可以使用"设置文本框格式"对话框进行设置，具体操作描述如下。

步骤 1　选中文本框。

步骤 2　打开"设置文本框格式"对话框，在"位置"选项卡中可以设置文本框在幻灯片页面中的具体位置，如图 3-25 所示。

步骤 3　设置完成后单击"确定"按钮。

对话框中的参数说明如下：

◆　水平：用于指定文本框的水平位置。在右侧的"度量依据"框中指定水平移动的参考位置。例如，将"度量依据"设置为"左上角"时，那么，在"水平"数值框中输入的数值将是文本框左上角与幻灯片左上角的水平距离。

◆　垂直：用于指定文本框的垂直位置。在右侧的"度量依据"框中指定垂直移动的参考位置。例如，将"度量依据"设置为"左上角"时，那么，在"垂直"数值框中输入的数值将是文本框左上角与幻灯片左上角的垂直距离。

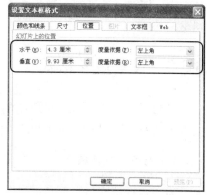

图 3-25　选择"位置"选项卡

2. 复制文本框

如果在不同的位置需要使用具有相同内容或相同格式的文本框，那么可以采用复制方法来实现。

方法 1　按住 Ctrl 键的同时，对文本框进行拖动，可以在移动的同时完成复制操作。

方法 2　使用"复制"和"粘贴"操作进行复制。

具体描述如下。

步骤 1　用鼠标左键单击文本框边框选中文本框。

步骤 2　使用下面方法之一进行复制操作。

◆　按快捷键 Ctrl + C。

◆　单击"常用"工具栏中的"复制"按钮 。

◆　单击"编辑"菜单，选择"复制"命令。

◆　在文本框上单击鼠标右键，选择"复制"命令。

步骤 3　使用下面方法之一进行粘贴操作。

◆　按快捷键 Ctrl + V。

◆　单击"常用"工具栏中的"粘贴"按钮 。

◆　单击"编辑"菜单，选择"粘贴"命令。

◆　在文本框上单击鼠标右键，选择"粘贴"命令。

3．删除文本框

删除文本框的操作描述如下。

步骤 1　选中文本框。

步骤 2　用下面方法之一将所选文本框删除。

◆　按键盘中的 Delete 键。

◆　单击"编辑"菜单，选择"清除"命令。

　　注意：在复制和删除文本框时，只能用鼠标左键单击文本框边框的方法来选择文本框。

3.3.3　设置填充格式

在默认情况，文本框是透明的，没有填充任何颜色，根据需要用户可以对文本框的背景进行填充。在 PowerPoint 2003 中可以为文本框填充单一颜色、渐变、图案以及外部图片。

1．用单一颜色填充

为文本框填充单一颜色的操作方法描述如下。

方法 1　选中文本框后，在"绘图"工具栏中单击"填充颜色"按钮 右侧的下拉箭头，在如图 3-26 所示的列表中选择需要填充的颜色。

如果需要使用更多的颜色，可以选择"其他填充颜色"项，打开"颜色"对话框，单击"自定义"选项卡，在颜色区域单击选择一种颜色，或者输入具体的颜色数值，如图 3-27 所示，拖动"透明度"的滑块可以将填充的颜色设置一种透明效果。

　　提示：在图 3-26 所示的列表中选择"无填充颜色"可以取消所设置的填充格式。

如图 3-28 所示是纯色填充的效果，图 3-29 所示是设置透明度后的填充效果，经过比较，不难发现，透明设置可以使页面效果更佳。

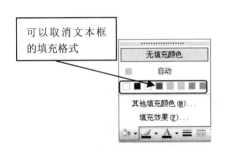

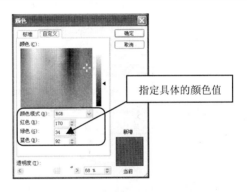

图 3-26　单击"填充"按钮　　　　　　　　　　图 3-27　指定具体的颜色值

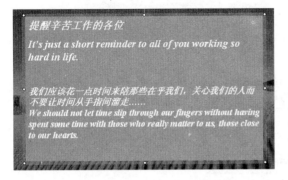

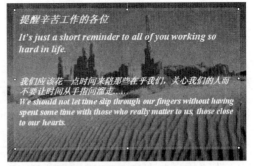

图 3-28　纯色填充的效果　　　　　　　　　图 3-29　设置透明度后的填充效果

方法 2　选中文本框后，打开"设置文本框格式"对话框，在"颜色和线条"选项卡中，在"填充"区域中可进行填充设置，如图 3-30 所示。

提示：在如图 3-30 所示列表选择"背景"项，可以将文本框填充为幻灯片背景。移动文本框至幻灯片任何位置，其填充都与所在位置处的幻灯片背景相同，如同透明一般。

2．用渐变效果填充

为文本框填充渐变色，可以实现多种不同的变化效果。具体操作步骤如下所述。

步骤 1　选中文本框。

步骤 2　用以下方法之一打开"填充效果"对话框。

图 3-30　"颜色和线条"选项卡的颜色列表

◆ 在"绘图"工具栏中单击"填充颜色"按钮 右侧的下拉箭头，在所示的列表中选择"填充效果"项。

◆ 打开"设置文本框格式"对话框后，在"颜色和线条"选项卡中单击"填充"区中的"颜色"下拉列表，选择"填充效果"项。

步骤 3　单击"渐变"选项卡，在"颜色"区选择填充的渐变类型，包括单色、双色和预设三种；在"透明度"区调整渐变的透明度，在"底纹样式"区选择一种变化样式，然后在"变形"区用鼠标单击选择一种变形效果。

步骤 4　设置完成后单击"确定"按钮即可。

如图 3-31 所示是单色渐变的设置情况，填充后的效果如图 3-32 所示。

图 3-31　"渐变"选项卡　　　　　　　　　图 3-32　单色渐变的填充效果

如图 3-33 所示是双色渐变的设置，填充后效果如图 3-34 所示，使用了"中心幅射"的变形样式。

图 3-33　设置双色渐变的颜色　　　　　　　图 3-34　双色渐变的填充效果

如果希望在渐变中使用更多的颜色，则可以选择"预设"项，在如图 3-35 所示的列表中选择一种预设的渐变效果，如图 3-36 所示是填充了"极目远眺"预设渐变的效果。

图 3-35　选择预设的渐变效果　　　　　　　图 3-36　填充"极目远眺"渐变的效果

3．用纹理效果填充

对文本框进行纹理填充的操作步骤如下所述。

步骤 1　选中文本框。

步骤 2　打开"填充效果"对话框，在图 3-37 所示的"纹理"选项卡中，选择一种纹理效果。

步骤 3　设置完成单击"确定"按钮。如图 3-38 所示是填充了"编织物"纹理的效果。

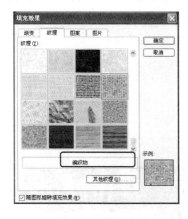

图 3-37　设置纹理

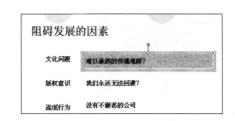

图 3-38　纹理填充效果

提示：单击"其他纹理"按钮，可以选择外部图片作为纹理进行填充。

4．用图案填充

图案是由前景和背景两种颜色组合而成的变化效果，对文本框进行图案填充的操作步骤如下。

步骤 1　选中文本框，打开"填充效果"对话框。

步骤 2　在"图案"选项卡中，设置图案的前景色和背景色，如图 3-39 所示，继续在"图案"区选择一种图案。

步骤 3　单击"确定"按钮。如图 3-40 所示，是填充"对角砖形"图案的效果。

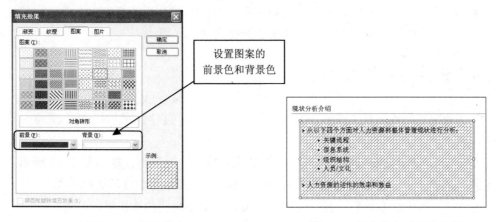

图 3-39　设置图案　　　　　　图 3-40　填充图案后的文本框

5. 用外部图片填充

有时我们还可以将一些图片填充到文本框中，具体操作描述如下。

步骤 1　选择文本框。

步骤 2　打开"填充效果"对话框。

步骤 3　在如图 3-41 所示的"图片"选项卡中，单击"选择图片"按钮。

步骤 4　在"选择图片"对话框中选择事先准备好的图片，单击"打开"按钮。

步骤 5　如图 3-41 所示，在返回 "填充效果"对话框中显示添加的图片，单击"确定"按钮完成设置。如图 3-42 所示是填充图片后的文本框效果。

　　图 3-41　选择外部图片

　　图 3-42　用图片填充后的文本框

6. 取消文本框的填充格式

取消文本框填充格式可使文本框恢复到无填充颜色的透明状态，操作步骤如下所述。

步骤 1　选中文本框。

步骤 2　使用下面方法之一取消文本框的填充格式。

◆ 在"绘图"工具栏中单击"填充颜色"按钮 右侧的下拉箭头，在列表中选择"无填充颜色"项。

◆ 打开"设置文本框格式"对话框，在"颜色和线条"选项卡中，单击"填充"区域的"颜色"框，在列表中选择"无填充颜色"项。

3.3.4　设置边框格式

默认情况下，添加的文本框不显示边框。如有需要可以对边框的颜色、宽度和线条类型进行设置，主要方法有：

方法 1　选中文本框后，打开"设置文本框格式"对话框，在如图 3-43 所示"颜色和线条"选项卡中，可以对边框进行设置，如图 3-44 所示是虚线的边框效果。

方法 2　选中文本框后，在"绘图"工具栏中单击相应的按钮进行设置。

图 3-43 "设置文本框格式"对话框 图 3-44 添加边框的文本框显示效果

按钮的功能说明如下：

◆ 单击"线条颜色"按钮  右侧的下拉箭头，如图 3-45（a）所示，选择一种颜色。如果所需要的颜色没有显示在列表中，可选择"其他线条颜色"项，然后在"颜色"对话框中对颜色进行选择。

◆ 单击"线型"按钮 ，可以在如图 3-45（b）所示的列表中设置边框的宽度。

◆ 单击"虚线线型"按钮，可在如图 3-45（c）所示的列表中选择一种虚线线条。

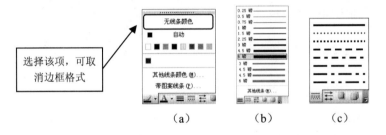

（a） （b） （c）

图 3-45 选择线条颜色、线型和虚线线型

提示：在图 3-45（a）所示的列表中选择"无线条颜色"可以取消文本框的边框格式，使其恢复到无边框状态。

3.3.5 调整文本框

对文本框的调整包括大小、位置、旋转及缩放比例等内容。

1. 设置尺寸和旋转角度

通过对文本框高度和宽度的调整可以改变文本框大小。

方法 1 鼠标拖动文本框的控点可以调整文本框的大小，具体操作描述如下。

步骤 1 鼠标左键在文本框中单击，如图 3-46 所示，文本框的边框处将显示出 8 个圆形控点。

步骤 2 鼠标指针移到任意控点处，变为双向黑色箭头时，按住鼠标左键进行拖动即可完成文本框大小的调整，如图 3-46 所示是拖动控点调整文本框高度时的鼠标形状。

提示：拖动鼠标的同时按住 Shift 键，可以保持文本框的长宽比例不变；拖动鼠标的同时按住 Ctrl 键，可以保持图形对象的中心位置不变；按住 Shift+Ctrl 键的同时拖动鼠标，可以等比例地以图形中心缩放。

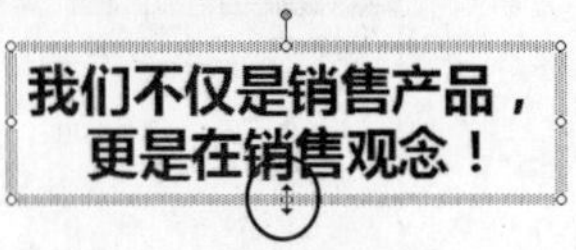

图 3-46   边框上的圆形控点及鼠标
指向控点时的形状

方法 2   用对话框精确设置大小。

如果希望精确地设置文本框的高度和宽度，则需要使用对话框进行设置，操作如下。

步骤 1   选中文本框。

步骤 2   使用以下任意方法打开"设置文本框格式"对话框。

◆   用鼠标左键双击文本框的边缘。

◆   单击"格式"菜单，选择"文本框"命令。

◆   鼠标右键在边框上单击，在快捷菜单中选择"设置文本框格式"命令。

步骤 3   在"设置文本框格式"对话框的"尺寸"选项卡中进行设置，如图 3-47 所示。在"尺寸"选项卡中的参数说明如下：

◆   在"尺寸和旋转"区中的"高度"框和"宽度"框中输入具体的数值，指定文本框的高度和宽度，输入的数值以"厘米"为单位。

◆   在"缩放比例"区中指定文本框高度和宽度的缩放百分比。

◆   在"旋转"框中输入数值，可以调整文本框的角度。

提示：选中"锁定纵横比"复选项可以确保在缩放时高度和宽度能保持相同的缩放比。

步骤 4   设置完成后，单击"确定"按钮。

对文本框进行旋转时，文本也将同时旋转，如图 3-48 所示是旋转文本框后的显示效果。

图 3-47   设置文本框高度和宽度

图 3-48   内部文本也同时旋转

提示：鼠标拖动的方法也可以对文本框进行旋转，具体操作参见第 4 章中的内容。

2. 设置文本框内部格式

文本框的属性包括文本锁定点、内部边距等内容。具体设置方法描述如下。

选中文本框，打开"设置文本框格式"对话框，在"文本框"选项卡中可以进行相应的设置，完成后单击"确定"按钮。

　　在下面对一些设置参数进行说明。

◆　文本锁定点：用于设置文本在文本框中的起始位置。单击右侧选择框，可以在如图 3-49 所示的列表中选择，包括顶部、中部、底部、顶部居中、中部居中和底部居中 6 个选项。图 3-50 所示是设置文本锁定点为"底部居中"时的效果。

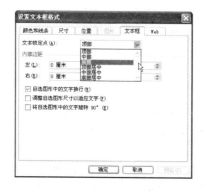
图 3-49　设置文本锁定点图

图 3-50　设置为"底部居中"时的效果

◆　内部边距：如图 3-51 所示，用于设置文本与文本框四个边框之间的距离。如图 3-52 所示是左边距为 2，右边距为 0，上边距为 1，下边距为 2 时的显示效果。

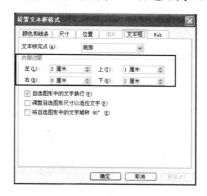
图 3-51　设置内部边距

图 3-52　设置内部边距后的效果

◆　自选图形中的文字换行：选中该复选框后，可以在输入的文本超出文本框时自动换行。

◆　调整自选图形尺寸以适应文字：选中该复选框后，可使文本框大小自动适应文字内容。注意：当选中该复选项时，将不能使用鼠标拖动的方法更改文本框的高度。

◆　将自选图形中的文字旋转 90°：选中该复选项后，可将文本顺时针旋转 90°。

3.3.6　本节考点

　　本节考点主要包括文本框的移动、复制、删除，文本框填充格式和边框格式的设置，文本框大小和位置的调整设置，文本框内部格式的设置。

◆ 文本框的移动、复制和删除：操作的方法有多种，要熟练掌握。考试时一般要求的是精确地移动文本框的位置，可以在"设置文本框格式"对话框中进行设置。

◆ 设置填充格式：主要包括设置文本框的填充颜色。需要注意指定具体颜色值的方法。如果考题中给出了具体的颜色值，就要在"颜色"对话框中对颜色进行设置。

◆ 设置边框格式：重点是设置线条颜色、线条样式、线条粗细等。

◆ 设置尺寸和旋转角度：包括调整文本框的大小、角度和缩放比例。典型的考题是"创建一个指定高度和宽度的文本框，并对其进行一定角度的旋转处理"。

◆ 文本框内部格式的设置：要包括两个方面——设置文本锁定点和内部边距，都是在"设置文本框格式"对话框进行设置。

3.4 设置段落格式

段落格式一般包括段落的对齐方式、段落的缩进及段落间距等。下面介绍如何设置和编排幻灯片中的段落。

3.4.1 设置段落缩进

段落缩进包括首行缩进、悬挂缩进和左缩进 3 种类型。

◆ 首行缩进将段落的第一行向右侧缩进一定的距离。

◆ 悬挂缩进则是将段落中的第一行位置不变，其余各行向右侧缩进。

◆ 左缩进是指段落左侧的所有行均向里缩进一定的距离。

如图 3-53 所示，在水平标尺中提供了三个按钮，具体操作过程描述如下。

步骤 1　光标定位在段落中，如图 3-54 所示，在水平标尺中显示缩进滑块。

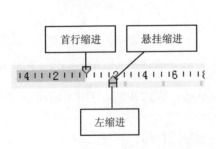

图 3-53　标尺上的段落缩进滑块

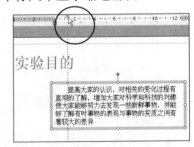

图 3-54　拖动"首行缩进"滑块

步骤 2　鼠标指向"首行缩进"滑块，并按住左键进行拖动，虚线到达合适位置时，松开鼠标左键，如图 3-55 所示，段落被设置了首行缩进。

步骤 3　拖动悬挂缩进标记，释放鼠标左键后，其效果如图 3-56 所示。

使用标尺拖动的方法设置段落的左缩进时，段落文本的大纲没有被改变。但通过单击"格式"工具栏上的"增加缩进量"按钮 ⯈ 或"减少缩进量"按钮 ⯇ 增加或减少段落缩进量时，段落的大纲级别发生变化。

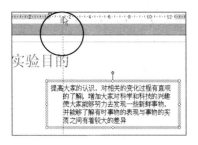

图 3-55　为段落设置悬挂缩进

图 3-56　为段落设置左缩进

3.4.2　设置行距和段间距

如果幻灯片中的文本编排过于拥挤，将会影响美观性。根据需要可以对行距和段间距进行调整。

行距是指段落中每行之间的距离；段间距则是指段落与段落之间的距离，可以分别指定段前距和段后距。具体的操作描述如下。

步骤 1　选中需要设置段间距和行距的文本。

步骤 2　单击"格式"菜单，选择"行距"命令。

步骤 3　在图 3-57 所示的"行距"对话框中可以进行相应的设置。

◆　行距：指定行与行之间的距离。

◆　段前：设置当前段落与上一段落之间的间距。

◆　段后：设置当前段落与下一段落之间的间距。

步骤 4　完成后单击"确定"按钮，效果如图 3-58 所示。

图 3-57　"行距"对话框

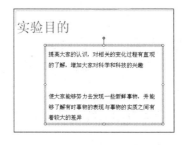

图 3-58　设置段间距

与段落级别的升级不同，设置段落左缩进时，段落的大纲级别不变。要更改段落的大纲级别，可参见第 1 章内容对大纲进行升级或降级。

3.4.3　设置段落对齐

PowerPoint 2003 中提供了 5 种段落对齐方式，分别是左对齐、右对齐、居中对齐、分散对齐和两端对齐。其含义如下：

◆　左对齐：段中所有的行与文本框的左边缘对齐。

◆　右对齐：段中所有的行与文本框的右边缘对齐。

◆ 居中对齐：段中所有的行与文本框的中间位置对齐。

◆ 分散对齐：段中每行的字符撑满文本框的整个宽度。

◆ 两端对齐：段中所有的行（末行除外）的左右两边同时对齐。

具体操作方法描述如下。

步骤 1　选中需要对齐的段落。

步骤 2　用下面的方法之一对齐段落。

◆ 单击"格式"菜单，选择"对齐方式"项，在列表中选择所需要的对齐方式。

◆ 在"格式"工具栏上，单击"左对齐"按钮▤、"居中对齐"按钮▤、"右对齐"按钮▤或"分散对齐"按钮▤。

如图 3-59 所示是"居中对齐"的效果，如图 3-60 所示则是"分散对齐"的效果。

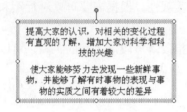
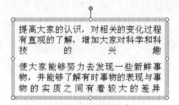

图 3-59　居中对齐　　　　　　　　　　图 3-60　分散对齐

3.4.4　本节考点

本节考点主要包括以下几点：段落缩进的设置、调整行距和段间距、设置段落的对齐方式。

◆ 段落缩进的设置：主要在标尺上拖动滑块完成。

◆ 调整行距和段间距：主要在"行距"对话框中进行设置。

◆ 设置段落的对齐方式：掌握菜单和工具栏两种设置方法。

3.5　项目符号与编号

为文本添加项目符号和编号可以增加文本的纲要性，本节主要对项目符号和编号的应用进行说明。

3.5.1　添加项目符号或编号

为文本添加项目符号和编号的方法主要有以下两种。

1．输入文本时自动应用项目符号

使用其他设计模板创建演示文稿时，项目符号由设计模板所定义，各有不同。在占位符中输入文本时可以直接应用这些项目符号了，具体操作描述如下。

步骤 1 光标定位在占位符框中，直接输入文本，该段落应用了设计模板中指定的项目符号。

步骤 2 按 Enter 键换行，按 Tab 键将段落降级，并自动应用该级别项目符号，如图 3-61 所示，输入文本。

步骤 3 按 Enter 键换行，按 Shift+Tab 键，重新将段落升级，并自动应用该级别项目符号，如图 3-62 所示，输入文本。

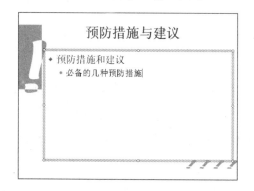
图 3-61　自动应用的项目符号

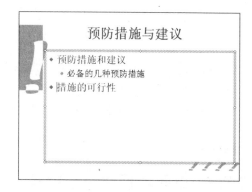
图 3-62　输入时自动实现多级编号

重复上面的操作方法，可以实现段落的多级编号。

✍ **注意**：在文本框中输入文本时，不会直接应用项目符号，需要用户自行定义项目符号，具体操作可参见本节"3. 使用工具栏按钮添加项目符号或编号"。

2. 输入文本时直接创建编号

如果希望在输入文本时直接创建某种格式的编号，可执行下面的操作，具体描述如下。

步骤 1 光标定位在文本框或占位符中。

✍ **提示**：如果光标左侧显示了项目符号，则需要先按 Backspace 删除。

步骤 2 根据需要输入指定的格式的编号，例如数字 1，接着输入句号或右括号，再接着输入空格，最后输入文本。

✍ **注意**：常用的编号为 1、字母 A 或 a、罗马数字（I 或 i）。数字、句号、右括号都必须为半角格式。

步骤 3 按 Enter 键后，开始新行，如图 3-63（a）所示，新行延续了编号，输入文本。

步骤 4 按 Enter 键开始新行，再按 Tab 键将段落下降一级，用上面的方法继续输入新的编号格式，如图 3-63（b）所示，是输入的下一级别的编号。

步骤 5 按 Enter 键换行，按 Shift+Tab 键重新将段落升级，如图 3-63（c）所示，段落继续本级别的编号格式。

关于段落的升级和降级操作请参见第 1 章中的内容。

3. 使用工具栏按钮添加项目符号或编号

使用工具栏按钮可以随时为段落添加项目符号或编号，具体操作描述如下。

图 3-63   输入文本时创建了指定格式的编号

步骤 1   选择要添加项目符号或编号的文本行。

步骤 2   在"格式"工具栏中单击"项目符号"按钮 ，为所选的段落添加项目符号；单击"编号"按钮 则为所选段落添加编号。

✍注意：同一段落只能应用项目符号或编号中的一种。

3.5.2   更改项目符号或编号

大多数情况下，用户都需要对默认的项目符号或编号进行更改，以使其与当前的设计风格相匹配。

1. 更改项目符号或编号样式

更改项目符号的具体的操作描述如下。

步骤 1   选中需要更改项目符号的段落。

步骤 2   使用下面的方法之一打开"项目符号和编号"对话框。

◆ 单击"格式"菜单，选择"项目符号与编号"命令。

◆ 单击鼠标右键，在快捷菜单中选择"项目符号与编号"命令。

步骤 3   弹出"项目符号和编号"对话框，可以在"项目符号"选项卡中，重新选择一种项目符号，例如"菱形"符号，如图 3-64 所示。

步骤 4   设置完成后，单击"确定"按钮。如图 3-65 所示是重新指定项目符号的效果。

图 3-64   选择"项目符号"选项卡   图 3-65   应用指定符号的段落效果

更改编号格式的具体操作描述如下。

步骤 1　选中需要更改编号的段落。

步骤 2　打开"项目符号和编号"对话框，在"编号"选项卡中，重新选择一种格式的编号，如图 3-66 所示。

步骤 3　单击"确定"按钮，完成设置，如图 3-67 所示。

✍ 提示：在"大小"框中，设置项目符号的大小；在"颜色"框中，为项目符号指定一种颜色。

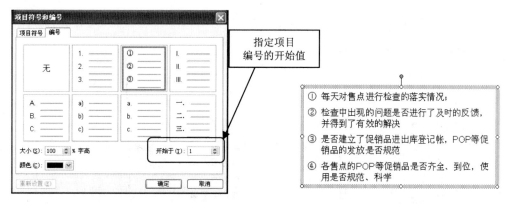

图 3-66　更改编号格式　　　　　　　　图 3-67　更改编号后的效果

2. 自定义项目符号

如果在列表中没有显示需要使用的符号，可进行如下设置。

步骤 1　在如图 3-64 所示的对话框中，单击"自定义"按钮，在"符号"对话框中更改"字体"为"Windings"，如图 3-68 所示，选择了一个旗子图案。

✍ 提示：更改不同的字体和子集可以显示不同的符号。

步骤 2　单击"确定"按钮，返回"项目符号和编号"对话框。

步骤 3　单击"确定"按钮，完成设置，其效果如图 3-69 所示。

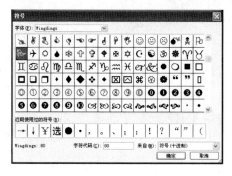 

图 3-68　"符号"对话框　　　　　　　图 3-69　应用"红旗"项目符号

✍ 提示：在"项目符号和编号"对话框中，单击"重新设置"按钮可以将项目符号列表恢复到默认状态。

3. 将图片定义为项目符号

将图片定义为项目符号的具体操作描述如下。

步骤 1   打开"项目符号和编号"对话框。

步骤 2   在"项目符号"选项卡，单击"图片"按钮。

步骤 3   在图 3-70 所示的"图片项目符号"对话框，在列表中选择一种图片，单击"确定"按钮。

如图 3-71 所示是设置了图片项目符号的效果。

图 3-70　"图片项目符号"对话框

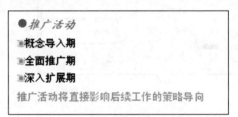

图 3-71　应用图片项目符号的效果

✍提示：单击"导入"按钮，将外部的图片导入到该对话框中，作为项目符号。

3.5.3　删除项目符号和编号

删除项目符号和编号的操作方法具体描述如下。

步骤 1   选中要删除其项目符号或编号的段落。

步骤 2   用下面方法之一删除将其项目符号或编号删除。

◆　在"格式"工具栏中单击"项目符号"按钮 ☰。

◆　打开"项目符号和编号"对话框，在"项目符号"选项卡或"编号"选项中，选择"无"项，单击"确定"按钮。

✍提示：如果只是删除某个段落的项目符号或编号，可将光标段落的开始处，按 Backspace 键删除项目符号，此时，系统可自动调整编号列表的数字顺序。

3.5.4　本节考点

本节考点都是经常考的内容，出题的方式也比较灵活，经常与其他内容一起出现。例如：为第 2 张幻灯片中的文本添加"笑脸"图形的项目符号，设置大小为 120%字高；或者在第 5 张幻灯片中绘制一个文本框，用输入的方法创建小写字母的编号，再修改颜色为绿色。

本节重要考点包括以下几点：项目符号和编号的添加、将指定的符号和图片定义为项目符号、定义项目符号或编号的大小颜色等属性、删除项目符号和编号。

◆ 项目符号和编号添加：实现的方法主要有输入时创建和使用"格式"栏按钮添加两种，要注意结合段落大纲级别的升级和降级操作实现多级符号或多级编号。用输入的方法创建编号时，应当注意输入的字符必须为半角格式的。

◆ 将指定的符号和图片定义为项目符号：都在"项目符号和编号"对话框中的"项目符号"选项卡中完成。

◆ 定义项目符号或编号的大小颜色等属性：常见的题型某个段落添加某种颜色、样式和大小的编号。出题的类型灵活，是常考的内容。

◆ 删除项目符号和编号：在"项目符号和编号"对话框中选择"无"项。

3.6　本章试题解析

试　　题	解　　析
一、输入和编辑文本	
试题 1　将第 1 张幻灯片中第 4 行文字移到第 1 行的上方，使其显示为第 1 行。要求用快捷键的方法操作	选中第 4 行文字后，按 Ctrl+X，定位光标再按 Ctrl+V
试题 2　为第 1 张幻灯片输入标题文本"实验过程"，查看效果	鼠标在标题占位符中单击后，输入文本"实验过程"
试题 3　在第 2 张幻灯片的上方添加一个宽度与幻灯片宽度接近的横排文本框，并输入文字"实验要求"，要求文本框的宽度不随文字的多少而变化	在"绘图"工具栏中单击"横排文本框"按钮，按 Alt 键后，绘制一个与幻灯片宽度接近的横排文本框，输入文字"实验要求"在"设置文本框格式"对话框的"文本框"选项卡中，取消选择"调整自选图形尺寸以适应文字"复选框
试题 4　在第 2 张幻灯片中插入竖排文本框，输入文字为"严格记录各项数据"	在"绘图"工具栏中单击"竖排文本框"按钮，绘制一个垂直文本框，再输入文字
试题 5　将第 3 张幻灯片中的"实践依据"行与"理论依据"行合并，要求使用 Delete 键	光标置于"实践依据"之后，按 Delete 键
试题 6　将第 4 张幻灯片文本框文字"主要问题解决办法"中的文字"主要问题"移动到标题占位符中（使用快捷键）	参见"3.1.2 编辑文本"中的"2.文本的移动"
试题 7　将第 4 张幻灯片文本框文字"主要问题解决方法"中的文字"解决办法"形成单独段落。	光标置于文本"解决办法"文字的前面，按 Enter 键
试题 8　查找当前演示文稿中的文本"实验"，查找完后关闭对话框	参见"3.1.2 编辑文本"中的"5．查找文本"
试题 9　将当前演示文稿中所有的"the"替换为"THE"	参见"3.1.2 编辑文本"中的"6．替换文本"
试题 10　用替换的方法，删除当前演示文稿中所有的字符"实验"	打开"替换"对话框，在"查找内容"框中输入"实验"，单击"全部替换"按钮

试　题	解　析
试题 11　将幻灯片中的全角字符"Ｖ"替换为半角字符"V"	参见"3.1.2 编辑文本"中的"6.替换文本"
试题 12　不切换到第 1 张幻灯片，将其中的文本"内容"修改为"方式"	打开"替换"对话框，在"查找内容"框中输入"内容"，在"替换为"中输入"方式"，先"查找下一个"按钮，再单击"替换"
试题 13　将第 1 张幻灯片中的文字"实验"复制到第 3 张幻灯片中，放置在标题文本"依据"左侧，并使文本应用目标位置的格式	参见"3.1.2 编辑文本"中的"3.复制文本"
试题 14　在"大纲/幻灯片"窗格中查找文本"实验"	在左边窗格中切换到"大纲"视图，定位光标在任意位置后，再执行查找操作
试题 15　使用"自动调整选项"按钮，设置第 5 张幻灯片中的文本自动调整大小并适应占位符大小	单击"自动调整选项"按钮后，选择"根据占位符自动调整文本"项
试题 16　在第 4 张后面添加一张幻灯片，输入标题文字为"实验准备"	添加新幻灯片后，然后输入文本即可
二、设置文本格式	
试题 1　将第 1 张幻灯片中的文字设置为华文琥珀，字号为 60 号，加粗，白色（使用"格式"工具栏），字体对齐方式设置为"顶端对齐"	参见"3.2.1"，再单击"格式"菜单，选择"字体对齐方式"命令，再继续选择"顶端对齐"命令
试题 2　将第 2 张幻灯片中的标题文字，设置字号比原来小 10 磅（使用"字体"对话框）	选中标题文本后，在"字号"框输入字号的数值
试题 3　为第 2 张幻灯片中的标题文字设置一种颜色，颜色的 RGB 值为（189，45，255）	选中标题文本，单击"格式"工具栏中的"颜色"按钮，选择"其他颜色"项，在"颜色"对话框的"自定义"选项卡中，分别指定颜色的值
试题 4　使用字体的替换功能，将演示文稿中的"隶书"字体修改为"黑体"字体	参见"3.2.2 替换字体"
试题 5　设置第 4 张幻灯片中英文单词的词首为大写	参见"3.2.3 设置英文大小写"
试题 6　设置第 4 张幻灯片中第一个单词显示为全部大写	光标置于单词中，单击"格式"菜单，选择"更改大小写"命令后，进行设置
试题 7　令第 3 张幻灯片的标题采用与第 2 张幻灯片相同的文字格式	选中标题文字，单击"格式刷"，切换到第 3 张幻灯片，在标题文字上拖动鼠标
试题 8　为第 2 张幻灯片的标题添加下划线，并使其显示倾斜	选中文本后，在"格式"工具栏中设置
试题 9　设置第 4 张幻灯片文本的字体为"微软雅黑"，西文字体为"Arial Black"，并设置阳文效果	参见"3.2.1 设置文本外观格式"
试题10　将演示文稿中所有幻灯片中的文字一次性设置为黑体，要求在大纲窗格中操作	在左边窗格中切换到"大纲"视图，并把光标定位在其中，然后选择"编辑""全选"命令，再设置字体
三、编辑文本框	
试题 1　将第 1 张幻灯片中文本框的格式进行设置，要求文本锁定点为底部，内部上边距和下边距各为 0 厘米	参见"3.3.5"中的"设置文本框内部格式"

试 题	解 析
试题 2　用鼠标拖动的方法调整第 1 张幻灯片中文本框的位置，使文本框的上边线与幻灯片的上边线对齐	拖动幻灯片编辑窗口中的文本框到编辑窗口的上边线
试题 3　在当前幻灯片中有两个文本框，保持左边文本框的位置不变，将右边文本框与它顶端对齐	选中两个文本框，在"绘图"工具栏中单击"绘图"按钮，选择"对齐或分布"|"顶端对齐"
试题 4　将第 1 张幻灯片中文本框填充为一种"花岗岩"的纹理效果	参见"3.3.3"中的"3.用纹理效果填充"
试题 5　将第 3 张幻灯片中的"直接责任分析"文本框填充为红色，边框为绿色，线型为 3 磅的"方点"虚线	参见"3.3.3 设置填充格式"中的"1.用单一颜色填充" 参见"3.3.4 设置边框格式"
试题 6　将第 3 张幻灯片中"间接责任分析"文本框填充"红日西斜"的渐变效果，底纹样式为"垂直"，选择第 2 个变形	参见"3.3.3 设置填充格式"中的"2.用渐变效果填充"
试题 7　将第 4 张幻灯片中的文本框的高度设置为 10 厘米，宽度设置为 10 厘米，旋转角度为 45°	参见"3.3.5 调整文本框"中的"设置尺寸和旋转角度"
试题 8　将第 4 张幻灯片中文本框的填充格式和边框格式删除	选中文本框，在"绘图"工具栏中单击"线条颜色"按钮，选择"无线条颜色"项；再单击"填充颜色"按钮，选择"无填充颜色"项
试题 9　将第 5 张幻灯片中的文本框删除	参见"3.3.2 文本框的移动、复制和删除"中的"3.删除文本框"
四、设置段落格式	
试题 1　使用标尺，设置文本框中的文字段落左缩进 3 厘米	参见"3.4.1 设置段落缩进"
试题 2　使用标尺，设置文本框中的段落首行缩进 2 厘米。	参见"3.4.1 设置段落缩进"
试题 3　使用工具栏上的按钮，将所选的段落缩进量增加 1 次	在"格式"工具栏中单击"增加缩进量"▉按钮
试题 4　设置当前所选段落的行距为 2 行	参见"3.4.2 设置行距和段间距"
试题 5　在当前幻灯片中，调整第 1 个段落的行距为 30 磅	选择"格式"|"行距"命令后进行设置
试题 6　在当前幻灯片中，调整第 1 个段落的行距为 1.5 行，段前为 10 磅，段后为 1 行	选择"格式"|"行距"命令后进行设置
试题 7　将所选文本框中的文字设置为两端对齐	参见"3.4.3 设置段落对齐"
试题 8　设置当前所选标题的对齐方式为居中对齐	参见"3.4.3 设置段落对齐"
试题 9　用快捷键将文本框内最后一行下降一级	选中最后一行，按键盘上的 Tab 键
五、项目符号和编号	
试题 1　更改第 2 张幻灯片中文本项目符号为菱形，颜色为黑色，大小改为 110%文字对应的高度	参见"3.5.2"中的"1.更改项目符号或编号样式"

试　　题	解　　析
试题 2　将第 3 张幻灯片中文本框中第 2 至第 4 行的文本添加第 2 种编号样式	选中第 2 至第 4 行文本，单击"格式"菜单中的"项目符号和编号"命令，在"项目符号和编辑"对话框中设置
试题 3　更改第 4 张幻灯片的段落的编号为：一.二.三……，大小为 70%，颜色为红色，编辑从"三"开始	参见"3.5.2"中的"1.更改项目符号或编号样式"
试题 4　为第 2 张幻灯片的段落添加图片项目符号，要求使用第 4 种图片符号	参见"3.5.2"中的"3.将图片定义为项目符号"
试题 5　将第 3 张幻灯片中倒数三行的文本添加一种"笑脸"的项目符号	在"项目符号和编辑"对话框中单击"自定义"，将字体子集更改为"Wingdings"，再选择"笑脸"符号，单击"确定"按钮
试题 6　将第 2 张幻灯片文本框中段落的项目符号删除	参见"3.5.3　删除项目符号和编号"

第 4 章　图形的绘制和编辑

考试基本要求

掌握的内容：

◆ 基本图形（直线、箭头、三角形、矩形、正方形、立方体，椭圆）的绘制方法；

◆ 其他类别自选图形绘制的调整方法；

◆ 图形对象的编辑和调整方法（包括图形对象的选择、复制、删除、对齐与分布、组合，图形对象的尺寸、颜色、线条和位置、图形对象叠放次序的调整，在图形对象中添加文本）；

◆ 能熟练地为图形设置格式，掌握添加阴影和立体效果的方法。

熟悉的内容：

无。

了解的内容：

◆ 图形对象的旋转和翻转的操作方法。

　　在演示文稿的设计与制作过程中，图形的应用必不可少，它使幻灯片的页面效果变得不再平淡，使整个演示文稿个性鲜明。

　　本章主要介绍各种图形对象的绘制、编辑和调整操作。

4.1 基本图形的绘制

自选图形是一组现成的形状，包括如矩形和圆这样的基本形状，以及各种线条和连接符、箭头总汇、流程图符号、星与旗帜和标注等。本节将介绍自选图形的绘制。

4.1.1 绘制基本图形

PowerPoint 2003 将各种形状分为了 8 个类别，包括线条、连接符、基本形状、箭头总汇、流程图、星与旗帜、标注、动作按钮，每个类别形状库中都包含多种形状。

1. 绘制基本形状

单击"绘图"工具栏中的"自选图形"按钮，可以在其中进行选择，如图 4-1 所示，鼠标指向某个类别名称时，就会显示一个形状列表，在其中可以看到并选择所需要的形状。

在这些形状中，直线、箭头、矩形和圆形四种形状的使用频率较高，因此被直接显示在了"绘图"工具栏中。如图 4-2 所示的页面中就是使用这四种形状设计制作的，这是最初的设计轮廓。

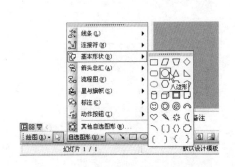

图 4-1 单击"自选图形"按钮

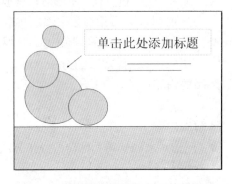

图 4-2 使用图形在幻灯片中表述信息

下面以绘制所示的页面为例说明基本图形的绘制方法，具体操作描述如下。

步骤 1 在"绘图"工具栏中单击"自选图形"按钮，选择"基本图形"中的"矩形"形状。

步骤 2 鼠标移动到幻灯片页面中的合适位置，指针显示为 ┿ 形，按住鼠标左键开始拖动，大小达到要求时，松开鼠标左键，如图 4-3 所示，在页面底部绘制了一个矩形，形状应用了默认的填充颜色。

步骤 3 鼠标左键双击"绘图"工具栏中的"椭圆"按钮，这样可以连续在页面中绘制多个椭圆，图 4-4 绘制完成时，按 Esc 结束椭圆的绘制状态。

✍ 提示：按住 Shift 键后进行绘制，可绘制出正圆或正方形；按住 Ctrl 键的同时进行绘制，可从中间向四周延伸绘制；按住 Ctrl+Shift 后，再进行绘制，可从中间向四周延伸绘制正方形和正圆形。

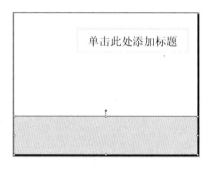

图 4-3　绘制的矩形

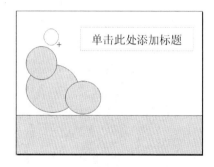

图 4-4　连续在页面中绘制椭圆

　　步骤 4　在"绘图"工具栏上双击"直线"按钮，然后在页面的合适位置，画出两条直线形状，如图 4-5 所示，按 Esc 结束直线的绘制。

　　步骤 5　在"绘图"工具栏上单击"箭头"按钮，然后在页面的合适位置，画出一条箭头形状，将页面的轮廓绘制完成，如图 4-6 所示。

　　📝**提示：** 在绘制直线的同时按住 Shift 键，可从其起始点开始，在以 15°角为移动单位的各个方向上进行绘制。从第一个端点向两个相反的方向延长线条，请在拖动时按住 Ctrl 键。

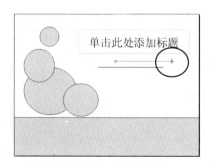

图 4-5　绘制直线

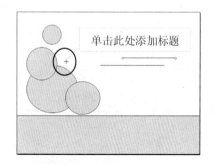

图 4-6　绘制箭头

2. 连续绘制相同形状

　　用鼠标双击工具栏中的形状按钮可以实现连续多次绘制同一形状，但在"绘图"工具栏中只有 4 个基本图形。如果希望对其他自选图形形状实现连续绘制，可以按照下面的操作方法设置。

　　步骤 1　在"绘图"工具栏上，单击"自选图形"，鼠标指向一种自选图形类别名称，如图 4-7 所示，继续指向菜单的虚线部分，指针显示为✛形状。

　　步骤 2　按住鼠标拖动，使其显示浮动式，如图 4-8 所示，此时可以双击某个形状，然后在幻灯片页面中实现连续绘制。

　　除了曲线、自由曲线、任意多边形、连接符形状的绘制方法比较特殊外，基本图形、星与旗帜、标注图形、箭头总汇等类别中图形都可采用鼠标直接拖动的方法进行绘制。

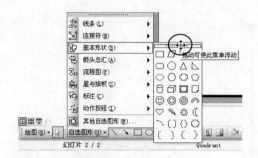

图 4-7　鼠标形状　　　　　　　　图 4-8　形状列表显示为浮动式工具栏

4.1.2　绘制线条形状

在线条形状中，曲线、自由曲线、任意多边形绘制方法比较特殊，下面分别介绍。

1．绘制任意多边形

如图 4-9 所示的图形就是使用任意多边形绘制而成，相信用这样的图形制成贺卡一定会大受欢迎。

以绘制人物轮廓为例说明任意多边形的绘制过程，具体描述如下。

步骤 1　在"绘图"工具栏中，单击"自选图形"按钮，选择"线条"中的"任意多边形"形状。

步骤 2　鼠标显示为+形时，单击鼠标左键确定起点，如图 4-10 所示，继续移动鼠标绘制，在需要转折处单击鼠标左键确定顶点，如图 4-11 所示，在两点之间自动绘出直线。

步骤 3　在起点处单击鼠标可以图形闭合。如图 4-12 所示图形被自动填充。

图 4-9　用曲线、自由曲线和任意多边形绘制的图形　　　图 4-10　单击左键开始绘制

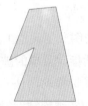

图 4-11　单击左键添加顶点　　　　　　图 4-12　完成的闭合多边形

✍提示：双击鼠标左键结束绘制可以绘制一个开放图形。

2. 绘制曲线

使用曲线可以绘制出线条相对平滑的形状，如图 4-13 所示，图表上方的箭头就是使用曲线绘制的。

下面以绘制箭头为例说明曲线的绘制过程，具体描述如下。

步骤 1　在"绘图"工具栏上，单击"自选图形"按钮，选择"线条"中的"曲线"形状。

步骤 2　单击鼠标左键确定开始绘制曲线的位置，如图 4-14 所示，按所绘图形的轮廓移动鼠标，并在必要的位置处单击鼠标左键为图形添加一个顶点。

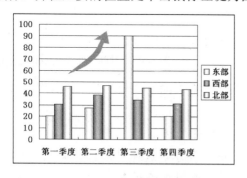

图 4-13　用曲线绘制的曲线

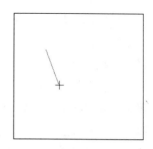

图 4-14　单击鼠标确定起点

✍ **提示**：绘制时，按 Backspace 键可删除上一个顶点。

步骤 3　按住 Ctrl 键再单击鼠标左键，则可以使两个顶点之间形成一条直线，如图 4-15 所示，绘制出箭头的顶点。

✍ **提示**：按住 Shift 键再移动鼠标可以使曲线的方向受到限制。

步骤 4　在起始点处单击左键，结束绘制并生成一个闭合图形，如图 4-16 所示。

✍ **提示**：如果要绘制的图形是开放图形，则可以双击鼠标结束绘制。

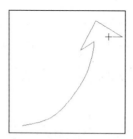

图 4-15　按图形轮廓制作

图 4-16　绘制的闭合图形

3. 绘制自由曲线

自由曲线的绘制方法描述如下。

步骤 1　在"绘图"工具栏中，单击"自选图形"按钮，选择"线条"中的"自由曲线"形状。

步骤 2　鼠标移动到幻灯片中，指针变为 ⌀ 形状时，按下左键拖动，即可自由绘制出曲线图形，如图 4-17 所示。

步骤 3　松开鼠标左键结束绘制。

4.1.3　绘制流程图和连接符

那些复杂的过程用文本通常难以表述，为此，可以使用流程图形状来绘制各种流程图来清晰地表达。

1．绘制流程图形状并添加文本

流程图形包括过程、决策、准备、终止等多种形状。具体操作步骤如下所述。

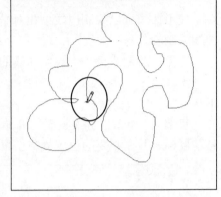

图 4-17　用自由曲线绘制时的鼠标形状

步骤 1　在"绘图"工具栏上，选择"自选图形"的"流程图"中的流程图形状，例如，选择"准备"形状。

步骤 2　按住鼠标左键拖动，绘制出一个流程图形状。

步骤 3　鼠标右键单击流程图形状，如图 4-18 所示，选择"添加文本"命令。

步骤 4　光标显示在形状内，直接输入文本，如图 4-19 所示，输入文本"开始"。

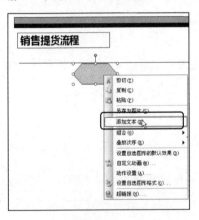

图 4-18　选择"添加文本"命令

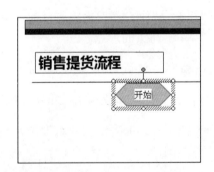

图 4-19　在流程图形状中输入文本

步骤 5　用同样的方法，可以添加其他流程图形状并添加文本，如图 4-20 所示。

2．用连接符连接图形

如果希望在图形之间实现连接，则应当选择连接符形状而不是线条形状。连接符的显示看起来很像线条，但与常规线条形状不同的是，它可以始终使连接符两端的图形保持连接关系，当被连接对象移动时，连接符的长度和形状也自动更改以保持两端的对象被连接。

下面用连接符将绘制好的流程图形状进行连接。具体操作描述如下。

步骤 1　在"绘图"工具栏上，单击"自选图形"，指向"连接符"，再单击所需的连接符线。这里选择一种不带箭头的直线型连接符，如图 4-21 所示。

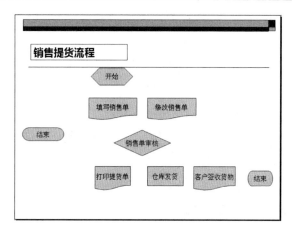

图 4-20　在流程图形状中输入文本

步骤 2　指向要用连接符连接的图形，当指针滑过形状时，在形状的边框线上显示了蓝色圆形，如图 4-22 所示，鼠标移到"开始"形状下方中部的蓝色圆点处，指针显示为 ⇧ 形状，单击鼠标左键。

图 4-21　选择连接符

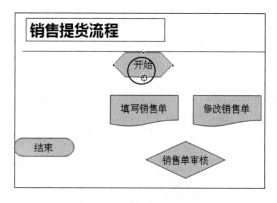

图 4-22　指向连接起点处

步骤 3　移动鼠标到需要连接到的另一个图形的蓝色圆点位置，如图 4-23 所示，单击鼠标左键确认连接。如图 4-24 所示，连接符端点显示为红色圆形，表示连接被锁定。

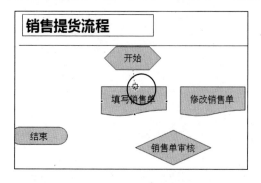

图 4-23　指向另一图形连接点的鼠标

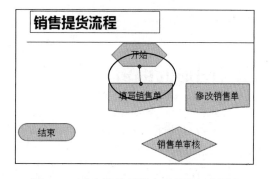

图 4-24　动态连接后端点显示为红色圆点

✍提示：如果连接符的端点处显示为绿色，则表示没有连接到形状的蓝色圆点处。

步骤 4　同样的方法可以在流程图中其他的图形之间添加连接线。

步骤 5　选中连接符，将鼠标移动到连接符的端点处，如图 4-25（a）所示，显示为十字光标时，按住鼠标左键将其拖动到其他位置，如图 4-25（b）所示连接符的连接点被重新调整。

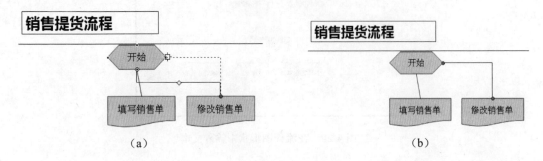

图 4-25　使用肘形连接符连接形状

步骤 6　在绘制的连接符上单击鼠标右键，在如图 4-26 所示的菜单中可以重新指定连接符的类型，在保持连接的状态下，将连接符的类型更改为"直线型连接符"，如图 4-27 所示。

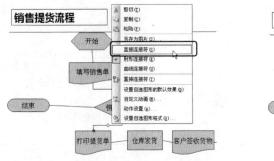

图 4-26　选择"更改连接符"命令

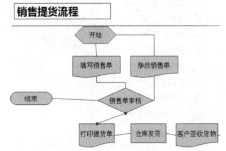

图 4-27　连接符类型被更改

4.1.4　本节考点

本节内容主要是自选图形的绘制，要掌握具体形状的选择方法和绘制方法。

4.2　图形的编辑

图形可以调整大小、旋转、翻转、着色以及组合以生成更复杂的图形。本节介绍图形的编辑方法。

在幻灯片上绘制了图形后，常常需要对其执行某些编辑操作，以使之符合用户的需要。编辑图形包括改变图形大小，移动、复制和删除图形，在图形中输入文本并设置其格式等。下面就介绍这些操作。

4.2.1　图形的选择

编辑图形之前需要选中图形对象，用户可一次选定一个图形或多个图形。

通常，只要用鼠标左键单击需要选中的图形后，该图形就被选中了，选中的图形将显示控点。下面对一些特殊的选择情况进行说明。

◆　单击"绘图"工具栏中的"选择对象"按钮，在幻灯片页面中，从合适的位置开始按住鼠标左键拖动，如图 4-28 所示，用虚线框框住要选择的对象，松开鼠标左键，被框住的图形被选定。如图 4-29 所示，每个图形对象都显示各自的控点。

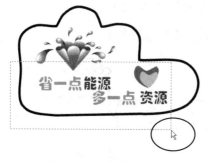 

图 4-28　显示的虚线框　　　　图 4-29　被选中的多个对象

◆　如果图形是叠放显示的，鼠标单击选中最上面的图形后，按 Tab 键或 Shift +Tab 键可依次选择各层的图形。
◆　按住 Shift 键或 Ctrl 键不放，再用鼠标分别单击每个要选定的图形对象，被单击的对象将会被选中。

4.2.2　在图形中输入文本

在自选图形中，"标注"类的形状在绘制完成后即可直接添加文本。如果需要在其他形状上添加文本，方法如下。

为其他类别的图形添加的文本的方法：在图形上单击鼠标右键后，选择"添加文本"命令即可。在 4.1.3 节中我们已经为流程图形状添加了相应的文本。

若要重新对文本进行编辑，只需要用鼠标右键单击已经添加了文本的形状，选择"编辑文本"命令。

✍ 提示：线条和连接符类别的形状不能添加文本。

4.2.3　调整图形

1. 图形尺寸调整

调整图形大小的操作方法描述如下。

方法 1　选中要调整大小的图形，鼠标指向图形边框上的圆形控点，按住鼠标拖动可以调整图形的大小。

方法 2　在"设置自选图形格式"对话框精确指定大小。

步骤 1　选中要调整大小的图形。

步骤 2　用以下方法之一打开"设置自选图形格式"对话框，如图 4-30 所示。

◆　用鼠标左键双击图形。

◆　在图形上单击鼠标右键，选择"设置自选图形格式"命令。

◆　单击"格式"菜单，选择"自选图形"命令。

步骤 3　单击"尺寸"选项卡，可进行大小的设置。

步骤 4　设置完后单击"确定"按钮，即可精确设置图形的大小。

图 4-30　"尺寸"选项卡

2．图形形状调整

如果在自选图形库中可以找到合适的图形就不必进行绘制，添加的内置图形可以根据显示的需要进行重新调整。

步骤 1　选择需要调整的图形。

步骤 2　鼠标指向图形中的黄色菱形控点◇，指针变为▷形状，按住鼠标进行拖动，如图 4-31 所示。

步骤 3　到达合适位置时，松开鼠标左键完成对图形的调整，如图 4-32 所示。

✍ 提示：并不是所有形状都会显示黄色菱形控点，如果形状没有调整控点，则只能调整大小。

3．旋转和翻转

对图形进行旋转和翻转可以获得不同显示状态的图形。

方法 1　鼠标拖动绿色句柄进行旋转。

如果对旋转角度没有要求，则可以使用鼠标拖动方式旋转图形。

步骤 1　选中需要进行旋转的图形。

图 4-31　指向黄色菱形控点时鼠标的形状　　　　图 4-32　调整后的图形

步骤 2　鼠标指向绿色圆形句柄，如图 4-33 所示，按住鼠标左键后进行拖动，图形发生旋转，如图 4-34 所示，至所需角度时松开鼠标左键完成旋转。

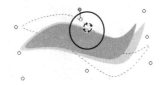

图 4-33　指向旋转句柄时的鼠标指针形状　　　图 4-34　旋转图形时的鼠标指针形状

✍️提示：按住 Shift 键并旋转图形可以将旋转角度限制为 15°角的整数倍。
方法 2　**精确指定旋转角度。**

使用鼠标进行旋转，其角度比较难于控制，在"设置自选图形格式"对话框中可以指定具体的旋转角度，操作过程描述如下。

步骤 1　选中要旋转的图形。

步骤 2　打开"设置自选图形格式"对话框，单击"大小"选项卡，在"旋转"框中可以指定旋转的角度。

步骤 3　设置完后单击"确定"按钮。

方法 3　**使用旋转或翻转命令。**

用户还可以用命令对图形进行旋转，操作如下所述。

步骤 1　用鼠标选中要旋转或翻转的图形对象。

步骤 2　在"绘图"工具栏中单击"绘图"按钮，选择"旋转或翻转"项，在如图 4-35 所示的菜单中选择相应的旋转和翻转命令。图 4-36 所示是需要执行旋转操作的原图。

图 4-35　选择"旋转或翻转"命令　　　　图 4-36　需要旋转的图形（原图）

如图 4-37 所示是各项命令执行后的效果。

(a) 向右旋转 90°　　(b) 向左旋转 90°　　(c) 水平翻转　　(d) 垂直翻转

图 4-37　旋转和翻转图形

✍提示：使用"水平翻转"命令，使翻转后的图形对象与原图形对象以 Y 轴对称；使用"垂直翻转"命令，可以使翻转后的图形对象与原图形对象以 X 轴对称。

方法 4　自由旋转。

如果需要为多个图形进行旋转操作，则可以使用"自由旋转"命令在图形的四角显示旋转控点，控制起来更精确。具体操作方法如下。

步骤 1　选择需要旋转的图形。

步骤 2　在如图 4-35 所示的菜单中选择"自由旋转"命令。

步骤 3　图形的四个角都显示了绿色的旋转控点，鼠标显示为 ↻，如图 4-38（a）所示，鼠标移动到任意控点处，按住鼠标左键可以进行旋转，如图 4-38（b）和图 4-38（c）所示。

步骤 4　松开鼠标后完成角度旋转。

（a）　　　　　　　　　（b）　　　　　　　　　（c）

图 4-38　拖动图形四个角上的旋转控点进行旋转

步骤 5　鼠标直接单击另一个需要旋转的图形，图形的四角直接显示旋转控点，可对其进行旋转。

步骤 6　所有图形都旋转完后，按 Esc 键结束旋转。

4．将一种形状更改为另一种形状

PowerPoint 中允许用户在不改变形状大小和形状格式的前提下，对形状进行更改，具体的操作描述如下。

步骤 1　选取要更改形状的自选图形。

步骤 2　在"绘图"工具栏上，单击"绘图"按钮，如图 4-39 所示，选择"改变自选图形"项，继续在列表中指向一种自选图形类别，再单击所需的形状。

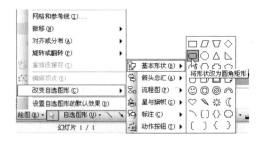

图 4-39　选择需要更改的形状

如图 4-40 所示是将椭圆形更改为圆角矩形，但更改形状后，其格式仍然保留。

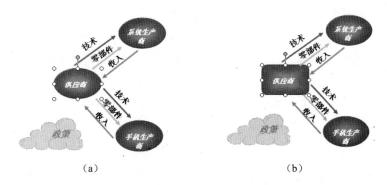

（a）　　　　　　　　　　　　（b）

图 4-40　将左图的椭圆形更改为右图的圆角矩形

4.2.4　图形的移动、复制和删除

绘制的图形同样可以进行移动、复制和删除。

1. 复制图形

方法 1　使用"复制"和"粘贴"操作。
步骤 1　选中需要复制的图形。
步骤 2　用以下方法之一执行复制操作。
◆　按快捷键 Ctrl + C。
◆　在"常用"工具栏上单击"复制"按钮 。
◆　在图形上单击鼠标右键，选择"复制"命令。
◆　单击"编辑"菜单，选择"复制"命令。
步骤 3　用以下方法之一执行粘贴操作。
◆　按快捷键 Ctrl + V。
◆　在"常用"工具栏中单击"粘贴"按钮 。
◆　在目标位置单击鼠标右键，选择"粘贴"命令。
◆　单击"编辑"菜单，选择"粘贴"命令。

方法 2　选中图形后，按住 Ctrl 键后用鼠标左键拖动图形，可快速复制出图形。

2．移动图形

移动图形的方法较多，常用的有以下几种。

方法 1　用鼠标拖动图形调整位置

步骤 1　选中需要移动的图形，鼠标指向图形，指针显示为 ↖ 形状，如图 4-41（a）所示。

步骤 2　按住鼠标左键进行拖动，鼠标指针显示为 ✛ 形状，如图 4-41（b）所示，同时显示图形的虚线形状。

步骤 3　到达目标位置后，松开鼠标左键完成图形的移动，如图 4-41（c）所示。

（a）　　　　　　　　（b）　　　　　　　　（c）

图 4-41　移动图形

方法 2　使用"设置自选图形格式"对话框

在"设置自选图形格式"对话框中可以精确设置图形的位置，操作过程描述如下。

步骤 1　选中图形。

步骤 2　打开"设置自选图形格式"对话框，单击"位置"选项卡，在其中可设置图形的精确位置，如图 4-42 所示，在"水平"数值框中可设置图形的水平位置，在"垂直"数值框中可设置图形的垂直位置。

步骤 3　设置完成后单击"确定"按钮。

✍提示：在"水平"和"垂直"右侧的"度量依据"下拉列表，可设置移动的参照位置。

方法 3　选中图形后，使用键盘中的方向键进行移动。

方法 4　使用"剪切"和"粘贴"操作。

使用剪切和粘贴的方法可便于将图形移动到其他幻灯片中，具体操作描述如下。

步骤 1　选中需要移动的图形。

步骤 2　用以下方法之一执行剪切操作。

◆　按快捷键 Ctrl + X。

◆　在"常用"工具栏上单击"剪切"按钮 ✂ 。

◆　在图形上单击鼠标右键，选择"剪切"命令。

图 4-42　选择"位置"选项卡

◆ 单击"编辑"菜单，选择"剪切"命令。

步骤 3 用以下方法之一执行粘贴操作。

◆ 按快捷键 Ctrl + V。

◆ 在"常用"工具栏中单击"粘贴"按钮 。

◆ 在目标位置单击鼠标右键，选择"粘贴"命令。

◆ 单击"编辑"菜单，选择"粘贴"命令。

3．删除图形

删除图形的操作方法如下。

方法 1 选中图形，按 Delete 键或 Backspace 键。

方法 2 选中图形，单击"编辑"菜单选择"清除"命令。

4.2.5　图形的叠放次序

添加图形对象的先后决定了它们的叠放次序，上层对象会覆盖下层对象上的重叠部分。更改图形的叠放次序的操作方法如下所述。

步骤 1 选中需要调整叠放次序的图形。

步骤 2 用下面方法之一对其叠放次序进行调整。

◆ 单击鼠标右键，选择"叠放次序"中的命令。

◆ 在"绘图"工具栏中单击"绘图"按钮，指向"叠放次序"，如图 4-43 所示，继续选择相应的命令进行调整。

例如，在如图 4-44 所示图中，选中三角形，执行各项命令后的效果显示如图 4-45 所示，从左至右分别为上移一层、置于顶层、下移一层和置于底层的效果。

图 4-43　单击"绘图"按钮

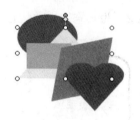

图 4-44　原图

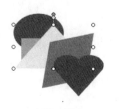

上移一层

置于顶层

下移一层

置于底层

图 4-45　图形叠放次的调整

4.2.6   图形的组合和拆分

1. 组合图形

将多个图形组合在一起，会便于统一对其进行编辑。具体的操作方法描述如下。

步骤 1   选择需要进行组合的图形，可以看到每个图形都显示各自的控点。

步骤 2   用以下方法对所选图形进行组合。

◆ 在"绘图"工具栏中单击"绘图"按钮，然后选择"组合"命令。

◆ 鼠标右键单击图形，选择"组合"中的"组合"命令，如图 4-46 所示。

被组合起来的图形将成为了一个整体，如图 4-47 所示，组合的图形只显示 8 个控点。

图 4-46   选择"组合"命令   图 4-47   组合后的图形

2. 编辑被组合的图形

在不取消图形组合的情况下，也能对其中的某个图形进行编辑，具体操作描述如下。

步骤 1   选中组合的图形，再继续单击其中的某个图形，例如，选择其中的一个心形，如图 4-48 所示，心形形状的控点显示为⊗。

步骤 2   为其添加黑色边框后，组合图形中的其他形状未受影响，如图 4-49 所示。

图 4-48   选择组合图形中的形状   图 4-49   对组合图形中的心形添加边框

3. 取消图形的组合

取消组合图形对象的方法：鼠标右键单击被组合的图形，在弹出的菜单中选择"组合"项，继续选择"取消组合"命令即可。

4.2.7   对齐和分布图形

用户可以对多个图形进行各种方式的对齐或分布，下面来详细介绍。

1．使图形对齐到网格

在默认情况下，绘制、移动形状时，都会按网格中的线条进行定位或对齐。

步骤1　在"绘图"工具栏上，单击"绘图"按钮，选择"网格和参考线"命令，如图 4-50 所示。

步骤2　在图 4-51 所示的"网格和参考线"对话框中，可以进行设置。

◆　选择"对象与网格对齐"复选框，可在绘制或移动图形时自动与网格对齐；

◆　选中"对象与其他对象对齐"复选框，可以让图形自动与经过其他形状的垂直和水平边缘的网格线对齐。

图 4-50　选择"网格和参考线"命令　　　图 4-51　"网格和参考线"对话框

✍️提示：*如果在拖动或者绘制对象时需要临时取消对齐网格功能，可在按住 Alt 键进行操作。*

步骤3　设置完成后单击"确定"按钮。

此后，在移动图形对象时，将自动与网格线对齐。关于网格大小的设置可以参见第 1 章中的内容。

2．用参考线对齐

在屏幕中显示参考线可以直接目视这些图形对象的对齐，操作起来很直观。

步骤1　在如图 4-51 所示的对话框中，选择"屏幕上显示绘图参考线"复选项，在屏幕中显示出参考线。

步骤2　根据对齐的需要调整好参考线的位置。

步骤3　靠近参考线拖动图形对象，图形会自动对齐到参考线，如图 4-52 所示。

关于参考线位置的移动请参见第 1 章中的内容。

3．图形间的对齐

图形之间可以进行对齐，即对象的两侧、中间、上边缘或下边缘与其他对象对齐。具体操作方法描述如下。

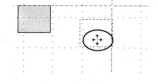

图 4-52　移动图形时对齐到参考线

步骤1　选中需要对齐的图形对象。

步骤2　在"绘图"工具栏中单击"绘图"按钮，选择"对齐或分布"中的相应命令，即可所选对象按指定方式进行对齐，如图 4-53 所示。

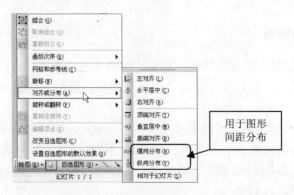

图 4-53　对齐或分布命令

　　如果希望图形对象以幻灯片的四边为对齐参照，则应在如图 4-53 所示的菜单中选择"相对于幻灯片"命令。这样，在执行以上对齐命令时，图形将自动对齐到幻灯片。

　　如图 4-54 为原图，如图 4-55 所示是取消"相对于幻灯片"命令时的"右对齐"效果，而图 4-56 所示则是选择"相对于幻灯片"命令之后的"右对齐"效果，图形自动对齐到了幻灯片的右侧。

图 4-54　原图

图 4-55　图形右侧对齐

图 4-56　幻灯片右边对齐

4．图形间的分布

　　图形分布是将图形水平或垂直的间距进行平均处理。具体操作描述如下。

　　步骤 1　选中需要对齐的图形（至少为 3 个），如图 4-57 所示。

　　步骤 2　单击"绘图"工具栏中的"绘图"按钮，选择"对齐或分布"项，继续选择"横向分布"或"纵向分布"命令，这里选择"横向分布"命令。

　　步骤 3　如图 4-58 所示，所选图形间的水平间距得到了平均处理。

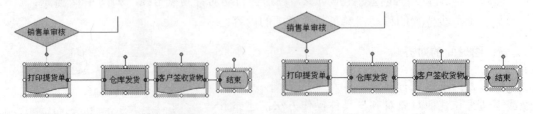

图 4-57　选择多个图形　　　　　　　　图 4-58　水平间距被平均分布

　　✎提示：如果希望图形在幻灯片页面间水平或垂直平均分布，则应事先选择 "相对于幻灯片"命令。

4.2.8 本节考点

本节考点主要包括在图形中输入文本，调整图形，图形的复制、移动和删除，图形的叠放，图形组合和拆分，图形的对齐或分布。

◆ 在图形中输入文本：标注形状可直接添加文本；线条和连接符形状不能添加文本；其他形状添加文本时要鼠标右键单击形状，选择"添加文本"命令。添加和编辑文本是经常考的内容。

◆ 调整图形：本考点主要包括图形的尺寸调整和形状调整，其中尺寸调整在"设置自选图形格式"对话框进行，而形状调整则是通过拖动黄色菱形控点完成。图形的旋转和翻转需要掌握各种操作方法，考试时要根据题意选择操作方法。

◆ 图形的复制、移动和删除：实现的方法较多，需要掌握，考试时可以使用其中一种完成操作。

◆ 图形组合和拆分：注意在不取消组合的状态下编辑图形的方法和图形的重新组合。

◆ 图形的对齐或分布：是常考的内容。对齐图形时要考虑是否需要选中"相对于幻灯片"命令。

4.3 设置图形格式

绘制的图形自动应用了当前设计模板中的配色方案，可以根据设计的需要重新对其进行更改。

4.3.1 设置图形边框和填充

对于图形的边框可以在线型、虚线类型、颜色等方面进行设置，还可以对图形填充各种颜色和效果。

主要有两种设置方法。

方法 1 使用"绘图"工具栏按钮进行设置

步骤 1 选中需要设置边框格式的图形。

步骤 2 在"绘图"工具栏中单击如下这些按钮进行相应的设置。

◆ "线型"按钮▤：如图 4-59 所示，可用于设置图形边框和线条形状的粗细，单击"其他线条"命令后，可以在"设置自选图形格式"对话框中进行设置。

◆ "虚线线型"按钮▨：单击后可以选择一种虚线类型应用，如图 4-60 所示。

◆ "线条颜色"按钮▨▼：单击右侧的下拉箭头，在列表中选择颜色或相应的命令，如图 4-61 所示。

◆ "填充颜色"按钮▨▼：单击右侧的下拉箭头，在列表中选择颜色或相应的命令，如图 4-62 所示。

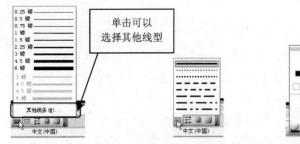
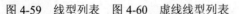

图 4-59　线型列表　图 4-60　虚线线型列表　　图 4-61　线条颜色　　图 4-62　填充颜色

方法 2　使用"设置自选图形格式"对话框。

步骤 1　选中需要设置的图形。

步骤 2　打开如图 4-63 所示的"设置自选图形格式"对话框，在"颜色和线条"选项卡中可以设置边框和填充格式。

设置方法与文本框的设置是一样的，具体操作请参见第 3 章。

下面来看一下具体的应用。

如图 4-64 所示是设计好的轮廓图形。

步骤 1　为底部的矩形填充白色和绿色的双色渐变效果，并去除边框，如图 4-65 所示。

步骤 2　分别为左上角的四个圆形填充相应的图片，如图 4-66 所示，页面效果跃然纸上，显得十分生动。

图 4-63　选择"颜色和线条"选项卡

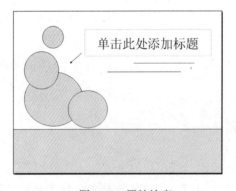

图 4-64　原始轮廓

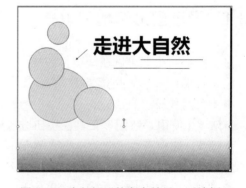

图 4-65　底部矩形的渐变效果，无边框

步骤 3　对箭头和线条形状的颜色、线型等格式进行设置，看起来效果不再平淡，如图 4-67 所示。

4.3.2　更改箭头样式

绘制的箭头线条，其箭头样式可以重新进行选择，具体操作描述如下。

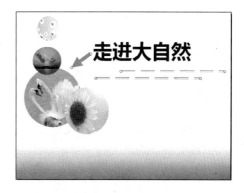

图 4-66　圆形被填充了相应的图片　　　　　　图 4-67　箭头和直线线条的格式

步骤 1　选中箭头图形。

步骤 2　在"绘图"工具栏上单击"箭头样式"按钮 图，如图 4-68 所示，在列表中可选择箭头样式。

如图 4-69 和图 4-70 所示是箭头样式更改前后的效果。

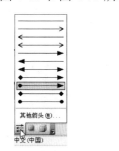

图 4-68　单击"箭头样式"按钮　　图 4-69　更改箭头样式前　　　　图 4-70　更改箭头样式后

注意：只能对线条形状、连接符形状等线条形状设置箭头线条。

关于线条颜色、虚线类型等格式的设置与图形边框的格式设置相同。

4.3.3　为图形添加阴影

为图表添加阴影效果可以使图表看起来更有真实感。

1. 添加阴影

为图形添加阴影的操作方法描述如下。

步骤 1　选中要添加阴影图形。如这里选择圆柱形状。

步骤 2　在"绘图"工具栏中单击"阴影样式"按钮 图，在如图 4-71 所示下拉列表中选中所需的阴影样式，如选择"阴影样式 111"，添加阴影前后的效果如图 4-72 所示。

2. 设置阴影效果

在如图 4-71 所示的列表中选择"阴影设置"项，可在如图 4-73 所示的"阴影设置"工具栏中对阴影的位置和颜色进行设置。

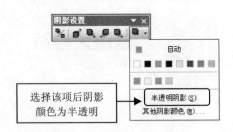

图 4-71　选择阴影效果　　图 4-72　添加阴影前后的效果比较　　　　图 4-73　"阴影设置"工具栏

工具栏中的按钮功能说明如下。

◆ "设置 / 取消阴影"按钮：设置或取消阴影样式。

◆ "略向上移"按钮：将阴影向上移动一个最小距离。

◆ "略向下移"按钮：将阴影向下移动一个最小距离。

◆ "略向左移"按钮：将阴影向左移动一个最小距离。

◆ "略向右移"按钮：将阴影向右移动一个最小距离。

◆ "阴影颜色"按钮图：单击后，在列表中选择阴影部分的颜色。

4.3.4　为图形添加三维效果

为图形添加三维效果可以使平面由二维图形变成立体图形。

1．添加三维效果

为图形添加三维效果的操作方法描述如下。

步骤 1　选中需要添加三维效果的图形。

步骤 2　在"绘图"工具栏中单击"三维效果样式"按钮，在图 4-74 所示的列表中选择一种三维效果应用。

✍提示：选择"无三维效果"命令项可以清除图形中已添加的三维效果。

如图 4-75 所示是添加三维效果前后的效果。

图 4-74　选择三维效果　　　　　　图 4-75　应用三维效果前后的对比

✍注意：并不是所有的图形都能添加三维效果，线条形状、连接符和部分基本形状（笑脸、圆柱、正方体等）就不能添加三维效果。

2．编辑三维效果

在如图 4-74 所示的菜单中选择"三维设置"命令，可以打开"三维设置"工具栏，如
图 4-76 所示。

工具栏中的按钮功能说明如下。

◆ "设置/取消三维效果"按钮 ：设置或取消三维
　效果样式。

图 4-76　"三维设置"工具栏

◆ "下俯"按钮 ：将图形的三维效果样式以中心为轴向下转动，如图 4-77 所示。

◆ "上翘"按钮 ：可将自选图形的三维效果样式以中心为轴向上转动，如图 4-78
　所示。

图 4-77　下俯的效果　　　　　　　　　　图 4-78　上翘的效果

◆ "左偏"按钮 ：将三维效果以中心为轴向左转动，如图 4-79 所示。

◆ "右偏"按钮 ：将三维效果以中心为轴向右转动，如图 4-80 所示。

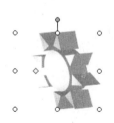
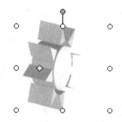

图 4-79　左偏的效果　　　　　　　　　　图 4-80　右偏的效果

◆ "深度"按钮 ：单击后，可在列表中选择三维效果的深度，如图 4-81 所示是设
　置 72 磅和 288 磅时的效果。

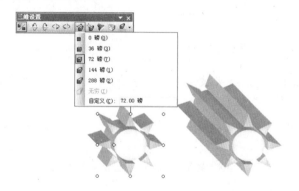

图 4-81　设置三维深度

◆ "方向"按钮▣：单击后，可在列表中选择透视效果。如图 4-82 所示。

◆ "照明角度"按钮▣：单击后，可在图 4-83 所示的列表中选择照明的角度，就是光线的位置，它影响了三维效果的阳面和阴面。

图 4-82　单击"方向"按钮　　　　图 4-83　单击"照明角度"按钮

◆ "表面效果"按钮▣：单击后在如图 4-84 所示列表中选择三维效果样式的表面效果。如图 4-85 所示是设置"透明框架"后的效果。

图 4-84　单击"表面效果"按钮　　　　图 4-85　设置为"透明框架"的效果

◆ "三维颜色"按钮▣：单击后可在如图 4-86 所示的列表中为三维效果样式设置颜色。如图 4-87 所示是不同颜色的三维效果。

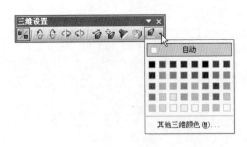

图 4-86　单击"三维颜色"按钮　　　　图 4-87　不同颜色的三维效果

✍注意：当三维的表面效果被设置为"透明框架"时，将不能更改颜色。

4.3.5　本节考点

本节考点主要包括图形边框和填充的设置、更改箭头样式、为图形添加阴影和三维效果 4 点，应掌握具体的操作方法。

4.4　本章试题解析

试　题	解　析
一、基本图形的绘制	
试题 1　在第 1 张幻灯片中，使用"基本图形"中的"等腰三角形"，绘制出一个等边三角形	单击"绘图"工具栏中的"自选图形"按钮，在"基本形状"中选择"等腰三角形"图形，按住 Ctrl+Shift 键的同时在当前幻灯片上拖动绘制
试题 2　在幻灯片中绘制出一个正方形	绘制时按住 Shift 键
试题 3　在第 2 张幻灯片中，绘制一个"云形标注"图形，并输入文字"Happy"	参见"4.1.1"中的"1. 绘制基本形状"
试题 4　在第 3 张幻灯片中，添加一个"准备"流程图形状，并添加文字"开始"	参见"4.1.3"中的"1. 绘制流程图形状并添加文本"
试题 5　使用肘形连接符将第 3 张幻灯片中的流程图形形状连接起来	参见"4.1.3"中的"2. 用连接符连接图形"
试题 6　第 4 张幻灯片中已经应用"肘形连接符"连接了矩形的下边中点和菱形的上顶点，要求将连接符端点移动到菱形的左侧顶点处	参见"4.1.3"中的"2. 用连接符连接图形"中的"步骤 6"
二、图形的编辑	
试题 1　将幻灯片中的三角形、矩形、波形图全部同时选中	按住 Ctrl 或者 Shift 键，分别单击图形
试题 2　设置三角形的大小，要求宽为 5 厘米，高为 6 厘米旋转为 25°	在"设置自选图形格式"对话框的"尺寸"选项卡中设置
试题 3　拖动黄色控点改变"笑脸"为"哭脸"形状，再将其删除	参见"4.2.3"中的"2. 图形形状调整" 参见"4.2.4"中的"3. 删除图形"
试题 4　将幻灯片中的三角形位置向右移动 2 厘米	在"水平"数值加工（在原数据基础上加 2）
试题 5　对矩形大小进行调整，要求宽度为原来的 45%，高度保持不变	参见"4.2.3"中的"1. 图形尺寸调整"，在"缩放比例"的宽度框中输入 45%，取消"锁定纵横比"复选框
试题 6　将矩形图形的叠放层次设置为最底层	参见"4.2.5 图形的叠放次序"
试题 7　为三角形添加文字"坚实的基础"，并设置其文字锁定点为"底部居中"	输入文字后，双击打开"设置自选图形格式"对话框，单击"文本框"选项卡，设置"文本锁定点"为"底部居中"
试题 8　使用拖动的方法再复制一个三角形，将复制后的图形放置到幻灯片的右上角位置	选中图形后，按住 Ctrl 键，然后用鼠标左键拖动图形到目标位置
试题 9　在波形图形上添加文本"胜利啦！"，设置文本为竖排方式	选中波形图表后，单击鼠标右键，选择"添加文本"命令，输入文本。再单击"格式"工具栏上的"更改文字方向"按钮
试题 10　将第 1 张幻灯片中的矩形更改为基本形状中的圆柱形	参见"4.2.3"中的"4. 将一种形状更改为另一种形状"

试　　题	解　　析
试题 11　选中第 2 张幻灯片，将其中已有的椭圆形组合在一起，再将幻灯片中矩形组合拆分，要求使用"绘图"工具栏	参见"4.2.6 图形的组合和拆分"
试题 12　设置第 3 张幻灯片中的标注图形的大小为自动适应文字	双击图形边框"设置自选图形格式"对话框，单击"文本框"选项卡，选择"调整自选图形尺寸以适应文字"复选框
试题 13　已知图形上已经添加了文本，要求使文字自动换行以适应图形的宽度	打开"设置自选图形格式"对话框的"文本框"选项卡，选中"自选图形中的文字换行"复选框
试题 14　已知图形上已经添加了文本，要求使文本距图形上边界为 0.8 厘米	打开"设置自选图形格式"对话框，单击"文本框"选项卡，设置"上"为 0.8 厘米
试题 15　将第 4 张幻灯片中的所有图形与矩形的底部对齐	选择图形，再参见"4.2.7"中的"3.图形间的对齐"，选择"底端对齐"
试题 16　选中幻灯片中的图形，使它们在幻灯片中横向均匀分布	选中所有图表，参见"4.2.7"中的"4.图形间的分布"
试题 17　使用翻转的方法，将当前所选箭头图形的方向修改为向下	将箭头图形垂直翻转
试题 18　给定四个图形，位于第 1 层的是矩形、位于第 2 层的是菱形、位于第 3 层的是心形，位于第 4 层的是圆形，将幻灯片中位于第 4 层的心形调整为第 2 层	参见"4.2.5 图形的叠放次序"
试题 19　将第 6 张幻灯片中的图形组合，并将其逆时针旋转 30°	组合后，打开"设置对象格式"对话框进行旋转
试题 20　选中图形，调整它的方向为右向上（输入旋转角度为–45°）	参见"4.2.3"中的"3.旋转和翻转"和"方法 2 精确指定旋转角度"
试题 21　将图形的左下角对齐到幻灯片的中心	显示出参考线，然后拖动图形到目标位置
三、设置图形格式	
试题 1　将第 1 张幻灯片中的直线更改为"箭头样式 10"	选中直线，单击"绘图"工具栏中的"箭头样式"按钮，在列表中选择"箭头样式 10"
试题 2　为最下方的矩形填充蓝色和白色的双色渐变，底纹样式为"水平"，选择右上角的变形效果，并设置为无边框	参见"4.3.1 设置图形边框和填充"
试题 3　将当前所选的图形设置为"雨后初晴"的填充效果	参见"4.3.1 设置图形边框和填充"
试题 4　为第 2 张幻灯片中的图形添加"阴影样式 11"，再将阴影上移 2 次阴影颜色为"绿色"	参见"4.3.3 为图形添加阴影"
试题 5　为第 3 张幻灯片中的矩形添加"三维样式 9"，并上翘 2 次，右偏 2 次	参见"4.3.4 为图形添加三维效果"
试题 6　为第 3 张幻灯片中的三角形设置三维效果，要求"照明角度"为"从左到右"，光线为"明亮"	参见"4.3.4 为图形添加三维效果"

试　题	解　析
试题 7　在第 3 张幻灯片中，设置矩形的三维效果深度为 144 磅、方向为第一行第三种	参见 "4.3.4 为图形添加三维效果"
试题 8　在第 3 张幻灯片中，设置三角形的三维效果，要求 "表面效果" 为 "塑料效果"，选择三维颜色为绿色	参见 "4.3.4 为图形添加三维效果"
试题 9　删除第 2 张幻灯片中图形的阴影效果和三维效果	选中图形，单击在 "绘图" 工具栏中单击 "阴影样式" 按钮▣，从弹出的下拉列表中选中 "无阴影"；单击 "三维效果样式" 按钮▣，从弹出的下拉列表中选中 "无三维效果"
试题 10　将第 4 张幻灯片中的圆柱形，设置为无线条颜色，填充 "水滴" 纹理，并设置 "透明度" 为 60%	参见 "4.3.1 设置图表边框和填充"
试题 11　选中心形，为其设置填充和边框效果，要求填充色为鲜绿色，线条颜色为红色，线型为圆点，样式为 1.5 磅	参见 "4.3.1 设置图表边框和填充"
试题 12　使用 "格式刷" 操作，在第 4 张幻灯片中，将三角形的格式填充到圆柱形和心形中	选中三角形，双击 "常用" 工具栏上的 "格式刷" 按钮，然后单击圆柱形，再单击心形

第5章　使用表格和图表对象

考试基本要求

掌握的内容：

◆ 表格的插入和绘制方法，可以对表格进行编辑（行高、列宽的调整，行、列的插入与删除，单元格的合并与拆分）；

◆ 图表的添加方法；

◆ 表格格式（边框、填充和文本框）的设置方法。

熟悉的内容：

◆ 更改图表类型的操作方法，能熟练地对图表对象及数据进行格式修饰。

了解的内容：

◆ 插入 Excel 工作表的方法。

　　表格是数据组织的常用形式，它具有较强的逻辑展示性，而图表则用图形的方法更加直观地说明了数据的关系。

　　本章主要介绍幻灯片中表格和图表的插入、编辑及格式设置方法，以及在 PowerPoint 2003 中使用 Excel 工作表的方法。

5.1　添加表格

表格是组成数据的最好形式，在制作演示文稿过程中，用户可以将表格添加到页面中，以便于展示一些抽象数据。

5.1.1　插入表格

如需要在 PowerPoint 中用表格将某些数据组合并展示给观众，可以插入表格。

表格的结构是二维的，横向为行，纵向为列。对于结构规范的表格，可以直接插入到幻灯片中。

方法 1　在"常用"工具栏上单击"插入表格"按钮，在下拉框中按住左键拖动，如图 5-1 所示，在下方显示为"3×4 表格"，表示将创建出 3 行、4 列的表格，松开鼠标后，可在幻灯片中得到对应行列数的表格。

鼠标显示为 I 形状时，在单元格中单击定位光标后，如图 5-2 所示，可直接输入文本。

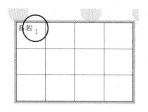

图 5-1　移动鼠标确定行列数　　　　　图 5-2　在添加的表格中输入文本

方法 2　使用"插入表格"对话框设置行列数。

步骤 1　用以下方法之一打开"插入表格"对话框。

◆　单击"插入"菜单，选择"表格"命令。

◆　在幻灯片占位符中的"插入对象"面板上单击"插入表格"按钮。

步骤 2　弹出"插入表格"对话框，在"行数"中输入表格的总行数，在"列数"中输入表格的总列数，如图 5-3 所示。

步骤 3　设置完后单击"确定"按钮，表格被添加到幻灯片页面中。

当在 PowerPoint 中插入了表格、图表、图片等对象以后，为了适应所插入的这些对象，将显示一个"自动版式选项"按钮。单击该按钮后，可显示如图 5-4 所示的列表，其中。

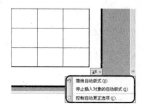

图 5-3　"插入表格"对话框　　　　　图 5-4　"自动版式选项"按钮

◆ 撤销自动版式：选择该项，表示保持幻灯片插入表格之前的版式不变。
◆ 停止插入对象的自动版式：选择该项后，将关闭自动版式功能。再插入表格、图表、图片等对象时，不再显示该按钮。
◆ 控制自动更正选项：选择该项后，可以打开"自动更正"对话框，在"键入时自动套用格式"选项卡中，选择"用于插入对象的自动版式"复选项，图 5-5 所示，这样就可以重新启用自动版式功能了。

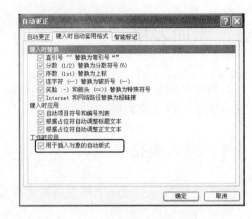

图 5-5　选择"用于插入对象的自动版式"复选项

✍提示：当忽略"自动版式选项"按钮而继续进行其他的操作，表示用户接受根据插入的对象对幻灯片版式进行更改。

5.1.2　手动绘制表格

结构复杂的表格可以采用手动绘制的方法创建。具体操作描述如下。

步骤 1　"常用"工具栏上单击"表格和边框"按钮，此时可以显示"表格和边框"工具栏，其中的"绘制表格"按钮 处于按下的状态。

步骤 2　在幻灯片页面中，鼠标指针变成 形状，按下鼠标并拖动，释放鼠标，可以绘制出表格的轮廓。继续在表格内绘制行线和列线，如图 5-6 所示中的 1 至 3 描述了绘制过程。

步骤 3　单击"擦除"按钮，鼠标指针变为橡皮擦形状，在行线或列线上拖动鼠标，如图 5-6 中的 4 所示，被擦除的框显示为加粗，松开后该框线被擦除。

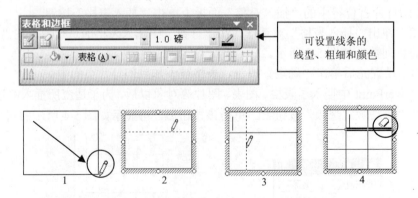

图 5-6　绘制表格和擦除列线时的鼠标形状

步骤 4　如果单元格需要斜线格式，可在表格第 1 行左边第 1 个单元格中从左上角开始向右下角拖动进行绘制，如图 5-7 所示，在表格中添加斜线。

步骤 5 光标定位在单元格中，输入文本，图 5-8 所示，适当地用空格处理文本的位置。

	很有效		比较有效		不清楚	
	人员(人)	比例(%)	人员(人)	比例(%)	人员(人)	比例(%)
男	32	17.02	81	43.09	38	20.21
女	14	12.39	51	45.13	29	25.66
性别未填写者	3	20.00	7	46.67	4	26.67
总计	49	15.51	139	43.99	71	22.47

图 5-7 绘制斜线

数据 类别	很有效		比较有效		不清楚	
	人员(人)	比例(%)	人员(人)	比例(%)	人员(人)	比例(%)
男	32	17.02	81	43.09	38	20.21
女	14	12.39	51	45.13	29	25.66
性别未填写者	3	20.00	7	46.67	4	26.67
总计	49	15.51	139	43.99	71	22.47

图 5-8 在斜线单元格中输入文本

步骤 6 按 Esc 键可退出表格的绘制和擦除状态。

绘制表格时，可以在"表格和边框"工具栏中对绘制的线条、粗细和颜色进行设置，说明如下。

- ◆ "边框线型"列表框：打开"边框线型"下拉列表后可选择所需的线型样式。
- ◆ "边框颜色"按钮：单击后可选择所需的颜色。
- ◆ "边框宽度" 1.0磅 ：打开列表框后可选择所需的宽度值。

5.1.3 插入 Excel 表格

PowerPoint 允许用户直接调用 Excel 中的表格数据，具体的方法有如下两种。

方法 1 将 Excel 表格数据复制到幻灯片中。

采用传统的复制和粘贴的操作，可以将 Excel 工作表中的数据复制到幻灯片中。具体操作描述如下。

步骤 1 在 Excel 工作表中，选择需要的工作表数据区域，按快捷键 Ctrl+C 进行复制。

步骤 2 切换到 PowerPoint 窗口，选择需要放置工作表数据的幻灯片，按快捷键 Ctrl+V 粘贴数据，如图 5-9 所示，Excel 中的数据被复制到了 PowerPoint 中。

图 5-9 "粘贴选项"按钮

步骤 3　单击 "粘贴选项" 按钮，在如图 5-9 所示的列表中进行设置。说明如下。

◆ 表格：可在幻灯片中得到一个表格对象。

◆ Excel 表格（完整工作表）：选择该项后，复制的表格将嵌入到 PowerPoint 中，鼠标双击表格后将启动 Excel 程序，用户可以在其中进行编辑。

◆ 表格图片：选该项后，表格将被复制为图片。

◆ 只保留文本：选择该项，将只在幻灯片中得到表格中的文本。

方法 2　**将 Excel 表格作为对象插入到幻灯片中。**

具体操作描述如下。

步骤 1　选中需要添加表格的幻灯片。

步骤 2　单击 "插入" 菜单，选择 "对象" 命令。

步骤 3　在 "插入对象" 对话框中，选择 "由文件创建" 项，在 "文件" 框中指定要作为对象插入的文件，如图 5-10 所示。

✍**提示**：选择 "新建" 项后，需要在 "对象类型" 列表框中选择具体的对象类型，例如，选择 "Microsoft Excel 工作表" 项后，表示将创建一个 Excel 工作表对象。

步骤 4　单击 "确定" 按钮，可将 Excel 工作簿插入幻灯片中，并显示活动工作表中的内容。

插入的 Excel 表显示为图片格式，双击后可以在 PowerPoint 中启动 Excel 程序，如图 5-11 所示。编辑完后，单击幻灯片任意空白处可以退出 Excel 返回幻灯片编辑状态。

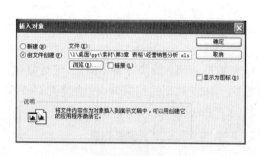

图 5-10　选择 "对象" 命令

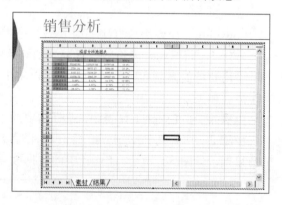

图 5-11　"插入对象" 对话框

5.1.4　本节考点

本节的考点主要是表格的添加方法，包括 3 点：插入指定行列数的表格、使用绘制的方法添加复杂的表格、在幻灯片中使用 Excel 数据表。

◆ 插入指定行列数的表格：本考点按方法可用两种题型，一种是用工具栏按钮插入指定行列数的表格；二是用对话框指定行列数。

◆ 绘制表格：重点掌握绘制方法。绘制斜线也是需要掌握的重点内容。

◆ 在幻灯片中使用 Excel 数据表：要掌握多种实现的方法。

5.2　编辑表格

绘制好的表格仍需要进行必要的调整工作，例如调整大小、移动位置、调整行高或列宽、对单元格进行合并和拆分等编辑操作，本节主要介绍这些重要的编辑操作。

5.2.1　选择表格对象

编辑表格时需要选中表格中的行、列甚至整个表格，具体的操作描述如下。

1．选择单元格

如果希望对某个单元格进行操作，就应当选中它。具体的方法是：将鼠标在单元格中单击一下，将光标置于这个单元格中，这个单元格就被选中了。按住鼠标左键继续拖动可选择多个单元格，如图 5-12 所示。

2．选择列

选择列的方法主要有：

方法 1　鼠标移动到列的上方，如图 5-13 所示，显示为向下黑色箭头↓时，单击左键可以选择整列。

图 5-12　被选中的单元格　　　　图 5-13　被选中的整列

方法 2　光标定位在列的任意单元格中，单击"表格和边框"工具栏中的 表格(A)▼ 按钮，在如图 5-14 所示的菜单中选择"选择列"命令，将光标所在的列选中。

✎ **提示**：如果选择行中的多个单元格，执行命令后，可以同时选择这些单元格所在的列。

方法 3　用鼠标拖动的方法选中列中所有单元格，将该列选中。

3．选择行

选择行的方法主要有以下两种，具体描述如下。

图 5-14　选择"选择列"命令

方法 1 用鼠标拖动选中行中的所有单元格，将该行选中。

方法 2 标定位在行的任意单元格中，单击"表格和边框"工具栏中的 表格Ⓐ▾ 按钮，在如图 5-14 所示的菜单中选择"选择行"命令，将光标所在的行选中。

✍ 提示：如果选择列中的多个单元格，执行命令后，可以同时选择这些单元格所在的行。

4．选择表格

在对表格进行移动、删除或复制等操作时，需要选择表格对象，具体的操作方法描述如下。

方法 1 鼠标单击表格的边框。

方法 2 光标定位在表格的任意单元格中，单击鼠标右键，在菜单中选择"选择表格"命令。

方法 3 光标定位在表格的任意单元格中，单击"表格和边框"工具栏中的 表格Ⓐ▾ 按钮，在如图 5-14 所示的菜单中选择"选择表格"命令。

✍ 注意：鼠标拖动选中表格中所有单元格时，只是将表格中的文本选中，表格对象本身并未被选择。

5.2.2 插入行和列

在表格中可以随时添加行或列，以满足数据输入的需要。主要方法有以下几种，具体描述如下。

方法 1 光标定位在表格最后一个单元格中，按 Tab 键可增加一行。

方法 2 选择整行或整列，单击鼠标右键，选择"插入行"命令，可以当前行的上方增加一行；选择"插入列"命令，可以当前列的左侧增加一列。

方法 3 光标定位在单元格中，单击"表格和边框"工具栏中的 表格Ⓐ▾ 按钮，在如图 5-15 所示的菜单中选择相应的命令。

◆ 在上方插入行：将在光标所在行的上方插入新行。
◆ 在下方插入行：将在光标所在行的下方插入新行。
◆ 在左侧插入列：将在光标所在列的左侧插入新列。
◆ 在右侧插入列：将在光标所在列的右侧插入新列。

5.2.3 删除行和列

删除表格中行和列的方法主要有以下几种，具体描述如下。

方法 1 将光标定位到单元格中，单击"表格和边框"工具栏中的 表格Ⓐ▾ 按钮，继续选择"删除行"或"删除列"命令将当前行或当前列删除。

方法 2 将光标定位到单元格中，单击鼠标右键，在快捷菜单中选择"删除行"命令，将当前行删除。

　　方法 3　选中要删除的整列，用鼠标右键单击，在快捷菜单中选择"删除列"命令，将当前列删除。

5.2.4　调整行高和列宽

　　在表格中输入文本时，文本将按表格的列宽自动换行，此时，行的高度将发生变化。因此，在输入内容后，调整行高和列宽就变得十分重要了。

方法 1　用鼠标拖动表格框线调整行高或列宽

最直接的调整行高和列宽的方法是使用鼠标拖动表格的框线，具体的操作描述如下。

◆　鼠标移动到表格的横向边框上，鼠标指针变成 ÷ 形状，如图 5-15 所示，按住鼠标左键上下拖动，如图所示，拖动时显示虚线，松开鼠标后完成行高的调整。

◆　鼠标移动到表格的纵向边框上，鼠标指针变成 +||+ 形状，如图 5-16 所示，按住鼠标左键上下拖动，如图所示，拖动时显示虚线，松开鼠标后完成列宽的调整。

　　提示：用鼠标拖动边框时，按住 Alt 键后可精细调行高和列宽。

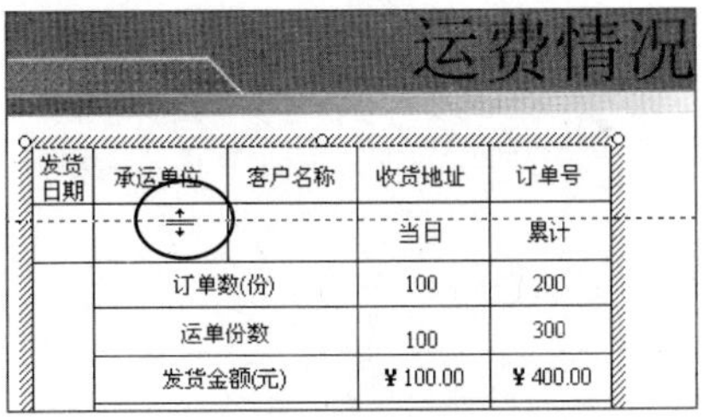

图 5-15　调整行高 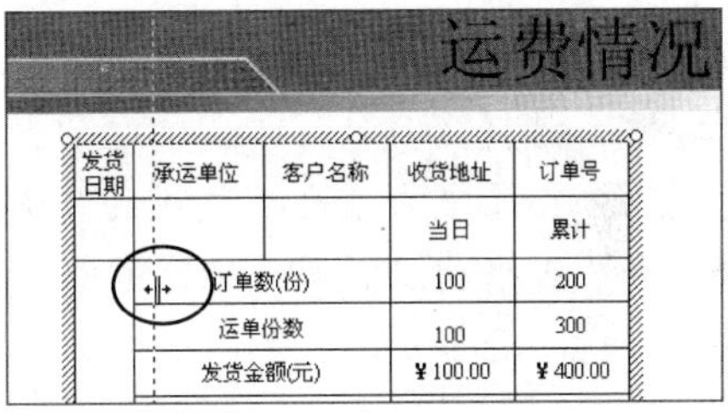　　　　　　　　　　　图 5-16　调整列宽

方法 2　平均分布行高和列宽

可快速将表格中所有行的高度和列的宽度进行统一设置，具体操作方法描述如下。

步骤 1　光标定位在表格的任意单元格中。

步骤 2　在"表格和边框"工具栏中，单击相应的按钮完成操作。

◆　单击"平均分布各列"按钮 ⊞，可平均分布列宽。

◆　单击"平均分布各行"按钮 ⊞，可将表格中各行的行高平均分布。

5.2.5　调整表格大小和位置

　　调整表格的大小的操作方法描述如下。

　　鼠标单击任意单元格，将表格激活，指向表格边角部的控点，指针变为斜向双向箭头，如图 5-17 所示，按住鼠标左键拖动，可以调整表格的大小，如图 5-18 所示。

图 5-17 鼠标指向表格的角部控点

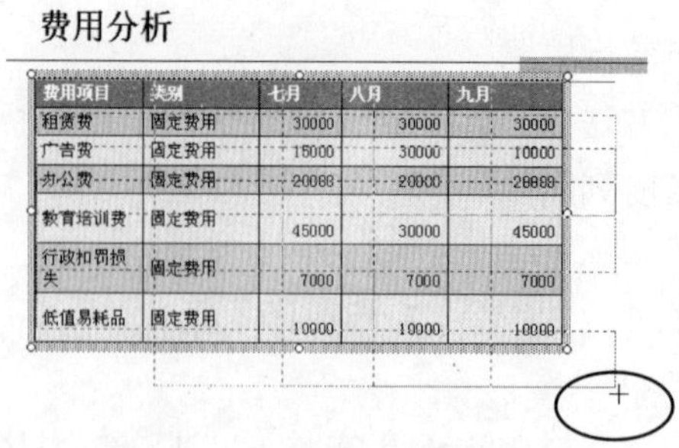

图 5-18 拖动时显示表格虚线框

移动表格位置的操作方法描述如下。

鼠标指向表格边框，变为 形状时，按住鼠标左键进行拖动，虚线框到达合适位置时松开，完成表格的移动。

5.2.6 合并与拆分单元格

通过对单元格的合并和拆分处理，可使表格的结构满足数据展示的需要。

1. 合并单元格

用户可以将多个单元格合并为一个单元格，具体操作步骤如下所述。

步骤 1 选择需要合并的多个连续单元格，如图 5-19 所示。

步骤 2 用下面方法之一完成合并操作。

◆ 在"表格和边框"工具栏中单击"合并单元格"按钮。

◆ 在选中的单元格上单击鼠标右键，在弹出的快捷菜单中选择"合并单元格"命令。

如图 5-20 所示，所选的单元格被合并为一个单元格。

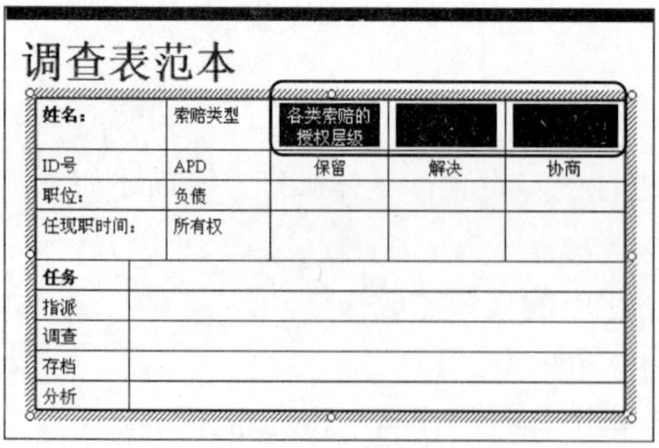

图 5-19 选中多个单元格

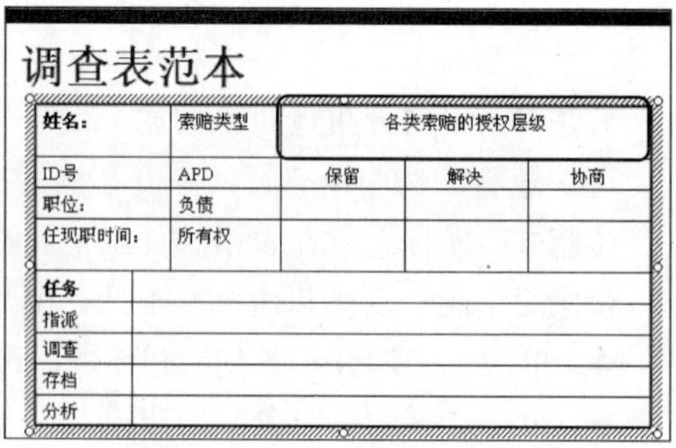

图 5-20 合并单元格后的效果

2. 拆分单元格

拆分单元格可以将一个单元格拆分为水平或垂直的两个单元格，具体操作如下所述。

步骤 1 将光标定位到需要拆分的单元格中。

步骤 2 用下面方法之一完成拆分操作。

◆ 在"表格和边框"工具栏中单击"拆分单元格"按钮。

◆ 在选中的单元格上单击鼠标右键,在弹出的快捷菜单中选择"拆分单元格"命令。

✍ 提示:如果希望将一个单元格拆分为两个以上的单元格,则需要使用绘制的方法完成。具体请参见本章"5.1.2 手动绘制表格"中的内容。

5.2.7　本节考点

本节的考点是考试中经常出现的考点,主要包括以下几点:在表格中插入和删除行或列、调整行高和列宽、表格大小和位置的调整、单元格的合并与拆分。

◆ 在表格中插入和删除行或列:可用多种方法完成,需要熟练应用各种方法,考试时可以使用其中一种完成。

◆ 调整行高和列宽:本考点的重点在于对行高和列宽进行平均分配。主要在"表格和边框"工具栏中单击按钮完成。

◆ 表格大小和位置的调整:重点是移动表格的操作。例如要求将第 2 张幻灯片中的表格移动到第 4 张幻灯片中。需要掌握表格的选择方法。

◆ 利用合并与拆分的功能改变单元格结构:包括两种类型的考题,一是将单元格进行合并;二是将单元格进行拆分,需要根据题目要求选择操作方法,当要求拆分为二个以上的单元格时,则需要使用绘制的方法进行操作。

5.3　设置表格格式

表格创建完成后,仍然可以对它的格式进行设置,以使其符合整体的设计要求。

5.3.1　设置表格边框

为表格对象(单元格、行、列甚至整个表格)设置表格边框的方法主要有以下两种,具体描述如下。

方法 1　使用"设置表格格式"对话框设置。

步骤 1　选择需要设置的表格对象。

步骤 2　使用以下方法之一打开"设置表格格式"对话框。

◆ 鼠标左键双击表格的边框。

◆ 在选择的表格对象处右击,在快捷菜单中选择"边框和填充"命令。

◆ 单击"格式"菜单,选择"设置表格格式"命令。

步骤 3　在"设置表格格式"对话框中的"边框"选项卡中可对表格边框的线条样式、颜色和宽度进行设置,如图 5-21 所示。在对话框的右侧单击相应的按钮将线样进行应用。

图 5-21　"设置表格格式"对话框

方法 2　使用"表格和边框"工具栏。

步骤 1　单击表格的外边框选择表格。

步骤 2　在"表格和边框"工具栏中，对线条样式、颜色和宽度进行设置。

步骤 3　在"表格和边框"工具栏中，单击如图 5-22 所示的按钮，根据需要在列表中选择要应用的边框。

如图 5-23 所示，表格的外边框被设置了一种虚线格式。

图 5-22　单击边框按钮

图 5-23　应用表格边框格式

5.3.2　设置表格填充

可以为表格对象（单元格、行、列甚至整个表格）填充颜色，具体方法描述如下。

方法 1　使用"表格和边框"工具栏。

步骤 1　选中需要设置填充的表格对象。

步骤 2　在"表格和边框"工具栏中，单击"填充颜色"按钮右侧的下拉箭头，在如图 5-24 所示的列表中可以选择要填充的颜色。

列表中各项命令说明如下：

◆　无填充颜色：可以清除表格边框的颜色，使其变为透明。

◆　其他填充颜色：选择后，可以在"颜色"对话框中可以选择更多的颜色。

◆　填充效果：选择后，可以在"填充效果"对话框中选择填充渐变、纹理、图案和图片等。设置方法请参见第 3 章中的内容。

步骤 3　设置完成后单击"确定"按钮。如图 5-25 所示是为表格第 1 行填充了渐变效果，看上去很有立体感。

图 5-24　"填充颜色"下拉列表　　　　　图 5-25　填充渐变的表头效果

方法 2　打开"设置表格格式"对话框，在"填充"选项卡中，选中"填充颜色"复选框，然后在下拉列表中对填充进行设置。

5.3.3　设置单元格文本的对齐

可以设置文本在单元格中的垂直对齐和水平对齐。

步骤 1　选择需要设置文本对齐的单元格。

步骤 2　用以下方法设置单元格文本的对齐。

◆ 在"设置表格格式"对话框的"文本框"
选项卡中，单击"文本对齐"列表框，在
如图 5-26 所示的列表中选择文本的对齐
方式。

◆ 在"表格和边框"工具栏中，单击"靠上
对齐"按钮 、"垂直居中"按钮 和"靠
下对齐"按钮 来设置垂直对齐文本。

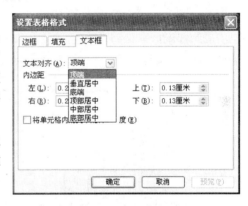

图 5-26　设置文本对齐

📝 **提示**：单元格文本水平对齐的设置方法
与段落文本对齐的操作方法相同，请参见第 3 章
中的内容。

5.3.4　本节考点

本节的考点是考试中经常出现的考点，主要包括设置表格边框和表格底纹、设置单元格文本对齐两点。

◆ 表格边框和底纹的设置。主要在"设置表格格式"对话框中进行设置。常见的题型有：对当前幻灯片的表格的第 1 行设置填充效果，更改边框颜色为绿色；将当前幻灯片的表格边框更改为虚线等。

◆ 设置单元格中文本的对齐方式。掌握两种设置方法。有时题目中仅要求更改垂直对齐方式，可以采用工具栏进行设置。

5.4　添加和编辑图表

图表与数据表相比较，对数据的表现更直观明了。本节介绍图表的添加和编辑操作。

5.4.1　添加图表

在幻灯片中插入一个空白图表，主要方法描述如下。

步骤 1　选择需要添加图表的幻灯片。

步骤 2　使用以下方法之一执行插入图表的操作。

◆　单击"插入"菜单，选择"图表"命令。

◆　在"常用"工具栏中单击"插入图表"按钮。

◆　为幻灯片应用一种包含"插入对象"面板的版式，单击其中的"插入图表"图标。

步骤 3　如图 5-27 所示，在"数据表"窗格内输入数据，在幻灯片空白处单击，可退出图表的编辑状态，如图 5-28 所示创建的图表显示为图片格式。

✍ **提示**：如果当前未显示"数据表"窗格，可以在图表编辑状态下，单击"视图"菜单，选择"数据表"命令或在"常用"工具栏中单击"数据表"按钮重新显示。

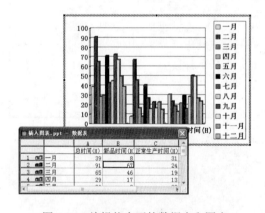

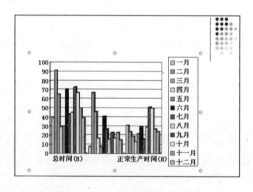

图 5-27　编辑状态下的数据表和图表　　　　　图 5-28　退出编辑状态的图表

✍ **提示**：图表的复制、移动和删除，图表大小的调整等操作方法与文本框的编辑方法相似，具体请参见第 3 章中的内容。

如果需要使用的图表已经存在于 Excel 中了，参见"5.1.3 插入 Excel 表格"中的操作方法将其插入到幻灯片中。

5.4.2　编辑图表

图表创建完成后，需要对图表进行相应的编辑操作，以使其符合展示的需要。

如果需要对图表进行编辑，可用以下的方法之一可以重新进入图表的编辑状态。

◆ 双击幻灯片中的图表。

◆ 在"常用"工具栏中单击"图表"按钮。

1. 选择图表对象

图表中包含了图表区、图例、标题、分类轴、数值轴等多个对象，如图 5-29 所示。选中图表对象的具体操作描述如下。

步骤 1 进入图表编辑状态。

步骤 2 用以下方法之一选择图表中的组成对象。

◆ 鼠标指向并单击某个对象。

◆ 在"常用"工具栏中，单击"图表对象"列表框，在如图 5-30 所示的列表中进行选择。

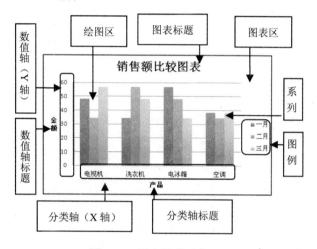

图 5-29 图表组成对象

图 5-30 选择图表对象

2. 设置图表转置

图表转置就是将数值轴与分类轴互换，以满足不同的分析目的。

设置图表转置的具体操作方法描述如下。

步骤 1 进入图表编辑状态，在图表区单击，选择整个图表。

步骤 2 用以下方法进行图表转置。

◆ 在"常用"工具栏中单击"按行"按钮■或单击"数据"菜单，选择"行中系列"，可将数据按行组织，如图 5-31 所示。

◆ 在"常用"工具栏中单击"按列"按钮■或单击"数据"菜单，选择"列中系列"可将数据按列组织，如图 5-32 所示。

3. 更改图表类型

创建好的图表是一种柱形图表，更改图表类型的方法描述如下。

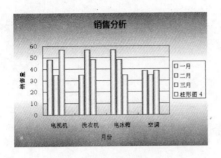

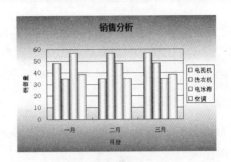

图 5-31　"行中系列"　　　　　　　　　　图 5-32　列中系列

方法 1　在图表编辑状态下，单击"常用"工具栏中"图表类型"按钮![]右侧的下拉按钮，在如图 5-33 所示的列表中选择一种图表类型。

方法 2　使用"图表类型"对话框。

步骤 1　进入图表的编辑状态。

步骤 2　用以下方法之一打开"图表类型"对话框。

◆　单击"图表"菜单，选择"图表类型"命令。

◆　用鼠标右键单击图表，在弹出的快捷菜单中选择"图表类型"命令。

步骤 3　在"图表类型"对话框中，选择一种图表类型，如图 5-34 所示。

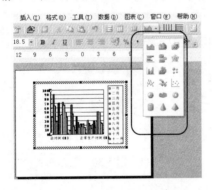

图 5-33　单击"图表类型"按钮　　　　　　图 5-34　选择图表类型

提示：如果经常使用某种图表类型，可以在"图表类型"对话框中选择该图表类型，单击"设置为默认图表"按钮，将其指定为默认的图表类型。

4．创建自定义图表类型

除使用内置的图表类型外，用户还可以创建自定义的图表类型。具体操作描述如下。

步骤 1　进入图表编辑状态。

步骤 2　打开"图表类型"对话框，在"自定义"选项卡中"自定义"单选项，如图 5-35 所示，在右边"示例"框中可预览图表，单击"添加"按钮。

步骤 3　在"添加自定义图表类型"对话框中的"名称"和"说明"文本框中可输入相应的内容，如图 5-36 所示。

步骤 4　单击"确定"按钮，返回到"图表类型"对话框，可以发现在"图表类型"

列表框中多了一种自定义的图表类型，其名称为用户在前面输入的名称。

步骤 5　设置完成后单击"确定"按钮。

✎ 提示：在如图 5-35 所示的"图表类型"列表框中选定一种自定义类型，单击"删除"按钮，可将其删除。但内置的图表类型不能删除。

图 5-35　选择"自定义"选项卡　　　　　图 5-36　输入文本

5.4.3　设置图表选项

下面介绍添加标题、更改坐标轴显示效果、显示或隐藏网格线、显示或隐藏图表等图表选项的设置方法。具体描述如下。

步骤 1　进入图表的编辑状态。

步骤 2　用以下方法之一打开"图表选项"对话框。

◆　用鼠标右键单击图表，继续选择"图表选项"命令。

◆　单击"图表"菜单，选择"图表选项"命令。

步骤 3　在"图表选项"对话框中可以进行相应的设置，完成后单击"确定"按钮。

1．添加标题

在"图表选项"对话框中，单击"标题"选项卡，如图 5-37 所示，分别在相应的文本框内输入图表标题、分类轴标题和数值轴标题文本。

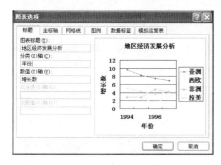

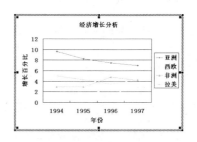

图 5-37　输入标题文本　　　　　　　　图 5-38　添加标题后的效果

2．显示或隐藏坐标轴

大多数图表中都包含数值轴和分类轴两个坐标轴。其中，数值轴用于标识图表中的数字；分类轴用于标识图表中的数据类别。

在"图表选项"对话框中的"坐标轴"选项卡中，可以设置分类轴和数值轴的显示或隐藏，例如，取消"数值轴"复选框，在预览区可以看到数值轴被隐藏了，如图 5-39 所示。

3．显示或隐藏网格线

在"图表选项"对话框中的"网格线"选项卡中，可以根据需要决定图表中主要网格线和次要网格线的显示或隐藏。例如，在"分类轴"区选中"主要网格线"复选项后，如图 5-40 所示，在右侧的预览区中可以看到图表中显示了纵向的网格线。

提示：在"常用"工具栏中单击"分类轴网格线"按钮⊔和"数值轴网格"按钮☰，也可以设置网格线的显示或隐藏。

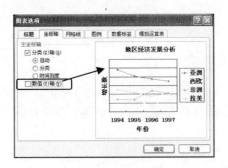

图 5-39　取消"数值轴"复选框　　　　　　图 5-40　设置网格

4．图例的显示位置

在"图表选项"对话框中的"图例"选项卡中，可以设置图例的显示或隐藏、图例的显示位置等。如图 5-41 所示，在"位置"区选择"靠下"项后，图例被移到了图表的下方。

提示：在"常用"工具栏中单击"图例"按钮☲也可以设置图例的显示或隐藏。

5．设置数据标签

在图表中可以显示的数据标签包含系列名称、类别名称和值三种。根据需要可以在"数据标签"选项卡进行设置，如图 5-42 所示，选中"值"复选框后，将直接在图表中显示出数值。

提示：如果选中"图例项标示"复选框，可以在数据旁边显示出相应的图例标示。

6．在图表中显示或隐藏数据表

在图表显示数据表可以为观众提供更直观的信息，在"图表选项"对话框的"数据表"

选项卡可以设置是否显示数据表，如图 5-43 所示，选中"显示数据表"复选框后，在图表下方显示出了数据表。图 5-44 是图表中的数据表。

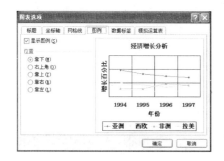

图 5-41　"图例"选项卡

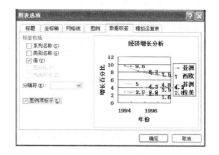

图 5-42　"数据标签"选项卡

✍ **提示**：在"常用"工具栏中单击"模拟运算表"按钮 ⊞，也可以显示或隐藏数据表。

图 5-43　设置显示数据表

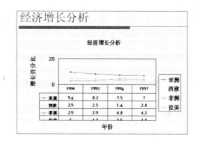

图 5-44　图表中的数据表

如果退出图表编辑状态后，发现数据表中没有显示全部数据，此时可以通过设置数据表中文字的大小进行调整。

5.4.4　本节考点

本节考点主要包含以下几点：在幻灯片中添加图表对象、设置图表转置、图表类型的相关操作、设置图表选项。

◆ 在幻灯片中添加图表对象。重点掌握图表的插入方法，考试时应能使用其中一种完成操作。另外，插入 Excel 图表的操作也应掌握，具体方法与插入 Excel 工作表相同。

◆ 设置图表转置。掌握两种不同的设置方法，考试时应能使用其中一种完成操作。

◆ 图表类型的相关操作。一般有三种类型的题目：一是将当前图表的图表类型更改为另一种指定的图表类型；二是将指定的图表类型设置为默认图表类型；三是将当前幻灯片中的图表类型添加到自定义图表选项卡中。

◆ 设置图表选项。本考点的内容较多，题目类型的变化也较多。常见的题型包括：在当前幻灯片的显示图例并将图例的位置移动到图表的下方；为当前图表添加图表标题，并显示数据表。

5.5 设置图表格式

图表需要进行一定的格式设置，才能取得更好的视觉效果。

5.5.1 设置图表中文本格式

根据需要可以对分类轴标题和数值轴标题、分类轴和数值轴、图例中的文本格式进行设置。下面具体介绍。

1．设置文本对齐

下面来设置分类轴文本的对齐，以此为例说明文本对齐的设置方法，描述如下。

步骤 1 进入图表编辑状态，选中分类轴。

步骤 2 打开"坐标轴格式"对话框，在"对齐"选项卡中，可以根据需要设置文本的对齐，如图 5-45 所示。

步骤 3 设置完成后，单击"确定"按钮。图 5-46 所示，分类轴文本倾斜显示了。

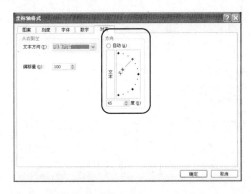
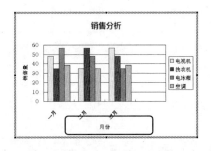

图 5-45　设置文本对齐角度　　　　　　图 5-46　倾斜显示的分类轴

2．设置文本外观

下面来设置图表标题文本的格式，以此为例说明文本格式的设置方法，图表的标题可以在选中后用"格式"工具栏进行设置，也可以用对话框设置，具体如下。

步骤 1 进入图表编辑状态，选中图表标题的边框。

步骤 2 用以下方法之一打开"图表标题格式"对话框。

◆ 鼠标左键双击图表标题。

◆ 单击"格式"菜单，选择"所选图表标题"命令。

◆ 在"常用"工具栏中，单击"设置图表标题格式"按钮 。

◆ 在图表区上单击鼠标右键，选择"设置图表标题格式"命令。

步骤 3　在"图表标题格式"对话框，单击"字体"选项卡中，可设置文本的字体、字形、字号、颜色以及其他一些效果等，如图 5-47 所示。

步骤 4　设置完成后单击"确定"按钮。

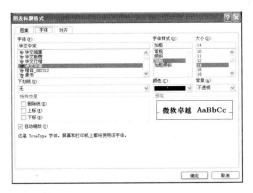

图 5-47　设置字体

5.5.2　设置图表背景格式

下面来对图表区设置背景，其他图表对象的背景设置与此相似。具体操作描述如下。

步骤 1　选中图表区。

步骤 2　打开"图形区格式"对话框，在"图案"选项卡中可以设置边框和填充，如图 5-48 所示。

步骤 3　设置完成后，单击"确定"按钮，如图 5-49 所示图表区是填充了"漫漫黄沙"的渐变效果。

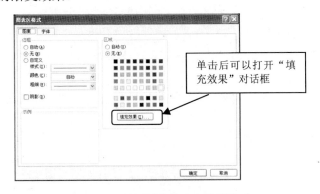

图 5-48　设置图表填充和边框格式

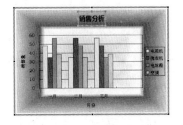

图 5-49　填充渐变背景的图表

5.5.3　设置坐标轴格式

除了设置坐标轴文本和背景格式外，还可以分别对数值轴和分类轴进行特殊的设置。

1．设置数值轴刻度

设置数值轴刻度的方法，具体操作如下。

步骤 1　进入图表编辑状态，选择数值轴。

步骤 2　打开"坐标轴格式"对话框，单击"刻度"选项卡，在"自动设置"区中分别输入相应的值，如图 5-50 所示。

步骤 3　单击"确定"按钮后，在图表中可以看到效果，如图 5-51 所示。

✍ **提示**：如果在"自动设置"中选择了相应选项前面的复选框，则表示该项由系统自动设置，用户自定义的值将不会生效。

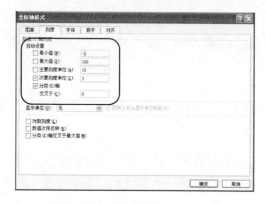

图 5-50　"坐标轴格式"对话框

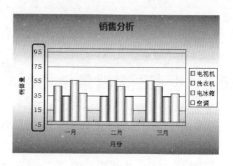

图 5-51　重新显示的数值轴

2．设置分类轴次序反转

将分类轴次序反转后，可以使数值轴显示在图表的右侧，具体操作方法描述如下。

步骤 1　进入图表编辑状态，选择分类轴。

步骤 2　打开"坐标轴格式"对话框，在"刻度"选项卡中，选择"分类次序反转"复选项，如图 5-52 所示。

步骤 3　单击"确定"按钮，如图 5-53 所示，图表中的分类轴中项目的排列次序反转。

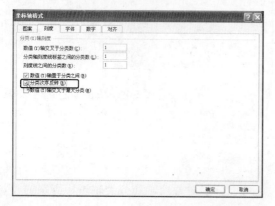

图 5-52　选择"分类次序反转"复选项

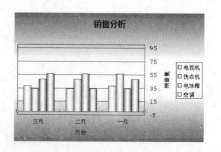

图 5-53　分类轴次序反转后的效果

✍ 提示：在图 5-50 所示的对话框中，选择"数值次序反转"复选项，可以将分类轴移动到图表上方显示。

5.5.4 本节考点

本节考点主要包括设置图表中文本格式、设置文本对齐、设置图表背景格式、设置数值轴刻度、设置分类轴次序反转。

◆ 设置图表中的文本格式。应当掌握具体的设置方法。注意，图表对象的选择要准确。常见的题型有：将当前图表的图例文本设置为绿色、黑体；将当前图表中坐标轴标题的文本格式设置为隶书，背景为"不透明"，并添加下划线。

◆ 设置文本对齐。主要掌握分类轴和数值轴文本的对齐设置，主要在"坐标轴格式"选项卡中完成设置。例如将数值轴文本设置 45°角显示。

◆ 设置图表背景格式。掌握为"图表区域"、"绘图区"、"系列"、"图例"、"分类轴"、"数值轴"等各元素设置背景的操作方法。常见的题型有：为当前图表的绘图区添加"漫漫黄沙"的渐变效果；为当前图表的图表区填充一种黄色并为其添加阴影格式。

◆ 设置坐标轴格式。重点应掌握数值轴刻度以及反转分类轴次序的设置方法。常见题型有将当前图表的数值轴的最大值设置为 200，并将数值轴反转显示。

5.6 本章试题解析

试 题	解 析
一、添加表格	
试题 1 在当前选中的幻灯片中插入一个 6 行 4 列的表格	参见"5.1.1 插入表格"
试题 2 要求将第 1 列分成两列，然后擦除第 1 行第 1 个单元格与第 2 行第 1 个单元格之间的横线	参见"5.1.2 手动绘制表格"
试题 3 将"销售分析.xls"工作簿中的数据插入到当前幻灯片中，要求使用复制的方法完成，并使复制后的表格显示为文本	参见"5.1.3"中的"方法 1 将 Excel 表格数据复制到幻灯片中"
试题 4 以"链接"的方式插入名称为"经营销售分析.xls"工作簿文件	参见"5.1.3"中的"方法 2 将 Excel 表格作为对象插入到幻灯片中"
二、编辑表格	
试题 1 保持整个表格宽度不变,调整表格使各列宽度相同	参见"5.2.4"中的"方法 2 平均分布行高和列宽"
试题 2 使用按钮操作,在表格第三行的上方,插入一行,在最后一列的右侧插入一列	参见"5.2.2 插入行和列"
试题 3 使用按钮操作,在表格最后一行的后面插入一个空行,然后使该行只有一个单元格	参见"5.2.2 插入行和列",然后将该行单元格合并
试题 4 在表格中,要求用逐行删除的方法删除表格第 1 和第 2 行	参见"5.2.3 删除行和列"

试　题	解　析
试题 5　在表格中，将第三行中的所有单元格合并，再拆分为 3 个单元格	参见 "5.2.6"
三、设置表格格式	
试题 1　将表格中第一行文字的对齐方式设置为 "中部居中" 对齐，并设置左右间距为 0.30 厘米	选中表格的第 1 行，在 "设置表格格式" 对话框的 "文本框" 选项卡中设置
试题 2　使用 "表格和边框" 工具栏，将表格左侧第一列的填充格式删除	选中左侧第一列，在 "表格和边框" 工具栏中单击 "填充颜色" 按钮，选择 "无填充颜色"
试题 3　使用 "表格和边框" 工具栏，将表格的外框线设置为红色	参见 "5.3.1 设置表格边框"
试题 4　使用工具栏，为表格添加全部框线，线条颜色为绿色，边框宽度为 3 磅，并为第 1 个单元格设置斜下的框线	单击表格外边框选中表格，使用 "表格和边框" 工具栏设置
试题 5　要求使用 "表格和边框" 工具栏设置第 1 个单元格边框线型为最后一种虚线，粗细为 3.0 磅，颜色为红色，再为其填充图片效果，保存在 "我的文档" 中的文本 "风景.jpg" 中	参见 "5.3.1 设置表格边框"
试题 6　使用对话框，为表格第一行填充 "漫漫黄沙" 的渐变效果，设置 "底纹样式" 为 "斜上"	参见 "5.3.2 设置表格填充"
试题 7　使用对话框，设置表格的填充色为背景色（使用双击打开对话框的方法）	双击表格边框，在 "设置表格格式" 的 "填充" 选项卡中，单击 "填充颜色" 列表中选择 "背景"
四、添加和编辑图表	
试题 1　在第 2 张幻灯片中，插入一幅默认设置的图表	参见 "5.4.1 添加图表"
试题 2　将图表类型修改面积图，要求使用按钮直接设置，修改完后退出编辑状态	参见 "5.4.2" 中 "3.更改图表类型" 中的方法 1
试题 3　选中当前图表，修改其类型为折线图，要求使用菜单命令	参见 "5.4.2" 中 "3.更改图表类型" 中的方法 2 使用 "图表类型" 对话框
试题 4　设置当前图表隐藏数值轴网格线，显示分类轴网格线，要求使用按钮操作；再用对话框隐藏分类轴中的主要网格线，显示次要网格线，显示数值轴中的主要网格线，隐藏次要网格线	在 "常用" 工具栏中单击 "分类轴网格线" 按钮![]和 "数值轴网格线" 按钮![]；接着打开 "图表选项" 对话框，在 "网格线" 选项卡中设置
试题 5　设置当前图表数值轴与分类轴互换，使其按列显示，要求用按钮操作	参见 "5.4.2" 中的 "2.设置图表转置"
试题 6　在图表上设置标题，要求 "图表标题" 为 "数据描述"，"分类（X）轴" 标题为 "时间"，退出图表的编辑	参见 "5.4.3" 中的 "1.添加标题"
试题 7　调整当前图表中图例位置，要求其显示在图表的下方	参见 "5.4.3" 中的 "4.图例的显示位置"
试题 8　隐藏当前图表的图例，要求使用按钮操作	选中图表，在 "常用" 工具栏中单击 "图例" 按钮
试题 9　在当前图表中添加数据标签，数据标签的类型为 "值"	参见 "5.4.3" 中的 "5.设置数据标签"
试题 10　设置在当前图表中不显示数据标签，并在图表的下方显示数据表	参见 "5.4.3" 中的 "5.设置数据标签" 和 "6.在图表中显示或隐藏数据表"
试题 11　将当前图表添加为自定义图表类型，名称为 "我的图表"	参见 "5.4.2" 中的 "4.创建自定义图表类型"

试　　题	解　　析
试题 12　进入图表的编辑状态，使用对话框将图表标题修改为"数据分析"	双击图表，进入编辑状态后，打开"图表选项"对话框，在其中设置
试题 13　在图表中，使"西部"的数据系列上显示系列名称和值。要求使用菜单命令操作	单击"西部"的数据系列，单击"格式"|"所选数据系列"命令，打开"数据系列格式"对话框，在"数据标签"选项卡中，选择"系列名称"和"值"复选框
试题 14　将 Excel 工作簿中的图表，复制到第 2 张幻灯片中，要求显示为图表图片	在 Excel 中复制图表后，选中第 2 张幻灯片，单击"粘贴选项"按钮后，选择"图表图片"项
五、设置图表格式	
试题 1　设置图表在水平方向上离幻灯片左上角为 4 厘米，在垂直方向上离幻灯片左上角为 3 厘米	选中图表，打开"设置对象格式"对话框，选择"位置"选项卡，设置水平方向上离左上角为 4 厘米，垂直方向上离左上角为 3 厘米
试题 2　取消图表中"电视机"数据系列的边框，要求用按钮操作	选择"电视机"数据系列，打开"数据系列格式"对话框的"图案"选项卡，选择"无"单选按钮
试题 3　选中图表中的背景墙（要求用工具栏选中），将其填充为"红日西斜"（要求用双击的方式打开对话框）	用双击的方式打开"背景墙格式"对话框，单击"填充效果"，然后在弹出对话框的"预设"中选择
试题 4　要求设置当前图表中的图例，其中字体为黑体，颜色为蓝色，设置完后退出图表编辑状态	参见"5.5.1"中的"2.设置文本外观"
试题 5　选中图表，设置其边框线的颜色为绿色，背景色为淡黄色	单击"格式"|"对象"命令，选择"颜色和线条"选项卡，在其中设置
试题 6　首先进入图表的编辑，然后使用菜单命令，显示图表中的具体数据，修改"东部"为"东南部"，设置该系列为红色，然后退出编辑状态	单击"视图"|"数据工作表"命令，修改数据后退出
试题 7　设置图表分类轴文本向上倾斜 45°，偏移量为 80，查看效果后将其隐藏起来	参见"5.5.1"中的"1.设置文本对齐"。在"图表选项"对话框的"坐标轴"选项卡中取消选择"分类轴"
试题 8　设置图表标题文本的字体为隶书，颜色为红色，字号为 22 号，要求使用对话框	参见"5.5.1"中的"2.设置文本外观"
试题 9　将分类轴文本设置为黑体，加粗显示，要求使用工具栏操作	单击分类轴文本，在"格式"工具栏中进行设置
试题 10　进入图表的编辑状态，为图表设置三维效果，其中"上下仰角"为 45°，"旋转"角度为 30°，设置完后退出编辑状态	进入图表的编辑后，选择"图表"中的"设置三维视图格式"命令，在打开的对话框中设置
试题 11　在当前图表中，将图表区填充颜色清除	双击图表区，在"图表区格式"对话框中，选择"无"
试题 12　设置图表数值轴刻度的最小值为–5，并将次序反转显示	参见"5.5.3"中的"1.设置数值轴刻度"，选择"数值次序反转"复选项

第6章 插入和编辑其他对象

考试基本要求

掌握的内容：

◆ 添加图片、剪贴画的使用方法；

◆ 艺术字的应用方法，能够在幻灯片中使用外部声音文件和影片文件以及剪辑管理器中的声音和影片，可以熟练地播放 CD 乐曲。

熟悉的内容：

◆ 艺术字的修饰；

◆ 组织结构图的设计与编辑（包括文本、形状、连接线的操作与格式化）；

◆ 其他图示的应用方法；会录制声音；

◆ 录制旁白的方法。

了解的内容：

◆ 无。

将多种格式的声音、视频剪辑添加到幻灯片中，不仅能够丰富展示手段，而且能将难以理解的主题，直观地展示给观众，增加演示的真实性。

本章主要介绍图片、剪贴画、艺术字、影片、声音、组织结构图的插入和编辑方法。

6.1　使用图片对象

图像是幻灯片中除文字外最重要的信息表达元素，使用图片可以增强信息表现力，下面介绍图片的使用方法。

6.1.1　使用剪贴画

Office 中提供了大量的剪贴画，用户可以直接向幻灯片中插入这些剪贴画。如图 6-1 所示的页面中，左侧图形均为剪贴画。

1．添加剪贴画

插入剪贴画的方法主要有以下 3 种。

方法 1　利用幻灯片版式中的按钮

步骤 1　选中需要添加剪贴画的幻灯片。

步骤 2　为幻灯片应用一种包含"插入对象"面板的版式，如图 6-2 所示，在其中单击"插入剪贴画"按钮 。

步骤 3　在"选择图片"对话框中列出了可用的剪贴画资源，如图 6-3 所示，单击选择需要使用的剪贴画。

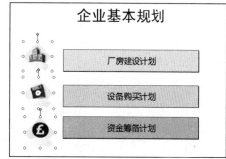

图 6-1　插入的剪贴画

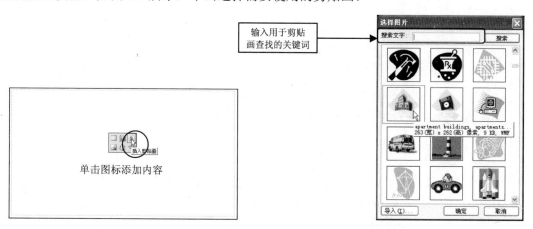

图 6-2　单击"插入剪贴画"按钮　　　　图 6-3　选择剪贴画

✍**提示**：在"搜索文字"框中可以输入关键词，单击"搜索"按钮后，可以快速找到有关的剪贴画。

步骤 4　单击"确定"按钮，可将该剪贴画添加到幻灯片中。

方法 2　使用"剪贴画"任务窗格

如果幻灯片的版式已经确定下来，不能再进行更改了，此时，可以使用"剪贴画"任务窗格插入所需的剪贴画。

步骤 1　选择需要插入剪贴画的幻灯片。

步骤 2　用以下方法之一打开"剪贴画"任务窗格。

◆　单击"插入"菜单，选择"图片"中的"剪贴画"命令。

◆　单击"绘图"工具栏中的"插入剪贴画"按钮 。

步骤 3　在"搜索文字"框中输入"建筑"，在"搜索范围"下拉列表中选择搜索范围和类别的项目，如图 6-4 所示，单击其中的加号或减号可以展开或折叠项目。

✍ 提示：在"结果类型"下拉列表框中，可以指定要返回的搜索结果类型。

步骤 4　单击"搜索"按钮 搜索 ，符合搜索条件的剪贴画将出现在"剪贴画"窗格中，如图 6-5 所示，指向要用的剪贴画，单击右侧的按钮。

图 6-4　设置搜索范围　　　　图 6-5　搜索到的剪贴画

步骤 5　在下拉列表中单击"插入"命令，将剪贴画插入到幻灯片中。

插入的剪贴画可以适当地调整大小和位置。具体的操作方法与图形的编辑方法相同。

2．重新着色剪贴画

剪贴画是一种特殊的图片文件，用户可以对它进行重新着色处理。

方法 1　使用工具栏按钮

步骤 1　选择需要重新着色的剪贴画，在"图片"工具栏中，单击"图片重新着色"按钮，如图 6-6 所示。

图 6-6　单击"重新着色"按钮

✍ 提示：右键单击需要重新着色的剪贴画，在菜单中选择"显示'图片'工具栏"

命令，打开"图片"工具栏。

步骤 2　弹出"图片重新着色"对话框，在"更改"区选择需要更改的颜色范围，选择"颜色"单选项，表示可以更改剪贴画的任何颜色；选择"填充"单选项，表示更改填充色和前景色，线条颜色不受影响，如图 6-7 所示，在"更改为"框中设置颜色。

图 6-7　更改剪贴画中图形的颜色

步骤 3　单击"确定"按钮完成设置。

用该方法进行着色后，剪贴画仍然保持着图片对象的各种属性。

方法 2　将剪贴画分解后着色

步骤 1　选中需要重新着色的剪贴画。

步骤 2　单击鼠标右键，如图 6-8 所示，在列表中选择"组合"中的"取消组合"命令。

步骤 3　弹出如图 6-9 所示的提示框中，单击"确定"按钮。

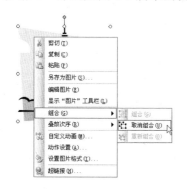

图 6-8　取消剪贴画的组合　　　　　　　　图 6-9　提示框

步骤 4　再次对剪贴画执行"取消组合"命令，如图 6-10 所示，剪贴画中的组合图形被分解出来了。

步骤 5　选中要重新着色的图形，为其设置新的填充和边框格式，如图 6-11 所示是对背景部分重新着色后的效果。

步骤 6　选择其中任意图形，单击鼠标右键，选择"组合"中的"重新组合"，将这些图形重新组合在一起。

✎注意：经过编辑后，剪贴画已经被转换为了图形对象。所有针对于图像的格式设置均不再适用了。

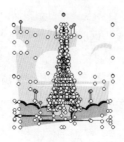

图 6-10　被分解出来的剪贴画中的图形　　图 6-11　重新着色的剪贴画

利用这一特性，可以非常方便地使用现有的图形组成自己的图形，如图 6-12 所示，是将两个剪贴画拆分后，删除不需要的图形，然后进行组合，形成一个新的图形。

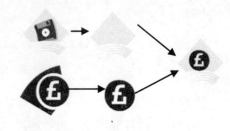

3．添加自定义的剪辑画

如图 6-12 所示的图中，我们利用一些图形组成了一个新的图形，如果希望这个图形在以后也能被应用，可以将其添加到剪贴画列表。

图 6-12　利用剪贴画中的形状组合的新图形

具体操作过程描述如下。

步骤 1　选择需要添加为剪贴画的图形，按 Ctrl+C 键复制。

步骤 2　在"剪贴画"窗格中单击"管理剪辑"超级链接。

步骤 3　在打开的"Microsoft 剪辑管理器"窗口，在其左侧选择一个位置，单击"粘贴"按钮，如图 6-13 所示，图形被添加到了窗口中。

步骤 4　鼠标指向添加的剪贴画，单击右侧的按钮，在如图 6-13 所示的列表中，选择"编辑关键词"命令。

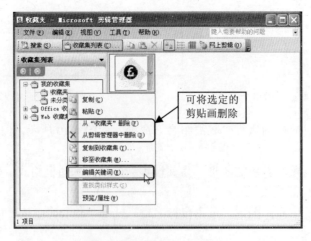

图 6-13　添加的自定义剪贴画

步骤 5　在"关键词"对话框中，输入一个用于识别的关键词，例如"Currency"，如图 6-14 所示，完成后单击"确定"按钮。

步骤 6　在"剪贴画"任务窗格中输入关键词进行搜索，可以看到添加的剪贴画也被搜索出来了，如图 6-15 所示。

图 6-14　输入关键词　　　　　　　　图 6-15　自定义的剪贴画被搜索出来

6.1.2　使用外部图片

除了使用剪贴画，还可以将一些外部的图片文件添加到幻灯片中。

具体操作描述如下。

步骤 1　选中需要添加图片的幻灯片。

步骤 2　用以下方法之一打开"插入图片"对话框。

◆　在幻灯片中，单击"插入对象"面板的"插入图片"按钮 。

◆　单击"绘图"工具栏上的"插入图片"按钮 。

◆　单击"插入"菜单，选择"图片"中的"来自文件"命令。

步骤 3　在"插入图片"对话框中，选择需要使用的图片文件,如图 6-16 所示。

步骤 4　选择图片后单击"插入"按钮，将所选图片插入到幻灯片中，如图 6-17 所示。

图 6-16　选择要插入的图片　　　　　　　图 6-17　插入的图片

6.1.3　图片的修整

添加的图片有时需要进行修整，以使其能够很好地与其他对象融合，取得更好的显示效果。

1. 对图片进行裁剪

如果只需使用图片中的一部分内容，可以将图片中多余的部分裁切掉。

方法 1　使用鼠标拖动进行裁切。

使用鼠标拖动进行裁切，其操作方法简单，直观明了，具体描述如下。

步骤 1　选择需要裁切的图片。

步骤 2　单击"图片"工具栏中的"裁剪"按钮。

步骤 3　鼠标变为 形，同时，图片边框处显示裁切标记，鼠标移动到裁切标记处，按住鼠标左键进行拖动，可将图片部分区域切除，如图 6-18 所示。

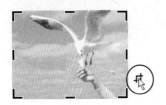

图 6-18　对图片进行裁切

步骤 4　鼠标单击幻灯片任意位置结束裁切。

✎提示：图片中被裁掉的区域只是暂时被隐藏起来了，如果希望重新显示这部分图像，可以在"图片"工具栏中单击"重设图片"按钮。

方法 2　使用对话框设置裁切区域。

步骤 1　双击需要进行剪裁的图片。

步骤 2　在"设置图片格式"对话框中，单击"图片"选项卡中，在"裁剪"区域中可以设置具体的裁剪值，如图 6-19 所示。

步骤 3　设置完成后单击"确定"按钮。

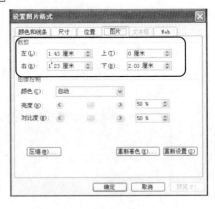

2. 调整亮度和对比度

太亮或太暗的图片都会影响人们的视觉效果，调整图片亮度的步骤描述如下。

图 6-19　精确剪切图片

方法 1　在"图片"工具栏中单击相应的按钮进行调整。

步骤 1　选中需要调整亮度和对比度的图片。

步骤 2　在"图片"工具栏中单击相应的按钮进行调整。按钮的功能说明如下。

◆ "增加亮度"按钮：用于增加图片色彩的亮度。

◆ "降低亮度"按钮：用于降低图片色彩的亮度。

◆ "增加对比度"按钮：用于增加图片色彩的对比度。

◆　"降低对比度"按钮 ⬤⌈：用于降低图片色彩的对比度。

方法 2　在"设置图片格式"对话框中设置。

步骤 1　双击图片，打开"设置图片格式"对话框。

步骤 2　在"图片"选项卡的"图像控制"区域，可以拖动滑块设置亮度和对比度。

3．设置图片颜色

PowerPoint 提供了自动、灰度、黑白、冲蚀四种图片颜色模式。设置的方法描述如下。

步骤 1　选中图片。

步骤 2　在"图片"工具栏中单击"颜色"按钮 ⬜，如图 6-20 所示，在列表中选择为图片应用的显示模式。

列表中的四种模式说明如下。

◆　自动：选择此模式后，图片将显示其拥有的默认效果。

◆　灰度：可使图片产生由白色至黑色过渡的色彩效果。

◆　黑白：可使图片产生黑和白两种色彩。

◆　冲蚀：可使图片内容整体淡化。

如图 6-21 所示页面中三张图片均应用了"自动"模式，显示图片的原有效果，如图 6-22 所示的页面中，将三张图片从左至右分别应用了灰度、黑色和冲蚀模式。

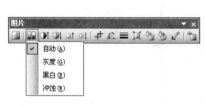

图 6-20　单击"颜色"按钮　　　　　　　图 6-21　图片的"自动"模式

图 6-22　图片的其他模式显示效果

4．设置透明色

有时，添加的图片由于背景中具有某种颜色，与幻灯片的背景不相溶合，通过透明处理可以将这个背景色删除。

步骤 1　选中图片。

步骤 2　在"图片"工具栏中单击"设置透明色"按钮 ⬜。

步骤3　鼠标指针显示为 ✎ 形，移动到图片中，如图 6-23 所示，指针显示为 ✎ 形。

步骤4　在需要设置为透明的颜色区域处单击鼠标左键，如图 6-24 所示，所有与单击位置相近的颜色均被处理为透明了。

图 6-23　指向图片时鼠标指针的形状　　　　图 6-24　设置了透明后的图片

5．图片旋转等操作

图片可以进行旋转和翻转操作，具体描述如下。

步骤1　选中图片。

步骤2　在"图片"工具栏中"向左旋转 90°"按钮，可将图片向左旋转 90°。

更多角度翻转和图片大小、移动、删除、复制、旋转、边框格式设置等操作，与前面介绍的文本框的编辑方法相同，请参见第 4 章中的内容。

✎ **注意**：图片不能设置填充颜色和效果。

6.1.4　本节考点

本节考点主要包括剪贴画的添加和处理、图片的添加和修整。

◆ 剪贴画的添加和处理：在"剪贴画"任务窗格搜索剪贴画的方法，向剪辑管理器中添加自定义剪贴画，重新着色剪贴画。这部分内容是常考的内容，题型丰富，例如添加剪贴画到幻灯片中，对其进行重新着色后，再添加到剪辑管理器中。

◆ 图片的添加和修整：包括图片添加、图片裁切、设置透明色、亮度和对比度的调整等，使用"图片"工具栏中的按钮完成操作。

6.2　使用艺术字对象

艺术字是一种被艺术化处理的文字，是一种图形对象，它具有图形的特性，用户可以为其应用一些图形效果。

6.2.1　插入艺术字

幻灯片中插入艺术字的操作方法描述如下。

步骤 1　选择需要插入艺术字的幻灯片。

步骤 2　使用下面方法之一打开"艺术字库"对话框。

◆　在"绘图"工具栏中单击"插入艺术字"按钮 。

◆　单击"插入"菜单，选择"图片"中的"艺术字"命令。

◆　单击"艺术字"工具栏中的"插入艺术字"按钮 。

步骤 3　在"艺术字库"对话框中可选择一种艺术字样式，如图 6-25 所示，单击"确定"按钮。

步骤 4　在"编辑'艺术字'文字"对话框中输入艺术字文本，设置好文本的属性，如图 6-26 所示。

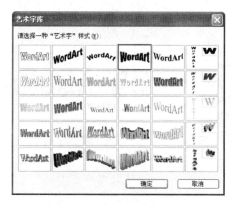

图 6-25　选择一种艺术字样式　　　　　　图 6-26　输入艺术字文本

步骤 5　单击"确定"按钮，即可将艺术字插入幻灯片中。

步骤 6　如图 6-27 所示，用鼠标拖动艺术字可将其移动到页面的合适位置。

步骤 7　鼠标拖动黄色菱形块可以调整艺术字的显示情况，如图 6-28 所示。

图 6-27　移动艺术字　　　　　　图 6-28　拖动黄色菱形控点调整艺术字

提示：重新应用艺术字样式后，将自动清除艺术字之前的格式。

6.2.2　编辑艺术字

对于已经创建好的艺术字，用户可以根据需要对其进行编辑。

选中艺术字后，可以在窗口中显示如图 6-29 所示的"艺术字"工具栏。大部分操作用户可以在"艺术字"工具栏中单击相应的按钮完成。

图 6-29 "艺术字"工具栏

如果没有显示，可以右键单击艺术字，选择"显示'艺术字'工具栏"命令。

各按钮的功能说明如下。

◆ 单击"编辑文字"按钮 编辑文字(X)... ：单击后打开"编辑'艺术字'文字"对话框，可以修改文本内容，同时可以设置字体、字号、加粗、倾斜等属性。

◆ "艺术字形状"按钮 A ：单击后可在如图 6-30 所示的列表中选择一种形状应用。如图 6-31 所示是选择"腰鼓"形状后的效果。

图 6-30　选择艺术字形状

图 6-31　更改形状后的艺术字效果

◆ "艺术字字母高度相同"按钮 Aa ：单击后可以使艺术字中的大小写英文字母具有相同高度，如图 6-32 所示。

图 6-32　设置字母等高前后的效果比较

◆ "艺术字竖排文字"按钮 Ab ：使艺术字在竖排和横排之间切换。
◆ "艺术字对齐方式"按钮 ≡ ：设置艺术字的对齐方式。
◆ "艺术字字符间距"按钮 AV ：单击后，在如图 6-33 所示的列表中选择字间距，如图 6-34 所示，从上至下分别为常规、紧密、很松时的效果。

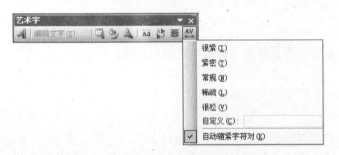

图 6-33　字符间距列表

图 6-34　不同字符间距的艺术字效果

◆　"艺术字库"按钮：单击将打开"艺术字库"对话框，在其中重新选择艺术字样式。

✎注意：如果重新为艺术字应用"艺术字样式"，则所指定的文本属性及其他修改结果将被指定样式中的文本属性所替换。

6.2.3　修饰艺术字

尽管内置的艺术字库中提供了多种艺术字样式，但仍然不能完全满足需要，可以在艺术字的边框和填充、阴影和三维效果方面进行修改。

1．设置填充和边框

艺术字具有图形的属性，因此其填充和边框格式的设置方法与图形的填充和边框设置相同。

步骤 1　选择艺术字。

步骤 2　用以下方法之一打开"设置艺术字"对话框。

◆　单击"格式"菜单，选择"艺术字"命令。

◆　鼠标右键单击艺术字，在快捷菜单中选择"设置艺术字格式"命令。

◆　在"艺术字"工具栏上单击"设置艺术字格式"按钮。

步骤 3　在如图 6-35 所示的"设置艺术字格式"对话框中可根据需要设置艺术字的填充颜色、边框样式、尺寸、位置等，具体设置请参见第 3 章中的内容。

步骤 4　设置完后单击"确定"按钮。

图 6-35　"设置艺术字格式"对话框

2．设置阴影和三维效果

与图形一样，艺术字也可以被添加阴影和三维效果，具体操作描述如下。

选择艺术字后，在"绘图"工具栏中单击"阴影样式"按钮 可以添加一种阴影效果；单击"三维效果样式"按钮 可以添加一种三维效果。

如图 6-36 所示，是设置"阴影样式 20"的效果。如图 6-37 所示为艺术字添加了三维效果。

图 6-36　设置阴影样式　　　　　　　图 6-37　设置三维效果

对于阴影和三维效果的进一步设置，具体请参见第 4 章中的内容。

6.2.4　本节考点

本节考点包括插入艺术字、编辑艺术字、设置艺术字边框和填充格式。

◆ 插入艺术字：能够按照要求创建出一个艺术字。

◆ 编辑艺术字：对现有艺术字的文本、形状、字符间距、对齐方式、竖排方式等进行修改，主要在"艺术字"工具栏中选择相应的按钮完成。

◆ 设置艺术字格式：包括设置边框和填充、添加阴影和三维效果。

6.3　图示的应用

在幻灯片中使用图示对概念性的、抽象化的资料加以说明，可以使演示文稿更生动。本节主要讲解组织结构图和其他类型图示的插入和编辑方法。

6.3.1　使用组织结构图

组织结构图用于说明公司内部层次关系，下面介绍组织结构图的插入和编辑操作。

1．插入组织结构

插入组织结构图的方法描述如下。

步骤 1　选择需要添加组织结构的幻灯片。

步骤 2　用以下方法之一插入组织结构图。

◆ 单击"插入"菜单，选择"图片"中的"组织结构图"命令。

◆ 在"绘图"工具栏中单击"插入组织结构图或其他图示"按钮 ，在如图 6-38 所示的"图示库"对话框中，选择"组织结构图"，单击"确定"按钮，如图 6-39 所示，组织结构图被添加到了幻灯片中。

图 6-38　"图示库"对话框

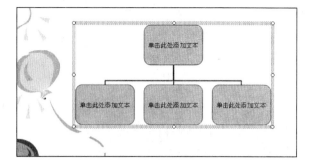

图 6-39　插入的组织结构图

步骤 3　单击组织结构图的任意位置选中它，拖动边框处的控点可以调整组织结构图的大小。

步骤 4　鼠标左键指向组织结构图的边框，按住鼠标左键拖动可以调整位置。

2．在形状中输入文字

下面以组织结构图为例说明图示的编辑过程。

插入组织结构图后，需要在形状中输入文本，具体操作描述如下。

步骤 1　如图 6-40 所示，鼠标为I形时，在形状中单击，将光标插入点定位于其中，如图 6-41 所示，输入文本。

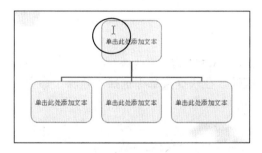

图 6-40　在图框中定位光标

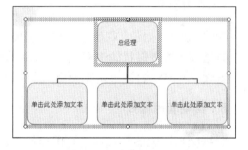

图 6-41　在图框中输入文本

步骤 2　鼠标在文字中间单击定位光标，不必选中文本，可以在"格式"工具栏中对文本的属性进行设置。

3．添加形状

为组织结构图添加形状的操作方法描述如下。

步骤 1　选中一个形状。

步骤 2　使用以下方法之一添加形状。

◆ 在"组织结构图"工具栏上，单击"插入形状"按钮右侧的下拉箭头，在如图 6-42 所示的列表中选择要添加的形状类别。

◆ 鼠标右键单击选中的形状，在菜单中选择要添加的形状类别。

如图 6-42 所示，选择"下属"项后，在"总经理"形状的下方得到了一个形状。

如图 6-43 所示，选择"助手"后，在"总经理"形状的左侧下方添加了一个助手形状。

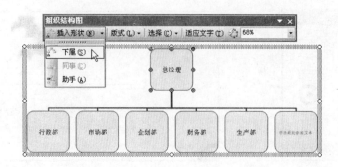

图 6-42　选择"下属"命令

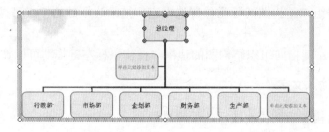

图 6-43　添加了"助手"形状

4．删除形状

删除组织结构图中多余的形状，主要方法有：

方法 1　单击形状的边框选择它，按键盘上的 Delete 键。

方法 2　鼠标右键单击需要删除形状的边框处，在快捷菜单中选择"删除"命令。

5．自动套用格式

组织结构图中的形状都具有图形属性，可以为其设置相应的格式。

套用预定义的格式可以快速完成组织结构图的修饰，具体操作描述如下。

步骤 1　选中组织结构图，在"组织结构图"工具栏上单击"自动套用格式"按钮。

步骤 2　在"组织结构图样式库"对话框中，选择所需的样式，如图 6-44 所示。

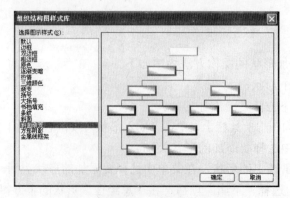

图 6-44　"组织结构图样式库"对话框

步骤 3 设置完后单击"确定"按钮，效果如图 6-45 所示。

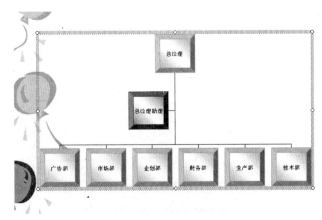

图 6-45 使用预设样式后的效果

在套用了格式后，仍然可以选择某个形状或连接线，然后在"绘图"工具栏中单击相应的按钮设置格式。

6. 调整形状的层次

使用鼠标拖动形状可以调整形状在组织结构图中的层级关系，具体描述如下。

步骤 1 选中需要移动的形状，例如，选择"技术部"形状。

步骤 2 按住鼠标左键不放，如图 6-46 所示，将其拖动到另一个形状上，例如"生产部"形状上，松开鼠标左键，如图 6-47 所示，"技术部"形状被移到了"生产部"形状下。

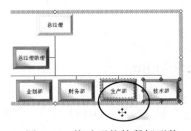

图 6-46 拖动形状的鼠标形状

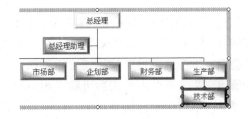

图 6-47 将形状移动到了下一层

7. 设置版式

更换版式可以改变组织结构图中形状的排列形式，具体操作描述如下。

步骤 1 选择组织结构图中的一个图框，如选择顶部的"总经理"图框。

步骤 2 在"组织结构图"工具栏上单击 版式(L)▼ 按钮，在列表中选择一种版式，如选择"右悬挂"项，如图 6-48 所示，可以适当调整图框的大小，以取得更好的显示效果。

✎注意：指定的版式将应用于所选图形及其下属形状。

6.3.2 使用其他图示

除组织结构图以外，可供使用的图示类型还包括循环图、目标图、射线图、维恩图和棱锥图，其中目标图和维恩图见图 6-49 所示。

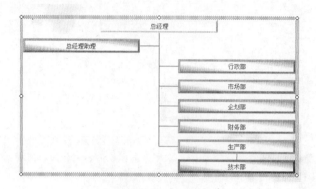

图 6-48　右悬挂的效果

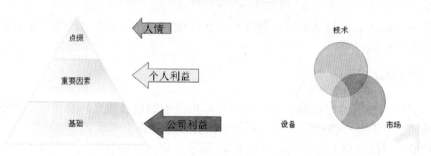

图 6-49　目标图和维恩图

在幻灯片中使用这些图示的方法描述如下。

步骤 1　打开"图示库"对话框，在其中选择要使用的图示类别。

步骤 2　单击"确定"按钮就可以添加一个指定类型的图示了。

步骤 3　在文本框内单击后可输入相应的文字。

步骤 4　单击图示框选择图示，显示如图 6-50 所示的"图示"工具栏，单击相应的按钮可对图示进行编辑。

图 6-50　"图示"工具栏

工具栏中的按钮功能说明如下。

◆　"插入形状"按钮 ：单击后可直接在图示中添加一个形状。

◆　"后移形状"按钮 和"前移形状"按钮 ：单击后，可将选中的形状位置向前或向后进行移动，如图 6-51 和图 6-52 所示。

◆　"反转图示"按钮 ：单击后图示的形状排列次序反转。

◆　"版式"按钮：单击右侧的下拉按钮，可在如图 6-53 所示的列表中选择相应的命令。如果希望图示框紧密地围绕在图示周围，应选择"调整图示以适应内容"项。

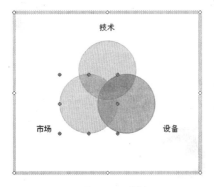

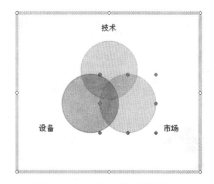

图 6-51　原图　　　　　　　　　　　图 6-52　后移形状后的效果

- ◆ "自动套用格式"按钮：为图示套用预定义格式。
- ◆ "更改为"按钮：单击右侧的下拉箭头，可在如图 6-54 所示的列表中选择要更改的图示类型。更改图示类型后，保留上一图示中的文本和格式。

图 6-53　单击"版式"按钮　　　　　　图 6-54　单击"更改为"按钮

注意：更改图示类型时，需要先在如图 6-53 所示的列表中打开"自动版式"命令项，否则，弹出如图 6-55 所示的提示框，单击"是"按钮后，系统自动打开"自动版式"命令。

图 6-55　提示框

6.3.3　本节考点

本节考点是考试中经常出现的内容，主要是组织结构图和其他类型图示的添加和各种编辑操作。一般考题类型有：要求插入一张幻灯片，并插入组织结构图，在最上方的形状中输入文本"总经理"；为当前幻灯片中的组织结构图应用"热情"的格式；保持当前图示的格式不变，使图示类型更换为"循环图"等。

6.4　插入声音对象

在 PowerPoint 2003 中可以将多种格式的声音文件添加到幻灯片中，以增强演示效果。本节讲解声音对象的编辑。

6.4.1　插入声音文件

1．插入剪辑管理器中的声音

在剪辑管理器中提供了一些声音文件，可以直接添加到演示文稿中，具体操作步骤描述如下。

步骤 1　选中要插入声音的幻灯片。

步骤 2　单击"插入"菜单，选择"影片与声音"中的"剪辑管理器中的声音"命令。

步骤 3　在"剪贴画"任务窗格中，列出各种声音对象，如图 6-56 所示，单击要插入的声音对象，弹出如图 6-57 所示的提示框，需要选择声音文件的播放方式。

◆　自动：表示在放映幻灯片时自动播放声音。

◆　在单击时：表示鼠标单击声音图标时才播放声音。

图 6-56　"剪贴画"任务窗格中的声音文件　　　　　图 6-57　提示框

步骤 4　单击"在单击时"按钮，表示放映时需要单击声音图标才会播放声音。

插入的声音对象，在幻灯片中显示为一个小喇叭图标，如图 6-58 所示。可以调整声音图标的大小和位置。在放映时，鼠标指针指向声音图标，显示为手形时单击就可以播放声音了，如图 6-59 所示。

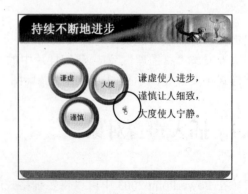

图 6-58　幻灯片中的声音图标　　　　　　　图 6-59　放映时，指向声音图标的鼠标形状

2．插入外部声音文件

插入外部声音文件的具体操作方法描述如下。

步骤 1　选中需要插入声音文件的幻灯片。

步骤 2　单击"插入"菜单，选择"影片与声音"中的"文件中的声音"命令。

步骤 3　在"插入声音"对话框，选择一个要插入的声音文件，如图 6-60 所示，这里选择"背景音乐.mp3"，单击"确定"按钮。

图 6-60　"插入声音"对话框

步骤 4　在如图 6-57 所示的提示框中，单击"自动"按钮，插入的声音文件在幻灯片放映时自动播放。

提示：双击声音图标，可以在"普通"视图中播放声音。

3．插入 CD 乐曲

CD 乐曲的曲目丰富，旋律优美，在幻灯片中插入 CD 乐曲的操作方法描述如下。

步骤 1　选中需要插入 CD 乐曲的幻灯片。

步骤 2　单击"插入"菜单，选择"影片与声音"中的"播放 CD 乐曲"命令。

步骤 3　在图 6-61 所示的"插入 CD 乐曲"对话框中可以进行相应的设置，单击"确定"按钮。

"插入 CD 曲目"对话框中的参数说明如下。

◆ 开始曲目和结束曲目：表示为曲目的序号，例如，两个文本框中都输入 1 则表示只播放第一首乐曲。

◆ 声音音量：单击右侧的![]形图标，可以调节音量，如图 6-61 所示。

◆ 幻灯片放映时隐藏声音图标：选中复选框，表示播放时将声音图标隐藏。

◆ 循环播放，直到停止：表示乐曲播放完后，再从头开始播放。

步骤 4　在如图 6-57 所示的提示框中，单击"自动"或"在单击时"按钮将声音文件插入到幻灯片中，如图 6-62 所示，在幻灯片中 CD 曲目的图标是一个 CD 图标。

插入 CD 乐曲后还可以进行编辑，方法如下：

用鼠标右键单击 CD 图标，选择"编辑声音对象"命令，打开"CD 乐曲选项"对话框，可对播放 CD 乐曲的选项进行设置。

图 6-61 "插入 CD 乐曲"对话框

图 6-62 显示的 CD 图标

6.4.2 设置声音选项

对于插入的声音文件（剪辑管理器中的声音文件或外部声音文件）可以对播放和显示选项进行设置，具体操作描述如下。

步骤 1 选择幻灯片页面中的小喇叭图标。

步骤 2 用以下方法之一打开"声音选项"对话框。

◆ 单击"编辑"菜单，选择"声音对象"命令。

◆ 鼠标右键小喇叭的声音图标，选择"编辑声音对象"命令，如图 6-63 所示。

✍ 提示：在如图 6-63 所示的菜单中选择"播放声音"命令，可直接播放声音。

步骤 3 在"声音选项"对话框中可以进行相应的设置，如图 6-64 所示。

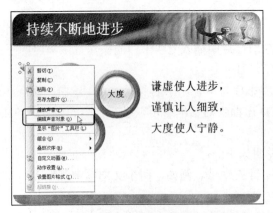

图 6-63 选择"编辑声音对象"命令

图 6-64 "声音选项"对话框

6.4.3 使用旁白声音

如果你拥有麦克风设备和声卡，就可以为演示文稿录制旁白声音。录制时应当使周围环境安静。

1. 录制旁白声音

录制旁白声音的方法主要有两种，下面分别介绍。

方法 1　编辑时录制旁白声音。

步骤 1　选择需要添加旁白的幻灯片。

步骤 2　单击"插入"菜单，选择"影片与声音"中的"录制声音"命令。

步骤 3　在"录音"对话框中输入录音的名称，如图 6-65 所示，单击"开始录制"按钮● 开始录音。

步骤 4　如图 6-66 所示，在对话框中，将显示录制的声音长度，完成以后，可以单击"结束录制"按钮■，完成录制。

图 6-65　输入录制声音的名称　　　　图 6-66　显示录制的声音长度

步骤 5　单击"播放"按钮 ▶ ，可以播放刚才录制的声音，检查录音的效果。如果符合要求，可以单击"确定"按钮将其插入到幻灯片中。

如果录制的声音不符合要求，可单击"取消"按钮返回到 PowerPoint 工作窗口，然后重新录制声音。

方法 2　在放映时录制旁白声音。

在放映模式下录制旁白的操作方法描述如下。

步骤 1　选择需要录制旁白声音的幻灯片。

步骤 2　选择"幻灯片放映"1"录制旁白"命令，打开"录制旁白"对话框，单击"设置话筒级别"按钮，如图 6-67 所示；在"话筒检查"对话框，测试和检查话筒是否正常，如图 6-68 所示，单击"确定"按钮。

　　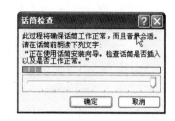

图 6-67　单击"设置话筒级别"按钮　　　图 6-68　"话筒检查"对话框

📝**提示**：取消选中"链接旁白"复选框，则录制的旁白会嵌入当前演示文稿中；选中"链接旁白"复选框，可将录制的旁白存储为文件，单击"浏览"按钮可选择保存位置。

步骤 3　返回"录制旁白"对话框，单击"更改质量"按钮。

步骤 4　在"声音选定"对话框中，单击"属性"框右侧的按钮，在列表中选择一种音质，如图 6-69 所示，单击"确定"按钮。

图 6-69　设置声音质量

步骤 5　在"录制旁白"对话框中，单击"确定"按钮，

如果选择的不是第 1 张幻灯片，那么将弹出如图 6-70 所示的"录制旁白"对话框，提示用户选择要录制旁白的幻灯片；如果选择的是第 1 张幻灯片，则不会出现该对话框。

步骤 6　单击"当前幻灯片"按钮，将开始放映当前幻灯片，此时就可以对着麦克风讲话，为该幻灯片录制旁白。

步骤 7　录制完成后，结束幻灯片放映，弹出如图 6-71 所示的提示框。单击"保存"按钮，即可将放映时间作为排练计时与旁白录音一起保存。

图 6-70　提示选择要录制旁白的幻灯片　　图 6-71　提示是否保存幻灯片的排练时间的消息框

✍ **提示**：录制过程中，可以在幻灯片中单击鼠标右键，选择命令暂停或继续录制。

如图 6-72 所示，在"幻灯片浏览"视图中可以看到每张幻灯片的右下角都有一个小喇叭，左下方则显示了排练计时的时间。

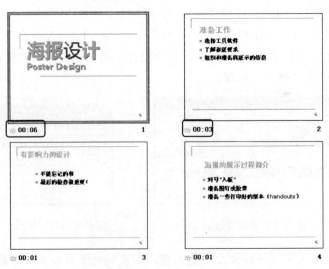

图 6-72　右下角的声音图标

2．删除配音旁白

既然可以添加旁白，那么当不需要的时候肯定也可以将它们删除，方法是在幻灯片中选

中旁白的音频标记（默认情况下为喇叭形状），按 Delete 键删除。

6.4.4 本节考点

本节内容的考点主要集中在 3 点：插入声音，设置声音选项，使用旁白声音。

◆ 插入声音的考点主要集中在插入剪辑管理器中的声音或插入外部声音文件的方法。一般题型是将指定的声音文件插入到当前幻灯片，要求其自动播放。

◆ 设置声音选项：包括设置放映时隐藏声音图标和设置声音循环播放，都在"声音选项"对话框中设置。

◆ 播放 CD 乐曲的考点主要集中在幻灯片中插入 CD 乐曲，设置循环播放。

6.5 插入影片

在幻灯片中使用一些视频剪辑，能将难于理解的主题，直观地展示给观众，增加演示的真实性。

6.5.1 插入剪辑管理器中的影片

在 PowerPoint 2003 中内置了一些影片，可以直接插入到幻灯片中应用，具体操作方法描述如下。

方法 1 利用幻灯片版式。

步骤 1 为幻灯片应用一种包含"插入对象"面板的版式，如图 6-73 所示，单击"插入媒体剪辑"按钮 。

步骤 2 在"媒体剪辑"对话框中，如图 6-74 所示，选择需要插入的影片，单击"确定"按钮，将其添加到幻灯片中。

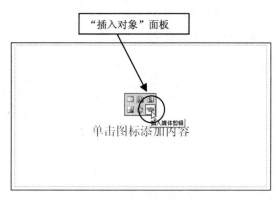

图 6-73 单击"插入剪贴画"按钮

图 6-74 "媒体剪辑"对话框

在编辑状态下，插入的剪辑以图片对象显示，可以适当调整大小和位置。

方法 2   使用"剪贴画"任务窗格。

步骤 1   选中需要插入影片的幻灯片。

步骤 2   单击"插入"菜单，选择"影片和声音"中的"剪辑管理器中的影片"命令。

步骤 3   在"剪贴画"任务窗格中显示了剪辑管理器中的影片，鼠标指向并单击一个需要使用的影片剪辑。

步骤 4   弹出提示框，单击"自动"或"在单击时"按钮将其插入到幻灯片中。

6.5.2   插入和设置外部影片

外部影片一般是一段视频文件，下面介绍在幻灯片中使用外部视频影片的操作方法。

1．插入外部影片

插入文件中的影片与插入剪辑管理器中的影片的方法不同，其操作如下所述。

步骤 1   在演示文稿中选择需要插入影片的幻灯片。

步骤 2   单击"插入"菜单，选择"影片和声音"中的"文件中的影片"命令。

步骤 3   在"插入影片"对话框，选择需要插入的影片，如图 6-75 所示，单击"确定"按钮。

图 6-75   "插入影片"对话框

步骤 4   在提示框中单击"在单击时"按钮，将影片插入到幻灯片中。

如图 6-76 所示，根据情况适当调整影片大小。如果有必要还可以为影片添加边框、阴影等格式，如图 6-77 所示，为影片添加了一种图案的边框格式，并应用了阴影效果。

幻灯片在放映时，鼠标显示为手形时，单击影片对象就可以播放了。

2．设置影片选项

插入的外部影片还需要进行相关的设置，操作方法描述如下。

步骤 1   选中插入到幻灯片中的影片。

步骤 2   用以下方法之一打开"影片选项"对话框。

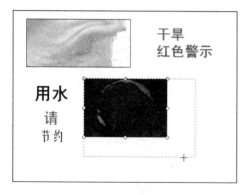

图 6-76　调整影片大小

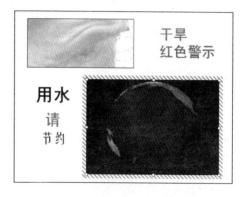

图 6-77　为影片添加边框格式

◆　单击"编辑"菜单，选择"影片对象"命令。

◆　在影片上单击鼠标右键，在快捷菜单中选择"编辑影片对象"命令。

步骤 3　在图 6-78 所示的对话框的"播放选项"选项组中，可作如下设置。

◆　选中"循环播放，直到停止"复选框，可使影片循环不停地一直播放下去，直到人为地停止其播放为止。

◆　如果选中"影片播完返回开头"复选框，可在播放完影片后，在幻灯片上显示影片开始播放时的界面。

◆　单击"声音音量"按钮 ，可上下拖动滑块来调高或调低音量，也可选中它下面的"静音"复选框，以在播放影片时不播放声音。如图 6-79 所示。

◆　选中"不播放时隐藏"复选框，可在播放完影片后，隐藏影片的背景。

◆　如果选中"缩放至全屏"复选框，可使影片在播放时自动填充满整个幻灯片窗口。

步骤 4　设置完成后，单击"确定"按钮。

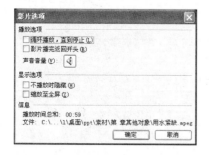

图 6-78　"影片选项"对话框

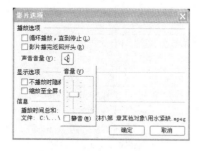

图 6-79　调整声音大小

6.5.3　本节考点

本节考点包括插入剪辑库中的影片，插入和设置外部影片。

◆　插入剪辑库中的影片：要注意，如果题目中指定了播放的方式，则需要使用"剪贴画"任务窗格操作。典型题目是以自动播放的方式在当前幻灯片中添加名为"birthday"的剪辑影片。

◆　插入和设置外部影片：掌握在"影片选项"对话框设置影片选项。

6.6　本章试题解析

试　题	解　析
一、使用图片对象	
试题 1　在"剪贴画"任务窗格中，查找关键字为"animals"的剪贴画，并将第 1 幅剪贴画插入当前幻灯片中	参见"6.1.1"中的"1.添加剪贴画"
试题 2　利用占位符上的按钮，在第 2 张幻灯片中插入一幅关键字为"计算机"的第 5 幅图	参见"6.1.1"中的"1.添加剪贴画"
试题 3　为第 3 张幻灯片中的剪贴画添加阴影，要求选择"阴影样式 2"，并设置阴影颜色为绿色、半透明显示，最后删除阴影效果	利用"绘图"工具栏上的"阴影样式"按钮
试题 4　在第 4 张幻灯片中插入图片"花.jpg"（保存于"我的文档"中），然后移动到幻灯片的左上角对齐	参见"6.1.2 使用外部图片"，单击图片选中后，按住鼠标左键拖动图片到幻灯片的左上角
试题 5　使用"自选图形"中的"其他自选图形"功能，配合搜索功能插入关键字为"animals"的第三幅图	单击"绘图"工具栏中的"绘图"按钮，选择"自选图形"中的"其他自选图形"命令，打开"剪贴画"任务窗格，进行搜索
试题 6　打开剪辑管理器，插入"未分类的剪辑"中的第 2 幅剪贴画	打开"剪贴画"任务窗格，单击"管理剪辑"超级链接，选择"未分类的剪辑"项后，复制剪贴画，再粘贴到幻灯片中
试题 7　使用占位符的方法，在第 5 张幻灯片中插入"花.jpg"（保存于"我的文档"中），设置它为灰度图	参见"6.1.2 使用外部图片"和"6.1.3 图片的修整"
试题 8　将第 5 张幻灯片中的图片进行设置，如果图片丢失，那么在浏览器中显示文字"一朵美丽的花"	选中图片，在"设置图片格式"对话框中的"web"选项卡中，输入"一朵美丽的花"
试题 9　将第 5 张幻灯片中的图片进行设置，要求其背景显示为透明	参见"6.1.3"中的"4.设置透明色"
试题 10　将第 1 张幻灯片中的图片水平翻转	参见"6.1.3 图片的修整"
试题 11　设置第 3 张幻灯片中的剪贴画高度为 6cm，宽度为 3cm，旋转角度为 45°	选中图片后，打开"设置图片格式"对话框，在"尺寸"选项卡中设置
试题 12　选中第 2 张幻灯片中的剪贴画，设置其为无边框，再裁剪图片，要求左边裁剪 2cm，上边裁剪 2.5cm	在"设置图片格式"对话框的"线条和颜色"选项卡中设置边框，在"图片"选项卡中设置裁剪
试题 13　选中第 5 张幻灯片中的图片，设置它为灰度模式，设置对比度为 60%	在"设置图片格式"对话框的"图片"选项卡中设置
试题 14　修改当前幻灯片中的剪贴画颜色，要求将其中的黑色修改为红色	利用"图片"工具栏上的"图片重新着色"按钮
试题 15　利用"剪贴画"任务窗格，搜索与当前所选剪贴画类似样式的剪贴画，然后在搜索到的结果中，插入第 2 幅剪贴画到当前幻灯片中	在任务窗格中，打开所选剪贴画的下拉列表，选择"查找类似样式"项进行搜索，接着将指定的剪贴画插入
试题 16　将当前幻灯片中的剪贴画选中，设置边框颜色为蓝色，粗细为 3 磅，设置旋转角度为 60°	选中剪贴画，打开"设置图片格式"对话框，在"线条和颜色"选项卡设置边框，在"尺寸"选项卡中设置旋转

试　题	解　析
试题 17　选中剪贴画，然后将其向右旋转 90°	选中剪贴画，单击"绘图"工具栏中的"绘图"按钮，选择"旋转与翻转"中的"向右旋转 90°"命令
试题 18　选中图片，缩放大小至原来的 50%，并旋转 60°	选中图片，打开"设置图片格式"对话框，单击"尺寸"选项卡，然后进行设置
试题 19　将第 6 张幻灯片中的小鸟的图片置于底层（要求使用右键），并将其颜色设置为"冲蚀"效果	右键单击图片，选择"叠放层次"|"置于底层" 再参见"6.1.3"中的"3.设置图片颜色"
试题 20　要求重新设置幻灯片中的图片，然后将图片水平翻转，向下微移 2 次，向左微移 3 次	在"图片"工具栏上单击"重设图片"按钮 📷，然后在"绘图"工具栏中单击"绘图"|"旋转与翻转" |"水平翻转"命令，再选择"绘图"|"微移"|"向下"命令 2 次，再选择"绘图"|"微移"|"向左"命令 3 次
试题 21　将幻灯片中的图片选中，设置它的位置，要求在水平方向上离幻灯片左上角为 4cm，垂直方向上离幻灯片的左上角为 3cm	打开"设置图片格式"对话框的"位置"选项卡，在其中设置
试题 22　将幻灯片中的图片选中，利用"绘图"工具栏，调整其在水平和垂直方向上在幻灯片中居中	单击"绘图"按钮，选择"对齐或分布"|"相对于幻灯片"命令，然后再选择"水平居中"和"垂直居中"命令
试题 23　要求将演示文稿中的所有图片进行压缩处理	打开"设置图片格式"对话框，选择"图片"选项卡，单击"压缩"按钮，选中"文档中的所有图片"单选按钮和"压缩图片"复选框
试题 24　将当前所选图片的边框设置为"长划线-点"，线条宽度为 3 磅，要求使用按钮操作	选中图片后，在"绘图"工具栏中，单击 ▤ 和 ▤ 按钮来设置
试题 25　在任务窗格中，查看当前第 1 行第 2 列的剪贴画的属性，然后将该剪贴画复制到"我的收藏集"|"收藏夹"中	打开第 1 行第 2 列剪贴画的下拉列表，选择"预览/属性"命令，关闭查看属性的对话框，然后再在下拉列表中选择"复制到收藏集"命令
二、艺术字	
试题 1　在第 1 张幻灯片中插入艺术字"美哉！大自然！"，设置样式为第 1 行第 4 个，设置字体为华文琥珀，其他均为默认设置	参见"6.2.1 插入艺术字"
试题 2　选中当前幻灯片中的艺术字，要求修改它的样式，具体为第 1 行第 5 列	参见"6.2.2 编辑艺术字"
试题 3　选中当前幻灯片中的艺术字，要求修改它的字体为隶书，字号为 36 号，加粗并倾斜	参见"6.2.2 编辑艺术字"
试题 4　选中当前幻灯片中的艺术字，要求修改其文字内容为"竹林，宁静！"	参见"6.2.2 编辑艺术字"
试题 5　选中当前幻灯片中的艺术字，要求修改艺术字的形状为"右牛角形"	参见"6.2.2 编辑艺术字"
试题 6　选中当前幻灯片中的艺术字，要求修改文字内容为竖排方式，修改文字的形状为粗上弯弧	参见"6.2.2 编辑艺术字"
试题 7　选中当前幻灯片中的艺术字，将文字右对齐，再设置字符间距为"很松"	参见"6.2.2 编辑艺术字"
试题 8　选中当前幻灯片中的艺术字，设置字符间距为 150%	选中艺术字，在"艺术字"工具栏上单击"字间距"按钮，在"自定义"框中"200%"
试题 9　将第 2 张幻灯片中的艺术字上移一层并水平翻转	使用"绘图"工具栏上的"绘图"按钮

试　　题	解　　析
试题 10　选中第 1 张幻灯片中的艺术字，设置边框为自动颜色，粗细为 2 磅（要求使用对话框）	参见"6.2.3"中的"1.设置填充和边框"
试题 11　选中第 1 张幻灯片中的艺术字，对其填充白色，边框颜色为第 4 行第 4 个颜色	参见"6.2.3"中的"1.设置填充和边框"
试题 12　选中第 1 张幻灯片中的艺术字，设置艺术字样式为第 2 行第 3 个，设置填充色为背景色，线条为"方点"的虚线，颜色为绿色	参见"6.2.3"中的"1.设置填充和边框"
试题 13　选中第 2 张幻灯片中的艺术字，添加"阴影样式 12"，设置阴影颜色为半透明的黑色	参见"4.3.3 为图形添加阴影"
试题 14　选中当前幻灯片中的艺术字，要求为它添加一种三维效果，具体为"三维样式 10"	参见"4.3.4 为图形添加三维效果"
试题 15　选中当前幻灯片中的艺术字，设置它的三维效果，要求深度为 72 磅，照明角度为从左往右，三维颜色为红色	参见"4.3.4 为图形添加三维效果"
试题 16　选中当前幻灯片中的艺术字，要求使用对话框设置它的高度为 5cm，宽度为 14cm，再设置旋转角度为 45°	选中艺术字，打开"设置艺术字格式"对话框，在"尺寸"选项卡中设置指定的值
试题 17　为艺术字填充"花束"的纹理效果	参见"6.2.3"中的"1.设置填充和边框"
试题 18　将图片"花.jpg"（保存在"我的文档"中）填充到艺术字中	参见"6.2.3"中的"1.设置填充和边框"
试题 19　要求对当前幻灯片中的艺术字进行渐变填充，具体为双色，其中"颜色 1"为蓝色，"颜色 2"为白色，"底纹样式"为"斜上"，变形为第 2 行第 1 列	参见"6.2.3"中的"1.设置填充和边框"
三、图示的应用	
试题 1　在当前幻灯片中插入一个默认的组织结构图，在第一个形状中输入文本"总经理"，并设置适应文字	参见"6.3.1"中的"1.插入组织结构图"。选中组织结构图，在"组织结构图"工具栏中单击"适应文字"按钮
试题 2　使用版式占位符在第 2 张幻灯片中添加一个组织结构图	在占位符的"插入对象"面板中单击"插入组织结构图或其他图示"按钮
试题 3　要求为当前幻灯片套用版式"标题和图示或组织结构图"，然后利用它插入一幅循环图示（按默认设置）	在"幻灯片版式"任务窗格的"其他版式"中，选择"标题和图示或组织结构图"，双击幻灯片中的图示缩略图图标，弹出"图示库"对话框，从中选择后确定
试题 4　已知在当前幻灯片中已插入一个组织结构图，要求设置如下：最上层为 1 个图框，在中间层中，将中间的图框删除，中间层的右边图框下设置 1 个第 3 层的图框	通过删除和插入图框实现
试题 5　修改当前的组织结构图，要求将所有图形的边框线颜色设置为绿色，填充色为红色	首先选中最靠上方的图形，单击"组织结构图"工具栏中的"选择"按钮，选择"分支"项。再在"设置自选图形格式"对话框设置
试题 6　在当前组织结构图上，将"企划部"形状删除	参见"6.3.1"中的"4.删除形状"
试题 7　在当前组织结构图上，将"广告部"形状移动到"市场部"下	参见"6.3.1"中的"6.调整形状的层次"

试　题	解　析
试题 8　要求设置图示的版式,具体为"两边悬挂"	参见"6.3.1"中的"7.设置版式"
试题 9　为组织结构图套用格式为原色	参见"6.3.1"中的"5.自动套用格式"
试题 10　选中组织结构图,设置它的背景颜色为红色(利用工具栏)	选中组织结构图后,单击"绘图"工具栏中的"填充"按钮
试题 11　将组织结构图中的形状全部修改为"菱形"形状	选中最上方的形状,在"组织结构图"工具栏中单击"选择"按钮,继续"分支"项,再单击"绘图"按钮,选择"改变自选图形"|"基本形状"|"菱形"
试题 12　将当前组织结构图中的文字设置为左对齐,调整文字大小为适应图框	选中组织结构图,在"格式"工具栏上的"左对齐"按钮,再单击"组织结构图"工具栏上的"适应文字"按钮
试题 13　在组织结构图中,将所有图框的边框设置为方点虚线,所有连接线更改为方点虚线	选中最上方的形状,在"组织结构图"工具栏中选择"选择"|"分支"项,打开"设置自选图形格式"对话框,在其中设置边框,再在"组织结构图"工具栏中选择"选择"|"所有连接线"项,最后设置线型
试题 14　选中组织结构图中的形状,利用"绘图"工具栏为形状添加"阴影样式 6",接着为形状添加"三维样式 11"	选中形状,参见"4.3.3 为图形添加阴影"和"4.3.4 为图表添加三维效果"
试题 15　插入一个循环图示(按默认),使其包含五个形状	参见"6.3.2 使用其他图示"
试题 16　使用菜单命令,插入一个棱锥图示,然后在最下层的上层增加一层,为该层添加"三维样式 1"	插入图示后选中倒数第 2 层,在"图示"工具栏上单击"插入形状"按钮,最后利用"绘图"工具栏添加三维效果
试题 17　将当前幻灯片中维恩图更改为循环图。	选中图示后,单击"图示"工具栏的"更改为"按钮,选择"循环图"
四、插入声音对象	
试题 1　使用菜单命令,在当前幻灯片中插入"剪辑管理器"中的第一个声音,使其在放映时自动播放	参见"6.4.1"中的"1.插入剪辑管理器中的声音"
试题 2　要求在当前幻灯片中插入剪辑管理器中的第一个声音,设置为单击后播放	参见"6.4.1"中的"1.插入剪辑管理器中的声音"
试题 3　在当前幻灯片中插入保存在"我的文档"中的"背景音乐.mp3"声音,设为单击时播放	参见"6.4.1"中的"2.插入外部声音文件"
试题 4　已知在当前幻灯片中插入了的声音,要求设置在放映该幻灯片时自动循环播放	参见"6.4.2 设置声音选项"
试题 5　要求在当前幻灯片中插入 CD 乐曲,在播放时隐藏图标,在放映时单击后播放	参见"6.4.1"中的"3.插入 CD 乐曲"
试题 6　在第 5 张幻灯片中插入 CD 乐曲,通过设置,要求:在幻灯片放映时播放第 3 首,音量为最大,自动播放	参见"6.4.1"中的"3.插入 CD 乐曲"
试题 7　在当前幻灯片中插入了声音,通过设置,要求放映完本张幻灯片后停止播放	选中声音图标,在"自定义动画"任务窗格中单击声音动画项右侧的箭头,选择"效果选项"命令,选中"当前幻灯片之后"单选按钮
试题 8　在当前幻灯片中,要求录制一段声音并插入,名称为"我的声音",时间长度为 3 秒	参见"6.4.3"|"1.录制旁白声音"|"方法 1 编辑时录制旁白声音",时间显示为 3 秒时单击"停止"按钮 ■

试　题	解　析
试题 9　查看录制声音的长度，然后将长度值输入到右侧的文本框中	打开"声音选项"对话框，在其中查看，然后输入数值
试题 10　在当前幻灯片开始录制旁白，设置录音质量属性为：11.025 kHz，8 位，立体声，21KB/秒，另存为"我的旁白"，其他为默认（只需操作到开始录制的步骤）	参见"6.4.3"中的"1.录制旁白声音"之"方法 2 在放映时录制旁白
试题 11　从当前幻灯片开始放映并录制旁白，将旁白链接到本演示文稿	参见"6.4.3"中的"1.录制旁白声音"，在"录制旁白"对话框中应选中"链接旁白"复选框
试题 12　将第 5 张幻灯片中添加的 CD 音乐删除	选中第 5 张幻灯片后，删除页面中的声音图标
五、插入影片	
试题 1　在当前幻灯片中，插入"Office 收藏集"中的第 1 个影片剪辑	在"剪贴画"任务窗格的"搜索范围"中，取消勾选"所有收藏集位置"，然后选中"Office 收藏集"，单击"搜索"按钮，再单击第一个剪辑
试题 2　以自动播放的方式在当前幻灯片中添加名为"birthday"的剪辑影片（第 3 个）	参见"6.5.1 插入剪辑管理器中的影片"
试题 3　为幻灯片应用内容版式中的"标题和内容"（第二行第一个），添加剪辑库中的第一个影片	参见"6.5.1 插入剪辑管理器中的影片"中的"方法 1 利用幻灯片版式"
试题 4　将当前幻灯片中的影片剪辑删除	选中幻灯片中的影片对象，按 Delete 键删除
试题 5　在幻灯片中，将"我的文档"中"用水紧缺.mpeg"插入到当前幻灯片中，自动播放。用按钮放映当前幻灯片查看效果	参见"6.5.2"中的"1.插入外部影片"，单击窗口左下角"视图切换栏"上的按钮进行放映
试题 6　选中当前幻灯片中的影片剪辑，通过操作，将它水平翻转	选中影片剪辑，在"绘图"工具栏上选择"绘图"|"旋转或翻转"|"水平翻转"命令
试题 7　使用菜单命令设置插入的影片文件，将音量设置为静音	参见"6.5.2"中的"2.设置影片选项"
试题 8　已知在当前幻灯片中插入了外部的影片，要求通过设置，使得单击它时全屏播放	参见"6.5.2"中的"2.设置影片选项"
试题 9　选中当前幻灯片中的影片剪辑，设置其高度为 10cm，在设置过程中要求宽度会等比例变化	选中幻灯片中的影片，打开"设置图片格式"对话框的"尺寸"选项卡，选中"锁定纵横比"复选框，输入高度后单击"确定"按钮
试题 10　为幻灯片中的影片对象添加 6 磅、红色边框，要求用按钮操作	选中影片对象，在"绘图"工具栏中单击"线型"按钮和"线条颜色"按钮设置
试题 11　设置影片对象不播放时隐藏，且播放时显示全屏幕	参见"6.5.2"中的"2.设置影片选项"

第 7 章 动 画 设 计

考试基本要求

掌握的内容：

◆ 幻灯片切换效果的添加方法；

◆ 动画方案的应用；

◆ 自定义动画的基本操作方法（包括使用效果列表和效果标号、设置效果选项）；

◆ 插入、编辑超链接的方法。

熟悉的内容：

◆ 动作按钮的使用方法，会调整自定义动画的效果顺序。

了解的内容：

◆ 自定义动画高级日程表的应用；

◆ 修复 Word 文档。

通过设计幻灯片上的超链接和动作按钮可以控制幻灯片播放的顺序与内容，从而强化演示效果。

本章主要介绍幻灯片切换、应用动画方案、添加自定义动画、应用路径动画、使用超链接和动作按钮来控制幻灯片的放映等内容。

7.1　设置幻灯片切换

幻灯片切换方式是指在放映时，用户由一张幻灯片切换到另一张幻灯片时的变化效果。本节介绍幻灯片切换的设置方法。

7.1.1　为幻灯片之间添加切换动画

设置幻灯片的切换效果的方法描述如下。

步骤 1　选择需要添加切换效果的幻灯片。

步骤 2　单击"幻灯片放映"菜单中的"幻灯片切换"命令，打开"幻灯片切换"任务窗格。

步骤 3　在如图 7-1 所示的"应用于所选幻灯片"列表框中单击选择一种切换效果，如图 7-2 所示，在"幻灯片编辑"窗格中可以预览到效果。

✍提示：如果不希望在"幻灯片编辑"窗格中预览到切换效果，可在如图 7-1 所示的任务窗格中取消"自动预览"复选项。

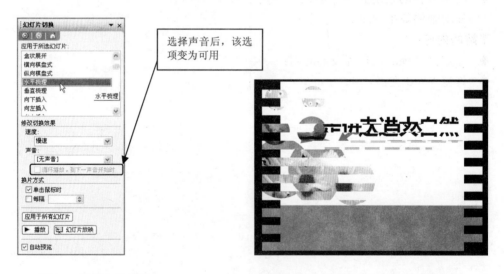

图 7-1　选择切换效果　　　　　　　　　图 7-2　应用"水平梳理"切换效果

在图 7-1 所示的任务窗格中的几个按钮功能说明如下。

◆ "播放"按钮：单击该按钮后，可以在"幻灯片编辑"窗格中观看动画效果。

◆ "幻灯片放映"按钮：单击后可进入放映视图观看效果。

◆ "应用于所有幻灯片"按钮：单击后，可以将所选的切换效果应用于演示文稿的所有幻灯片中。默认所选的切换效果只对当前幻灯片生效。

7.1.2　设置切换效果

根据预览到的效果，可以对切换动画的速度和声音等效果进行设置，具体操作描述如下。

◆ 单击"速度"下拉列表框，可在其中选择合适的播放速度，如图 7-3 所示。
◆ 单击"声音"下拉列表框，可在如图 7-4 所示的列表选择一种声音效果。该声音效果在切换幻灯片时播放。选择一种声音后，下方的"循环播放，到下一声音开始时"复选框变为可用，选中后，可以使用声音一直循环播放。
◆ "单击鼠标时"复选框，选择该项，表示在放映时，需要使用鼠标单击的方式进行幻灯片的切换。
◆ "每隔"复选框：选中后，需要在右侧的文本框中输入一个时间值。这样，在放映时每隔指定的时间可以自动切换一张幻灯片。

提示：同时选中"单击鼠标时"和"每隔"项后，则在放映当前幻灯片时，通过单击鼠标或经过指定的时间两种方式都可以显示下一张幻灯片（以时间顺序先发生者为准）。

图 7-3　选择播放速度

图 7-4　添加声音效果

7.1.3　本节考点

本节考点主要包括为幻灯片添加切换效果和设置切换效果两点，应掌握具体的设置方法。

7.2　添加动画效果

除了添加幻灯片切换效果外，还可以为幻灯片中的文本、图形等其他对象添加动画效果。有时，我们甚至会把它添加到母版中。母版动画会显示在每张幻灯片中。

7.2.1　使用动画方案

如果希望快速地为幻灯片中的文本添加动画效果，可以使用系统预定义的动画方案，具体操作方法描述如下。

　　步骤 1　选择需添加动画的幻灯片。

　　步骤 2　单击"幻灯片放映"菜单中的"动画方案"命令。

　　步骤 3　在"幻灯片设计"任务窗格的"应用于所选幻灯片"列表框中，选择一种要应用的动画效果，如图 7-5 所示，在幻灯片窗格中可以自动预览该动画方案的执行效果，如图 7-6 所示是选择"展开"动画方案的预览效果。

　　图 7-5　选择动画方案　　　　　　图 7-6　应用"展开"动画方案的效果

在"动画方案"任务窗格的底部还有三个按钮，功能说明如下。

◆ "应用于所有幻灯片"按钮 ：单击后可将所选动画方案应用到演示文稿中的所有幻灯片上。

◆ "播放"按钮 ▶ 播放：单击后可在幻灯片编辑区预览该动画方案的效果。"播放"按钮 ▶ 播放 将变成为"停止"按钮 ■ 停止，单击可以中止动画的播放。

◆ "幻灯片放映"按钮：单击后可直接进入幻灯片放映视图。

7.2.2　自定义动画

用户可以通过为幻灯片中的对象添加进入、强调和退出的动画效果来满足各种播放要求。如果有必要你可以为同一个对象添加多个动画效果，下面介绍自定义动画的设置方法。

1. 添加进入的动画效果

进入动画效果用于设置对象进入舞台的方式，具体的添加方法描述如下。

步骤 1 选中需要添加进入动画效果的对象，例如，选择一张图片。

步骤 2 单击"幻灯片放映"菜单中的"自定义动画"命令。

步骤 3 在如图 7-7 所示的"自定义动画"任务窗格中，单击"添加效果"按钮，选择"进入"项，在列表中选择一种进入效果。如果列表中没有需要使用的效果，可以选择"其他效果"命令项，然后在"添加进入效果"对话框中选择其他动画效果如图 7-8 所示，选择"轮子"效果。

图 7-7 单击"添加效果"按钮 　　　　图 7-8 选择更多进入效果

步骤 4 如图 7-9 所示在幻灯片窗格中可以看到动画的播放效果。

如图 7-10 所示，在"自定义动画"任务窗格中显示了添加的动画项。最左侧是动画的序号，鼠标表示动画是单击鼠标时开始播放，绿色表示该动画项是进入动画，最右侧显示的是应用动画的对象。

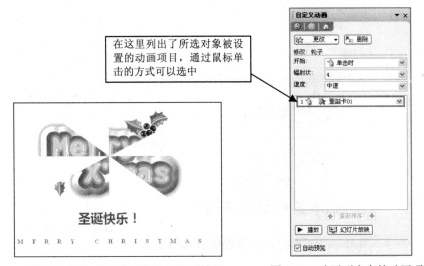

图 7-9 添加的"轮子"进入动画效果 　　　　图 7-10 动画列表中的动画项

✍️提示：可以为同一个对象添加多种进入动画效果，添加时需要注意不要在动画列表中选择任何动画项，以免将原有动画效果替换。

2．添加强调的动画效果

强调动画效果的应用可以使幻灯片中的某些重要对象更加突出、醒目。添加强调动画效果的方法描述如下。

步骤 1　在幻灯片中选择要添加强调动画效果的对象。

步骤 2　在如图 7-11 所示的"自定义动画"任务窗格中，单击"添加效果"按钮，选择"强调"项，在列表中选择一种强调效果。如果列表中没有需要使用的效果，可以选择"其他效果"命令项，然后在如图 7-12 所示的"添加强调效果"对话框中选择其他动画效果。例如选择"陀螺旋"效果。

图 7-11　选择强调动画效果

图 7-12　"添加强调效果"对话框

如图 7-13 所示是强调动画的播放效果，在"自定义动画"任务窗格中，可以看到添加的强调动画项，如图 7-14 所示，强调动画显示为黄色的图示。

图 7-13　"陀螺旋"的强调动画效果

图 7-14　显示"强调"动画项

✍提示：可以为同一个对象应用多种强调动画，如果希望继续添加，则需要确定没有在动画列表中选择任何动画项，以免替换原有动画效果。

3．添加退出的动画效果

退出动画效果设置了对象离开舞台的方式。添加退出动画效果的方法描述如下。

步骤 1 选中需要添加退出动画效果的对象。

步骤 2 在如图 7-15 所示的"自定义动画"任务窗格中，单击"添加效果"按钮，选择"退出"项，在列表中选择一种退出效果。如果列表中没有需要使用的效果，可以选择"其他效果"命令项，然后在"添加退出效果"对话框中选择其他动画效果。例如选择"向外溶解"效果，如图 7-16 所示。

图 7-15　选择退出动画效果　　　　图 7-16　"添加退出效果"对话框

如图 7-17 所示是退出动画的播放效果，在"自定义动画"任务窗格中，可以看到添加的退出动画项，如图 7-18 所示，强调动画显示为红色的图示。

图 7-17　"向外溶解"的退出动画效果　　　　图 7-18　退出效果动画项

7.2.3　设置动画效果

添加的动画效果可以对开始方式、方向和速度等进行适当的设置。

1．设置动画的开始方式

PowerPoint 提供了"单击时"、"之前"和"之后"三种动画开始方式。

◆　单击时：表示单击鼠标左键或按键盘上的键即可开始播放动画。

◆　之前：表示该动画将和上一个动画一起出现。

◆　之后：表示上一个动画结束后播放该动画。

具体设置方法描述如下。

方法 1　在"自定义动画"任务窗格中，选择动画项，然后单击"开始"下拉列表，在图 7-19 所示的列表中可以选择动画开始的方式。

方法 2　在"效果选项"对话框中设置。

步骤 1　选中需要设置的动画项。

步骤 2　用以下方法之一打开"效果选项"对话框。

◆　用鼠标右键单击动画项目，选择"效果选项"命令，如图 7-19 所示。

◆　单击动画项右侧的下拉按钮，选择"效果选项"命令。

✍注意：弹出的对话框名称与所选动画项的动画效果名称相同。

方法 3　在"自定义动画"任务窗格中，右键单击动画项或单击右侧的下拉按钮，在如图 7-20 所示的列表中可以选择动画的开始方式。

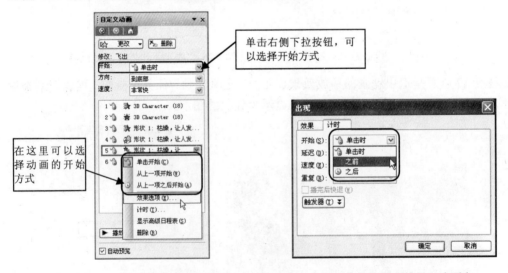

图 7-19　选择"效果选项"命令　　　　图 7-20　选择"效果"选项卡

如图 7-22 所示，动画项左侧标识了该动画项的开始方式。"鼠标"图标表示开始方式为"单击时"；"时钟"图示表示开始方式为"之后"；应用"之前"开始方式的动画项左侧无图标。在图 7-21 所示的幻灯片页面中可以看到，被设置为"之前"的动画项序号相同。

图 7-21　幻灯片中的动画序号

图 7-22　动画项左侧的图标

2. 设置其他选项

添加的动画效果还可以在其动画方向、速度、延迟和重复等方面进行设置，具体操作描述如下。

步骤 1　在"自定义动画"任务窗格中，选择动画项。

步骤 2　打开"效果选项"对话框，在"效果"选项卡中设置动画方向和声音效果。

◆ 单击"方向"框右侧的下拉按钮，在如图 7-23 所示的列表中可选择动画方向。注意，不同的动画效果，列表中可用选项不同。

✍提示：在"自定义动画"任务窗格的顶部，单击"方向"下拉列表框后，也可以选择动画播放的方向。

◆ 在"声音"下拉列表中可选择一种声音效果，当选择了声音后，可激活"扬声器"图标 。单击后可调节音量。

◆ 在"动画播放后"下拉列表中可选择对象在播放动画后显示的颜色、隐藏方式等，如图 7-24 所示。

图 7-23　选择动画方向

图 7-24　设置播放后效果

步骤 3　在"计时"选项卡中可以对速度、延迟等进行设置。

◆　在"延迟"数值框中可以设置延迟的时间。

◆　在"速度"下拉列表中可以设置动画的播放速度，如图 7-25 所示。

提示：在"自定义动画"任务窗格的顶部，单击"速度"下拉列表框，也可以设置动画的播放速度。

◆　在"重复"下拉列表中可以设置动画的重复播放次数，或者选择直到下一次单击结束动画或者直到幻灯片末尾，如图 7-26 所示。

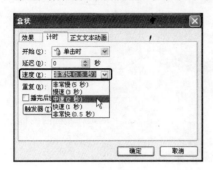
图 7-25　设置速度

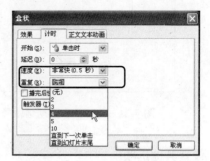
图 7-26　设置动画重复

7.2.4　编辑动画

添加的动画效果需要进行相关的编辑操作，包括动画顺序调整、删除动画项等。

1．调整动画顺序

按照动画效果添加的先后顺序，在"自定义动画"任务窗格的列表中显示了所有动画项，也可对这些动画项的顺序进行调整，具体操作如下。

步骤 1　在"自定义动画"任务窗格中，单击选择需要调整的动画项。

提示：按住 Ctrl 键可以选择多个不连续的动画项，按住 Shift 键可以选择多个连续的动画项。

步骤 2　用以下方法调整动画项的排列顺序。

◆　鼠标指向动画项，如图 7-27 所示，指针变为↕形状，按住鼠标左键拖动，鼠标显示为形状，如图 7-28 所示，黑色线条到达合适位置时松开鼠标左键，完成动画项的移动。

◆　单击"自定义动画"任务窗格底部单击↑按钮，可使当前动画项上移一位，单击↓按钮，可使当前动画项下移一位。

2．更改动画效果

如果对已应用的动画效果不满意，可以随时进行更改，具体操作方法描述如下。

单击后可以重新更改动画效果

单击可删除动画效果

图 7-27 鼠标指向动画项   图 7-28 鼠标拖动移动动画项的位置

步骤 1 在"自定义动画"任务窗格中,单击选择动画项。

步骤 2 单击任务窗格顶部的"更改"按钮,可重新对选定的动画项指定动画效果。

3.删除动画项

为对象添加的动画效果可以删除,具体操作描述如下。

步骤 1 在"自定义动画"任务窗格中,单击选择动画项。

步骤 2 用以下方法之一可以删除选定的动画项。

◆ 单击"删除"按钮,可将所选动画项删除。

◆ 右键单击动画项后,选择"删除"命令也可以将所选动画项删除。

4.用高级日程表调整动画

利用动画日程表,可以调整动画播放的长度和延迟等。具体操作描述如下。

步骤 1 打开"自定义动画"任务窗格,在列表框中选择需进行设置的动画项,用鼠标右键单击该项,或者单击右侧出现下拉按钮,在如图 7-19 所示的菜单中选择"显示高级日程表"命令。

步骤 2 鼠标指向列表框中动画的时间块上,将显示动画的开始和结束时间,如图 7-29 所示,此时拖动鼠标可调整时间的长短,如图 7-30 所示。

✍ **注意:** 当播放长度发生变化时,将影响动画的播放速度。

步骤 3 鼠标指向动画块,如图 7-31(a)所示,显示为↔形,按住左键拖动可以调整其播放开始的时间,形成延迟效果,如图 7-31(b)所示。

7.2.5 设置路径动画

路径是一种动画轨迹,对象沿着绘制好的路线运动就形成了路径动画。

图 7-29　显示高级日程表信息　　　　图 7-30　调整播放长度

(a)　　　　　　　　　　(b)

图 7-31　移动动画项设置延迟

1．应用预定义路径

为了应用上的方便，在 PowerPoint 中，有不少的动作路径可以应用。具体步骤描述如下。

步骤 1　选中需要应用路径的对象。

步骤 2　在"自定义动画"任务窗格中单击"添加效果"按钮，选择"动作路径"项，如图 7-32 所示，可以在列表中选择一种路径线。这里选择"其他动作路径"后，可以在如图 7-33 所示的"添加动作路径"对话框中选择更多的路径，例如，选择"八边形"路径。

步骤 3　在幻灯片中可以看到添加的动画路径，如图 7-34 所示，按住鼠标左键拖动可以调整路径的位置。

步骤 4　将鼠标移动到路径的控点处，指针显示为双向箭头的形状时，按住鼠标左键并拖动可以调整路径的长度，如图 7-35 所示。

图 7-32　选择动作路径

图 7-33　"添加动作路径"对话框

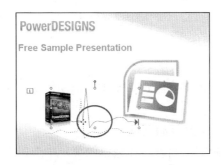

图 7-34　移动路径

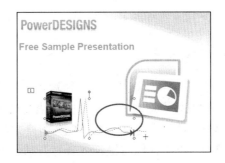

图 7-35　调整路径的长度

如果这些内置路径不符合需要，可以选择"自定义路径"，然后进行绘制得到新的路径线。

2．绘制自定义路径

PowerPoint 中提供了 4 种绘制路径的工具，包括曲线、自由曲线、任意多边形和直线。绘制路径的具体操作方法描述如下。

步骤 1　选中需要为其添加路径的对象。

步骤 2　在如图 7-36 所示的列表中选择"绘制自定义路径"项，然后，选择需要使用的线条类型，例如选择"直线"。

步骤 3　从动作的开始点处向动作的结束点处拖动鼠标进行绘制，如图 7-37 所示，可以绘制一条路径线。

路径的绘制方法与图形绘制相似，具体操作方法参见第 4 章图形绘制的内容。

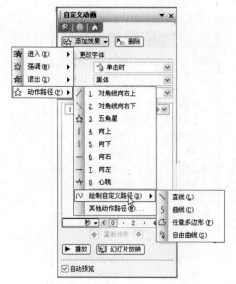

图 7-36　选择要绘制的路径线条

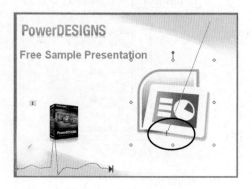

图 7-37　绘制直线路径

✍提示：如果事先为对象添加了其他动画效果，那么，对象就可以沿着动作路径运动执行添加的动画效果了。

3．自动翻转路径

自动翻转是指对象沿同一路径运两次。第一次沿开始点向结束点运动，第二次则自动从结束点向开始点运动。设置的方法描述如下。

步骤 1　在"自定义动画"任务窗格中，选中路径动画项。

步骤 2　单击鼠标右键，或者打开动画项的下拉列表，在弹出的菜单中选择"效果选项"命令。

步骤 3　在"自定义路径"对话框中，选择"自动翻转"复选项，如图 7-38 所示。

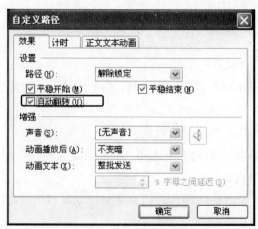

图 7-38　选择"自动翻转"复选框

4．反转路径

在添加动作路径后，可在路径线条的两端显示不同颜色的标识，绿色表示是路径的起点，红色表示是路径的终点。有必要可以进行反转处理，具体操作如下。

在幻灯片窗格中，鼠标右键单击路径线，在如图 7-39 所示的菜单中选择"反转路径方向"命令，如图 7-40 所示，路径的开始点和结束点被反转了。

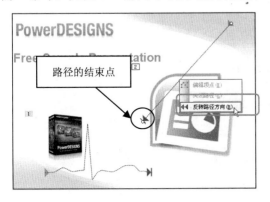

图 7-39　选择"反转路径方向"命令　　　　图 7-40　反转后的路径

7.2.6　本节考点

本节考点主要包括使用动画方案，为对象添加进入、强调和退出动画效果，动画路径的应用，编辑动画项和设置动画效果，高级日程表的应用。

◆ 使用动画方案：为对象应用预定义的动画方案，主要在"幻灯片设计——动画方案"任务窗格中设置。

◆ 为对象添加进入、强调和退出动画效果：主要在"自定义动画"任务窗格操作。

◆ 编辑动画：包括动画顺序调整、删除动画项、更改动画效果及高级日程表的应用。主要都是在"自定义动画"任务窗格中操作。

◆ 设置动画效果：包括开始方式、延迟和重复动画，在"效果选项"对话框中设置。

◆ 动画路径的应用：包括应用路径、绘制路径、路径的反转和翻转。

7.3　使用超级链接

将超级链接应用到幻灯片的对象中，可以实现在不同幻灯片、不同演示文稿之间的跳转功能。

7.3.1　添加超级链接

在幻灯片中，可以将超级链接设置在文本、图形、图片等对象中。

1. 链接到其他演示文稿

链接到其他演示文稿的方法，具体操作如下所述。

步骤 1　在幻灯片中选择需要创建超级链接的对象，如图 7-41 所示，选择了文本对象。

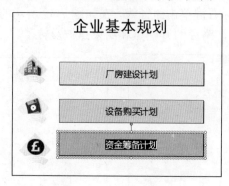

图 7-41　选择文本对象

步骤 2　用以下方法之一打开"插入超链接"对话框。

◆　按快捷键 Ctrl + K。

◆　在"常用"工具栏中单击"插入超级链接"按钮。

◆　在选择的对象上单击鼠标右键，选择"超链接"命令。

◆　单击"插入"菜单，选择"超链接"命令。

步骤 3　在"链接到"列表中选择"原有文件或网页"项，在中间的列表框中选择需要链接到的演示文稿，如图 7-42 所示。

图 7-42　选择需要链接的演示文稿

步骤 4　单击"书签"按钮，在如图 7-43 所示的"在文档中选择位置"对话框中，选择需链接的幻灯片，单击"确定"按钮。

步骤 5　单击"确定"按钮，完成超级链接的创建。

如图 7-44 所示，添加了超链接的文本被显示了下划线，放映时，单击文本可直接打开"财务状况说明.ppt"演示文稿并自动显示第 6 张幻灯片。

　　提示：如果是文本超级链接，文本下方将出现下划线。

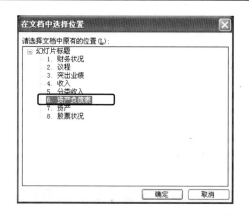

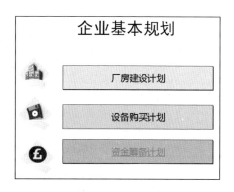

图 7-43 选择需链接的幻灯片　　　　图 7-44 放映时，鼠标为手形

2．链接到本文档中的位置

用超链接还能实现在当前演示文稿中的幻灯片之间跳转，设置的方法描述如下。

步骤 1　选择需要添加链接的对象。例如，选择"厂房建设计划"文本框。

步骤 2　打开"插入超链接"对话框，在"链接到"列表中选择"本文档中的位置"项，在"请选择文档中的位置"列表框中选择需链接到的幻灯片，如这里选择第 2 张幻灯片，如图 7-45 所示。

步骤 3　单击"屏幕提示"按钮，打开"设置超链接屏幕提示"对话框，在文本框中输入屏幕提示，如图 7-46 所示，单击"确定"按钮。

步骤 4　单击"确定"按钮，完成超级链接的创建。

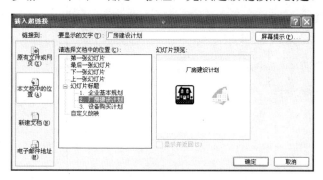

图 7-45 选择需要链接的幻灯片　　　图 7-46 输入屏幕提示

按 F5 键播放幻灯片，鼠标移到文本框上时显示了设置好的屏幕提示文本，如图 7-47 所示，鼠标显示为手形，单击超级链接即可跳到其链接的幻灯片。

3．链接到新文件

在设置超链接时还可以新建演示文稿，具体操作描述。

步骤 1　在幻灯片中选择需要创建超级链接的对象。

步骤 2　打开"插入超链接"对话框，在"链接到"列表框中选择"新建文档"选项，在"新建文档名称"文本框中输入文件名，在"何时编辑"栏中设置什么时候进行文档编辑，如图 7-48 所示。

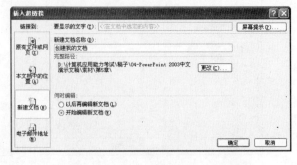

图 7-47　放映时的鼠标形状　　　　　　图 7-48　设置"新建文档"的链接

✍ 提示：单击"更改"按钮可在打开的对话框中更改新文档的位置。

步骤 3　单击"确定"按钮完成超级链接的创建。

4．链接到电子邮件

用户可以在幻灯片中创建电子邮件超级链接，具体操作如下所述。

步骤 1　在幻灯片中选择需要创建超级链接的对象。

步骤 2　打开"插入超链接"对话框，在"链接到"列表框中选择"电子邮件地址"选项，如图 7-49 所示，在"电子邮件地址"框中直接输入邮箱地址，系统会自动在邮箱地址前加上"mailto:"，在"主题"文本框中输入主题。

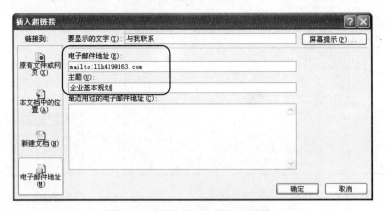

图 7-49　设置电子邮件超级链接

步骤 3　设置完后单击"确定"按钮。

当播放演示文稿的时候，单击链接对象，可以自动启动 Outlook Express 窗口，进行邮件的撰写和发送。

7.3.2　编辑超级链接

设置了超级链接后，用户可以随时对它进行一些修改。

步骤 1　选择需要修改超级链接的对象。

步骤 2　用以下方法之一打开"编辑超链接"对话框。

◆　按快捷键 Ctrl + K。

◆　在"常用"工具栏中单击"插入超级链接"按钮 。

◆　在选择的对象上单击鼠标右键，选择"超链接"命令。

◆　单击"插入"菜单，选择"超链接"命令。

步骤 3　在"编辑超链接"对话框中可对超级链接进行重新设置，如图 7-50 所示。

图 7-50　"编辑超链接"对话框

7.3.3　删除超级链接

删除超级链接的方法有：

方法 1　在添加了超级链接的对象上单击鼠标右键，选择"删除超级链接"命令，如图 7-51 所示。

方法 2　在"编辑超链接"对话框中，单击"删除超链接"按钮。

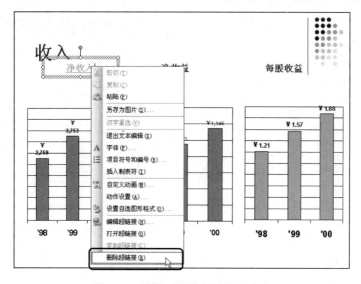

图 7-51　选择"删除超链接"命令

7.3.4　本节考点

本节考点主要包括插入超级链接、编辑超级链接、删除超级链接 3 点，应当掌握设置方法。

7.4　使用动作按钮

在自选图形的形状库中，提供了多个动作按钮形状，与其他形状不同，在绘制并添加这些形状时可以为其指定动作，如播放声音或创建超链接等。

本节介绍动作按钮的使用方法。

7.4.1　绘制动作按钮

动作按钮的绘制方法与其他形状的绘制方法相同，具体操作描述如下。

步骤 1　选择需要添加动作按钮的幻灯片。

步骤 2　用下面方法之一选择需要使用的动作按钮。

◆　单击"幻灯片放映"，指向"动作按钮"，继续在列表中选择一种动作按钮。

◆　单击"绘图"工具栏中的"自选图形"按钮，指向"动作按钮"项，继续选择一种动作按钮。

步骤 3　如图 7-52 所示，在"幻灯片编辑"窗格中按下鼠标左键并拖动，释放鼠标后将会弹出一个"动作设置"对话框，如图 7-53 所示，默认显示"单击鼠标"选项卡，表示该按钮的动作需要单击鼠标才能发生。

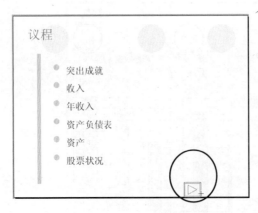

图 7-52　绘制动作按钮　　　　图 7-53　"动作设置"对话框

对话框中的选项说明如下。

◆　无动作：表示按钮不设置任何动作。

◆　超链接到：可从下拉列表框中选择要超链接到的位置。可以是当前演示文稿中的幻灯片也可能是其他外部文件。

◆ 选中"运行程序"单选项，可浏览选定单击该按钮时要运行的程序。

◆ 选中"播放声音"复选框，则可指定单击按钮时播放的声音。

提示：如果希望鼠标移过该对象时就发生指定的动作，可以在"鼠标移过"选项卡中设置动作。选项设置与"单击鼠标"选项卡中相同。

步骤 4　选择"超链接到"单选项，单击"确定"按钮，在"幻灯片编辑"窗格看到在幻灯片右下角添加了一个按钮，如图 7-55 所示。

7.4.2　为其他图形添加动作

除了使用预定义的动作按钮以外，还可以为其他图形、图片添加动作，形成特别的动作按钮。具体操作描述如下。

步骤 1　在幻灯片中添加需要使用的图形，并选中它。

步骤 2　单击"幻灯片放映"菜单中的"动作设置"命令。

步骤 3　在"动作设置"对话框中，选择"单击鼠标"选项卡，单击"超链接到"框，如图 7-54 所示，在列表中选择"结束放映"项，同时选中"单击时突出显示"复选框，放映时，鼠标指向按钮时图形可以显示互补色。

如图 7-55 所示，放映时鼠标指向添加了动作的图形时，也显示为手形。

图 7-54　自定义动作

图 7-55　放映时指向动作按钮的鼠标

动作按钮不仅可以用于控制放映，还可以设置其他链接内容，在如图 7-54 所示的"超链接到"列表框中，可以进行选择，说明如下。

◆ 上一张幻灯片、下一张幻灯片、第一张幻灯片、最后一张幻灯片、最近观看的幻灯片、结束放映：都是在当前演示文稿中的链接。

◆ 自定义放映：选择该项后，可在如图 7-56 所示的"链接到自定义放映"对话框中选择需要使用的自定义放映。关于自定义放映的创建请参见第 8 章中的内容。

◆ 幻灯片：选择该项后，可在如图 7-57 所示"超链接到幻灯片"对话框中选择当前文档中的某张幻灯片。

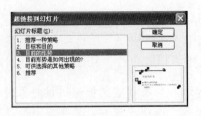

图 7-56　选择要链接的自定义放映　　　　　图 7-57　选择幻灯片

◆ 其他 PowerPoint 演示文稿：选择该项后，可在如图 7-58 所示的"超链接到其他 PowerPoint 演示文稿"对话框中，选择一个需要链接到的 PPT 文档，单击"确定" 按钮后，可以在"超链接到幻灯片"对话框中可以选择一张幻灯片，如图 7-59 所示。

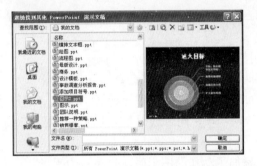
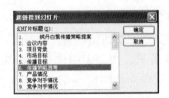

图 7-58　选择 PPT 文档　　　　　　　图 7-59　选择幻灯片

◆ 其他文件：选择该项后，可以在"超链接到其他文件"对话框中选择一个文件， 如图 7-60 所示，选择了一张图片。

图 7-60　选择链接的图片

7.4.3　在幻灯片母版中创建动作按钮

如果每张幻灯片中都要显示相同的按钮，可以将按钮添加到母版中，具体操作描述 如下。

步骤 1　进入幻灯片母版视图。

步骤 2　选择第 1 张母版幻灯片，如图 7-61 所示。

图 7-61　进入母版视图

步骤 3　在合适的位置添加动作按钮，如图 7-62 所示。

步骤 4　单击"关闭母版视图"按钮，退出母版视图。

图 7-62　添加到母版中的动作按钮

在幻灯片浏览视图中，可以看到每张幻灯片的同一位置将都被添加了相同的动作按钮，如图 7-63 所示，标题幻灯片中未显示动作按钮。这是因为与标题幻灯片对应的母版幻灯片中未被添加动作按钮。

图 7-63　在幻灯片浏览视图中的按钮

如果需在母版中为其他对象添加动画效果，可以参见本章"1.2 添加动画效果"中的内容。

7.4.4 本节考点

本节考点的重点是动作按钮的添加和动作设置方法。需要注意选择正确的动作触发条件，包括单击鼠标和鼠标移过时两种。

7.5 本章试题解析

试 题	解 析
一、设置幻灯片切换	
试题 1 在当前演示文稿中，删除所有幻灯片的切换动画	打开"幻灯片切换"任务窗格，选择"无切换"，单击"应用于所有幻灯片"按钮
试题 2 设置第一张幻灯片的切换效果为"水平百叶窗"，且在设置过程中不进行自动预览	在"幻灯片切换"任务窗格中选择效果，取消任务窗格下方的"自动预览"复选框
试题 3 为第二张幻灯片设置切换效果为"水平梳理"，速度为慢速，声音为"爆炸"	在"幻灯片切换"任务窗格中选择并设置
试题 4 已知第 2 张幻灯片被设置了切换效果，要求将其取消	选择第 2 张幻灯片，在"幻灯片切换"任务窗格中选择"无切换"
试题 5 在当前演示文稿中，要求设置所有幻灯片的切换效果，具体为纵向棋盘式，设置"换片方式"为每隔 30 秒	在"幻灯片切换"任务窗格中选择切换效果，选中"每隔"单选按钮，在其右侧文本框中输入 30 秒，单击"应用于所有幻灯片"按钮
试题 6 在当前演示文稿中设置切换，要求每两张幻灯片之间间隔 10 秒切换	在"幻灯片切换"任务窗格中选中"每隔"单选按钮，在右侧文本框中输入 10 秒
二、添加动画效果	
试题 1 选中第 1 张幻灯片，为其添加动画方案"玩具风车"，设置完后观看效果，为第 2 张幻灯片中的标题添加下划线动画效果	参见"7.2.1 使用动画方案"，在任务窗格中单击"播放"按钮可播放效果
试题 2 删除第 1 张幻灯片中的动画方案	在"动画方案"的任务窗格中选择"无动画"
试题 3 已知剪贴画位于幻灯片母版的左下角，要求为剪贴画添加"进入"中的"百叶窗"动画效果	选择"视图"｜"幻灯片母版"命令；然后参见"7.2.2"中的"1.添加进入的动画效果"
试题 4 已知母版中的剪贴画已经被添加了动画效果，要求设置其重复播放 5 次	参见"7.2.3"中的"2.设置其选项"
试题 5 将母版中剪贴画的动画效果删除	在母版视图中选中剪贴画，打开"自定义动画"任务窗格，将动画项依次删除
试题 6 给演示文稿中的"数字区"占位符添加自左上部飞入的动画效果	选择"视图"｜"幻灯片母版"命令，然后参见"7.2.2"中的"1.添加进入的动画效果"
试题 7 在第 1 张幻灯片中，删除文本框的动画效果	选中文本框后，打开"自定义动画"任务窗格，删除动画项

试　　题	解　　析
试题 8　在第 1 张幻灯片中，将当前选中的文本框的动画效果更改为"进入"动画中的"切入"，在任务窗格中直接更改动画在下一动作之前开始，自幻灯片右侧中速进入	参见"7.2.4"中的"2.更改动画效果"，在任务窗格上部设置开始方式为"之前"，按要求更改方向和速度
试题 9　在第 1 张幻灯片中，为当前选中的文本框设置动画，要求为"强调"动画中的"放大/缩小"，并添加声音效果为"爆炸"	参见"7.2.2"中的"2.添加强调的动画效果"，设置声音效果请参见"7.2.3 设置动画效果"中的"2.设置其他选项"
试题 10　在第 1 张幻灯片中，为当前选中的文本框设置动画，要求为"退出"动画中的"弹跳"，设置速度为非常快，播放完之后快退	参见"7.2.2"中的"3.添加退出的动画效果"，然后打开"效果选项"对话框，选择"计时"选项卡，设置速度，并选择"播完后快退"复选框
试题 11　将第一个动画项的动画效果设置重复两次，再更改为"进入"中的"飞入"效果	参见"7.2.3"中的"2.设置其他选项"，参见"7.2.4"中的"2.更改动画效果"
试题 12　为当前所选图示添加"退出"中的"浮动"动画，要求用下拉列表设置"从上一项开始"，然后用对话框添加声音为"风铃"，设置"图示动画"为"依次每个级别"	参见"7.2.2"和"7.2.3"
试题 13　在当前幻灯片中，要求显示动画的高级日程表	参见"7.2.4"中的"4.用高级日程表调整动画"
试题 14　在第 2 张幻灯片中，调整已经设置的动画顺序，将第 4 个动画项移到第 2 个动画项的上方，将第 5 个动画项调整到第 4 个动画项的上方	参见"7.2.4"中的"1. 调整动画顺序"
试题 15　在第 2 张幻灯片中，将第 3 个动画项移动到最后，然后将它与上一个动画最后同时播放（不能用对话框）	参见"7.2.4"中的"1. 调整动画顺序"，参见"7.2.3"中的"1.设置动画的开始方式"
试题 16　在当前演示文稿中，将第二张幻灯片中的最后一个动画项删除	参见"7.2.4"中的"3.删除动画项"
试题 17　在第 2 张幻灯片中，将第三个动画项设置 0.3 秒的延迟	参见"7.2.3"中的"2.设置其他选项"
试题 18　选中第 3 张幻灯片，为标题文本添加路径动画，要求为"动作路径"中的向右弯曲	参见"7.2.5"中的"1.应用预定义路径"
试题 19　选中第 3 张幻灯片，将路径动画更改为"心跳"，并将路径的开始点和结束点反转	参见"7.2.4"中的"2.更改动画效果"，参见"7.2.5"中的"4.反转路径"
试题 20　将动画路径设置为"自动翻转"	参见"7.2.5"中的"3.自动翻转路径"
试题 21　已知文本框被添加了动画效果，要求通过设置，在动画播放后变为红色	打开"效果选项"对话框，设置"动画播放后"为红色
试题 22　选中第 3 张幻灯片，设置文本框在原有动画的基础上再添加陀螺旋的强调动画效果，并使其与原有动画同时执行（不能用对话框设置）	参见"7.2.2"中的"2.添加强调的动画效果"，选中动画项后，设置"开始"为"之前"
试题 23　已知当前所选的为一种强调动画，要求设置在前一事件 2 秒后启动强调动画效果，并且直到下次单击时结束动画	选择动画项后打开"效果选项"对话框，设置"延迟"为 2 秒，设置"重复"为"直到下一次单击"

试　题	解　析
试题 24　已知第 4 张幻灯片中的正文文字被添加了动画效果，要求通过设置，在放映幻灯片时单击鼠标后按相反顺序依次出现	打开"效果选项"对话框，选择"正文文本动画"选项卡，在其中选中"相反顺序"复选框
试题 25　为第 4 张幻灯片中的标题设置动画，要求为"进入"动画中的"旋转"，方向垂直，并且设为播放动画后隐藏	参见"7.2.2"中的"1.添加进入的动画效果"，选择"方向"为"垂直"，然后打开"效果选项"对话框，在"效果"选项卡中设置"动画播放后"为"播放动画后隐藏"
试题 26　要求为第 4 张幻灯片中的星形图形添加"强调"中的陀螺旋动画效果，设置其顺时针旋转两周	添加动画效果后，在任务窗格的"数量"框中进行设置
三、使用超级链接	
试题 1　为当前所选的文本框"与我联系"设置邮件链接为"mailto:llh419@163.com"，主题为"企业基本规划"（要求使用菜单命令）	参见"7.3.1"中的"4.链接到电子邮件"
试题 2　在当前幻灯片中选中图片，为其设置超级链接（使用工具栏上的按钮），链接到保存在"桌面"上的"风景.jpg"，设置屏幕提示为"欣赏风景"，最后放映当前幻灯片，测试效果	在"插入超链接"对话框中，单击左侧的"原有文件或网页"，再单击"浏览文件"按钮，选择需要链接的文件，设置屏幕提示，完成后单击"视图切换栏"中的🖵按钮，单击图片进行测试
试题 3　将第 2 张幻灯片中的文本框对象链接到网页 http://www.163.com	在"插入超链接"对话框的左侧选择"原有文件或网页"，在"地址"框中输入要链接的网址
试题 4　为第 3 张幻灯片中的文字"目前的形势"设置超链接，要求链接到本演示文稿的第 6 张幻灯片，并在当前位置测试链接	参见"7.3.1"中的"2.链接到本文档中的位置"，设置完后用鼠标右键单击链接文本，选择"打开超链接"命令
试题 5　在第 4 张幻灯片中，为"简要说明版"文字设置超链接，链接到名称为"简要说明版"自定义放映	参见"7.3.1"中的"2.链接到本文档中的位置"
试题 6　已知当前幻灯片中的图片被设置了超级链接，要求将其删除（要求使用对话框操作）	参见"7.3.3 删除超级链接"
试题 7　为当前幻灯片中的图片添加超级链接，链接到"风景.ppt"中的第 1 张幻灯片	参见"7.3.1"中的"2.链接到其他演示文稿"
试题 8　已知当前幻灯片中的所选文本被设置了链接到网页的超链接，要求将其打开，然后再在打开的网页中打开"图片"超级链接（要求用新窗口打开）	打开网页后在"图片"超链接上单击鼠标右键，选择"在新窗口中打开"命令
试题 9　已知当前所选的图片被设置了超链接，要求复制该超链接，然后粘贴到右边的图片上	用鼠标右键单击图片，选择"复制超链接"命令，再用鼠标右键单击右边的图片，选择"粘贴"命令
试题 10　通过设置，要求在演示文稿中打开 http://www.baidu.com	在当前窗口显示出"Web"工具栏，在工具栏的"地址栏"上输入网址，按 Enter 键即可
四、使用动作按钮	
试题 1　在当前幻灯片的左下角，绘制一个动作按钮（要求使用菜单命令），具体按钮为第 2 行第 2 个，设置动作：当用鼠标单击按钮时，链接到下一张幻灯片，播放声音为"风铃"	参见"7.4.1 绘制动作按钮"

试　　题	解　　析
试题 2　选中动作按钮，使用右键快捷菜单，将它的单击鼠标动作删除	鼠标右键单击动作按钮，选择"动作设置"命令，选择"单击鼠标"选项卡中的"无动作"项
试题 3　选中动作按钮，设置它的高度为 3cm，宽度为 3cm（用双击的方法）	双击按钮图形，在"设置自选图形格式"对话框的"尺寸"选项卡中进行设置
试题 4　在当前幻灯片的矩形上方绘制出一个动作按钮（第一行第一个），设置动作：当单击按钮时转到下一张幻灯片，并通过设置，使方格的外观没有任何变化，要求使用菜单命令操作	添加好按钮后，打开按钮的"设置自选图形格式"对话框，设置其填充为"无填充颜色"
试题 5　在当前幻灯片中，修改动作按钮上的动作（使用菜单命令），要求链接到"我的文档"中的声音对象 flourish.mid，用菜单命令操作	选中按钮，选择"幻灯片放映"|"动作设置"命令，选择"超链接到"为"其他文件"
试题 6　为当前幻灯片中所选的椭圆形设置动作，要求鼠标移过时显示上一张幻灯片（使用菜单命令操作）	参见"7.4.2　为其他图形添加动作"
试题 7　在幻灯片的右下角绘制一个帮助动作按钮（第一行第三个，使用"绘图"工具栏），设置动作：当用鼠标单击时，链接到本演示文稿中的最后一张幻灯片	参见"7.4.1　绘制动作按钮"
试题 8　在当前幻灯片中，要求在左上角绘制出一个信息按钮（第一行最后一个，使用菜单命令），链接的网址为：http://www.baidu.com	在设置动作时，选择"超链接到"为"URL"
试题 9　在当前幻灯片的右下角绘制一个"自定义"动作按钮（第一行第一个，使用菜单命令），设置动作为：单击按钮后链接到"风景.ppt"文件中的第 4 张幻灯片，再设置按钮上的文字为"风景"	参见"7.4.1"，选中"超链接到"|"其他 PowerPoint 演示文稿"，用右键单击动作按钮，选择"添加文本"，为其添加文本
试题 10　使用母版功能，在所有幻灯片的右下角添加"结束"动作按钮，设置动作为结束放映	参见"7.4.3　在幻灯片母版中添加动作按钮"

第8章　演示文稿的输出

考试基本要求

掌握的内容：

◆ 演示文稿的放映方法；
◆ 能够设置放映方式和自定义放映；
◆ 演示文稿的打印方法（设置打印机和打印内容）。

熟悉的内容：

◆ 放映时播放隐藏幻灯片的方法，可以显示／隐藏演示文稿中的幻灯片；
◆ 排练计时的应用方法；可以在放映时使用绘图笔并设置颜色。

了解的内容：

◆ 创建演讲者备注以及添加与编辑的方法；
◆ 可以在放映时使用备注；
◆ 打包演示文稿（打包到文件夹、CD）和解包演示文稿的方法；
◆ 修复 Word 文档。

　　制作好的演示文稿有三种输出途径：放映、打印和打包。可以使演示文稿在屏幕中放映，打印形成讲义，或是打包到 CD 或文件夹中。

　　本章主要介绍演示文稿放映方式的设置，打包演示文稿和打印演示文稿的操作方法。

8.1　演示文稿的放映

制作完演示文稿后，就可以观看一下演示文稿的放映效果了，下面介绍使用计算机放映演示文稿的操作方法。

8.1.1　开始放映

在制作演示文稿过程中，用户常常会选择不同的方式来放映幻灯片，如从当前选择的幻灯片开始播放，或者从第 1 张幻灯片开始播放。具体操作说明如下。

1．从第 1 张幻灯片开始放映

使用下面方法之一可以从演示文稿的第 1 张幻灯片开始放映。
◆　按键盘上的 F5 键。
◆　单击"幻灯片放映"菜单中的"观看放映"命令。
◆　单击"视图"菜单中的"幻灯片放映"命令。

2．从当前幻灯片开始放映

使用下面方法之一可以从当前幻灯片开始放映。
◆　按快捷键 Shift+F5。
◆　在"视图切换栏"中单击"从当前幻灯片开始幻灯片放映"按钮 。

3．控制幻灯片切换

在幻灯片放映视图中使用下列命令可以控制幻灯片的更换。
（1）用下面方法之一可转到指定的幻灯片。
◆　直接输入幻灯片编号，再按 Enter 键就可跳转到指定的幻灯片。
◆　鼠标右键单击，选择"定位至幻灯片"，在如图 8-1（a）所示的菜单列表中选择要定位的幻灯片。
◆　单击幻灯片左下角的"定位"按钮 ，也可以弹出如图 8-1（b）所示的菜单。
（2）观看以前查看过的幻灯片。
◆　用鼠标右键单击，在快捷菜单上单击"上次查看过的"。
（3）用下面方法之一可转到下一张幻灯片。
◆　单击鼠标。
◆　按空格键或 Enter。
◆　用鼠标右键单击，选择"下一张"命令。
◆　按向右方向键。
（4）用下面方法之一可转到上一张幻灯片。
◆　按 Backspace 键。

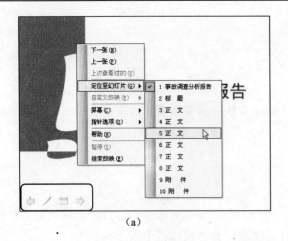

　　　　　　　　　（a）　　　　　　　　　　　　　　　　（b）

图 8-1　选择要定位的幻灯片

◆　用鼠标右键单击，选择"上一张"命令。

◆　按向左方向键。

（5）放映时将屏幕变白或变黑。

◆　需要使用一块黑板或白板，可以 B 键，将屏幕变为黑屏，再按一下 B 键，将重新恢复幻灯片的显示和继续播放。

◆　如果希望屏幕变白，则可以按 W 键，再按一下 W 键可重新恢复幻灯片的显示，并继续播放。

4．设置放映选项

对幻灯片的放映进行一些设置，具体操作方法描述如下。

步骤 1　单击"工具"菜单中的"选项"命令。

步骤 2　在"选项"对话框中单击"视图"选项卡，可以根据需要在"幻灯片放映"区内选中或取消选项，如图 8-2 所示。

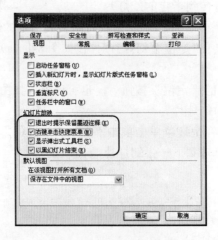

图 8-2　"选项"对话框

步骤 3　设置完成后，单击"确定"按钮关闭对话框。

在"选项"对话框中的放映选项说明如下。

◆ 退出时提示保留墨迹注释：选中此项，在结束放映时，如果幻灯片中添加了墨迹，则显示提示框询问对墨迹的保存。

◆ 右键单击快捷菜单：取消此项后，放映时单击鼠标右键将不会弹出快捷菜单。

◆ 显示弹出式工具栏：默认情况下，放映时，在幻灯片右下角显示了四个切换按钮。取消此项后，该工具栏被隐藏。

◆ 以黑幻灯片结束：选中此项后，在放映结束时将显示一个黑屏。

5．结束放映

用以下方法可以结束幻灯片的放映。

◆ 按 Esc 键。

◆ 单击鼠标右键，选择"结束放映"命令。

8.1.2　控制放映范围

如果制作好的演示文稿需要在不同的受众间放映，且不同的观众需要观看特定的一组幻灯片，这需要在演示文稿中控制好放映范围。

1．隐藏与显示幻灯片

如果在放映时不想播放某些幻灯片，可以将它隐藏起来。

（1）设置幻灯片隐藏或显示

默认情况下，每张幻灯片都处于显示状态，隐藏幻灯片的具体操作描述如下。

步骤 1　选中需要隐藏的幻灯片。

步骤 2　用以下方法之一可将所选幻灯片隐藏。

◆ 单击"幻灯片放映"菜单中的"隐藏幻灯片"命令。

◆ 在"大纲/幻灯片"窗格中单击"幻灯片"选项卡，用鼠标右键单击需要隐藏的幻灯片，选择"隐藏幻灯片"命令。

◆ 在"幻灯片浏览"视图中，鼠标右键单击需要隐藏的幻灯片，选择"隐藏幻灯片"命令。

✍提示：如果选定的幻灯片已经被设置了隐藏，按照上面方法操作时，将取消幻灯片的隐藏。

被隐藏幻灯片的编号显示方框，并有一条斜线划过了该编号，如图 8-3 所示。

（2）放映时定位到隐藏的幻灯片

被隐藏的幻灯片在放映时不会被播放出来，如果在放映时未取消幻灯片的隐藏状态，可以在放映幻灯片时，单击鼠标右键，选择"定位至幻灯片"命令，选择需要重新显示的隐藏幻灯片，如图 8-4 所示，被隐藏的幻灯片序号带括号显示。

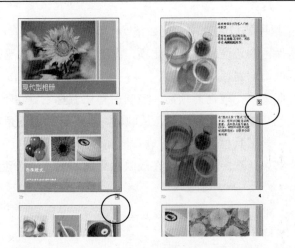

图 8-3　幻灯片的隐藏标记

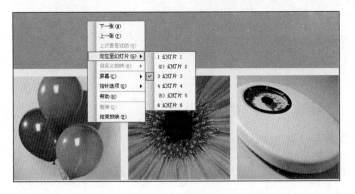

图 8-4　放映时显示被隐藏的幻灯片

2. 自定义放映

使用自定义放映功能可以在不删除幻灯片情况下满足不同的放映要求，具体操作过程描述如下。

步骤 1　打开要设置自定义放映的演示文稿。

步骤 2　单击"幻灯片放映"菜单中的"自定义放映"命令。

步骤 3　在如图 8-5 所示的"自定义放映"对话框中单击"新建"按钮。

步骤 4　在"定义自定义放映"对话框中，输入一个用于识别的名称，如输入"市场宣传用"，如图 8-6 所示。

图 8-5　"自定义放映"对话框

图 8-6　"定义自定义放映"对话框

步骤 5 在"在演示文稿中的幻灯片"列表框中选定幻灯片，如图 8-7 所示，选择了多张幻灯片，单击"添加"按钮，将其添加到"在自定义放映中的幻灯片"列表框。

步骤 6 在"在自定义放映中的幻灯片"列表中选定幻灯片后，单击右侧的"上移"按钮 或"下移"按钮 ，可调整幻灯片的位置，单击"删除"按钮，可将选定的幻灯片删除，如图 8-8 所示。

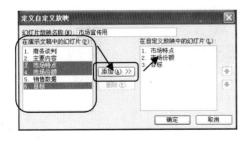

图 8-7 添加幻灯片

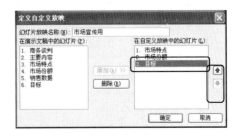

图 8-8 改变位置和删除

步骤 7 设置完成后，单击"确定"按钮，回到"自定义放映"对话框，显示创建好的自定义放映。

步骤 8 单击"关闭"按钮，关闭该对话框，完成自定义的创建。

步骤 9 放映时，可以单击鼠标右键，选择"自定义放映"命令，如图 8-9 所示，可以选择一个需要使用的自定义放映。

在"自定义放映"对话框中的其他按钮功能说明。

◆ "编辑"按钮：单击可以打开"定义自定义放映"对话框，对选定的自定义放映进行修改。

◆ "删除"按钮：单击可将所选择的自定义放映删除。

◆ "复制"按钮：单击可将所选择的自定义放映复制。

◆ "放映"按钮：单击后可直接放映所选择的自定义放映。

图 8-9 放映选择自定义放映

✎ **提示**：在原演示文稿中设置为隐藏的幻灯片，在自定义放映中不会被放映出来。

8.1.3 使用排练计时

使用"排练计时"功能时，系统会自动记录每张幻灯片的放映时间，然后用这个时间来自动放映。设置排练计时的方法描述如下。

步骤 1 单击"幻灯片放映"菜单中的"排练计时"命令。

步骤 2 将开始放映第 1 张幻灯片，如图 8-10 所示，左上角显示一个"预演"工具栏。

在"预演"工具栏的文本框中显示了当前幻灯片已放映的时间，如图 8-10 所示为"0:00:09"，表示已放映了 9 秒钟，右侧显示的时间，是在放映演示文稿过程中所记录的总放映时间。

步骤 3 放映完演示文稿中的全部幻灯片时将会弹出如图 8-11 所示的提示框，单击"是"按钮，即可将"排练计时"所记录的时间保存下来。

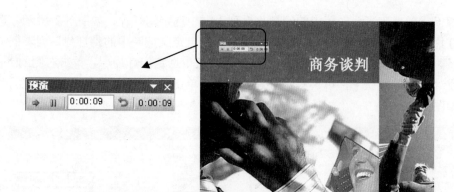

图 8-10　使用"排练计时"

图 8-11　提示是否保留新的幻灯片排练时间

返回"幻灯片浏览"视图，在每张幻灯片的缩略图的左下角显示所对应的排练放映时间，如图 8-12 所示。

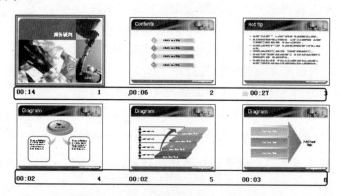

图 8-12　幻灯片浏览视图记录的播放时间

在进行排练放映时，可以在"预演"工具栏对录制进行控制。

◆ 如当前幻灯片内容的时间已足够，要切换到下一张幻灯片，可单击"预演"工具栏上的"下一项"按钮。

◆ 如要暂停计时，可单击"预演"工具栏上的"暂停"按钮。

◆ 如要在暂停后重新计时，可单击"重复"按钮。

◆ 如要退出排练计时，可单击"预演"工具栏上右上角的"关闭"按钮，或者按键盘上的 Esc 键，此时会弹出如图 8-11 所示的提示框，用户可以选择是否保存排练时间。

如果在放映过程中，发现幻灯片的排练时间不合适，可重新执行"排练计时"命令，以再一次设置合适的放映时间。

8.1.4　设置放映方式

幻灯片放映方式的设置主要在"设置放映方式"对话框中完成。

单击"幻灯片放映"菜单中的"设置放映方式"命令，打开如图 8-13 所示的"设置放映方式"对话框，在其中可以进行设置，完成后，单击"确定"按钮。

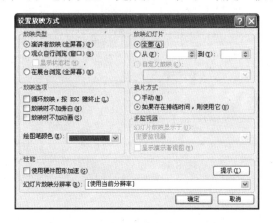

图 8-13　"设置放映方式"对话框

此后演示文稿将会按用户所作的设置进行放映。

1. 设置放映类型

PowerPoint 2003 中共有 3 种放映类型，在"放映类型"栏中可以单击选择相应的类型应用，各放映类型的特点说明如下。

◆ 演讲者放映（全屏幕）：全屏幕放映幻灯片，允许放映时对幻灯片进行所有的操作。
◆ 观众自行浏览（窗口）：放映时会在窗口内提供一些命令按钮和菜单，帮助用户自行切换幻灯片，如图 8-14 所示，在"浏览"菜单中可以定位到指定的幻灯片。
◆ 在展台浏览（全屏幕）：全屏幕放映，观众只能观看，不能对放映进行控制。

图 8-14　观众自行浏览的放映窗口

2．设置放映范围

如图 8-15 所示，在"放映幻灯片"区域中，可以指定要放映的幻灯片范围。

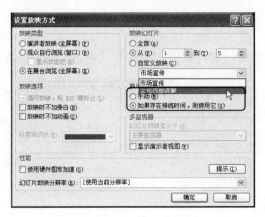

图 8-15　设置放映范围

各项设置说明如下。

◆ 全部：表示将放映演示文稿中的所有幻灯片。

◆ 从…到…：可指定要放映的起始幻灯片和结束幻灯片。如只想放映第 1～5 张幻灯片，可在两个文本框中分别输入"1"和"5"，如图 8-15 所示。

◆ 自定义放映：只有在演示文稿中创建了自定义放映后，该项才有效，选中后，可以在右侧的列表框中选择需要使用的自定义放映。

3．设置放映选项

如图 8-15 所示，放映选项中可以对动画的循环、声音、旁白和动画的播放进行设置，说明如下。

◆ 循环放映，按 Esc 键终止：选中后可实现自动循环放映，只有按 Esc 键才会终止放映。该项在设置了"在展台浏览（全屏幕）"放映类型时无效。

◆ 放映时不加旁白：如果为幻灯片录制了旁白，放映时不想播放旁白，但又不想删除它，则可以选择此项。

◆ 放映时不加动画：如果为幻灯片设置了动画，放映时不想播放这些动画效果，但又不想删除这些动画，则可以选择此项。

◆ 绘图笔颜色：单击后可选择一种颜色，此颜色作为放映时默认的绘图笔颜色。该项只在设置为"演讲者放映（全屏幕）"类型时有效。

4．设置换片方式

在"换片方式"栏中，可以设置切换幻灯片的方式，如图 8-16 所示，其操作如下。

◆ 手动：选中该项表示需要手动控制幻灯片的切换。

◆ 如果存在排练时间，则使用它：选中后表示幻灯片将使用排练计时自动切换。

5. 设置性能

在"性能"栏中对演示文稿的性能进行适当设置，如图 8-16 所示，可以适当提高演示文稿的运行速度。

◆　使用硬件图形加速：选中后，可以加快演示文稿中图形的显示速度。

◆　幻灯片放映分辨率：单击右侧的列表框，如图 8-16 所示，可选择较低的分辨率。

✍提示：更改分辨率可能引起幻灯片图像的轻微变化。如果出现这种情况，可以选择其他分辨率或单击"使用当前分辨率"选项。

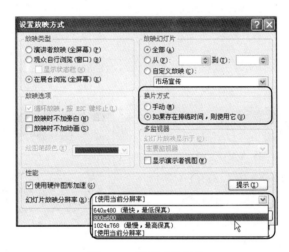

图 8-16　设置"性能"

8.1.5　控制放映

1. 使用绘图笔添加注释

如果在演讲时进行注释，可以用绘图笔添加注释，具体操作如下所述。

步骤 1　放映时，单击鼠标右键，选择"指针选项"项，选择一种绘图笔，如图 8-17 所示。

步骤 2　在幻灯片上单击鼠标右键，在如图 8-17 所示的菜单中选择"指针选项"中的"墨迹颜色"项，继续选择一种颜色。

✍提示：放映时单击右下角的"绘图笔"按钮☑，如图 8-18 所示，在菜单中也可以选择绘图笔的墨迹颜色。

步骤 3　拖动鼠标可在页面中进行注释。

步骤 4　如果需要对注释擦除，可以单击鼠标右键，选择"指针选项"中的"橡皮擦"命令，如图 8-19 所示。

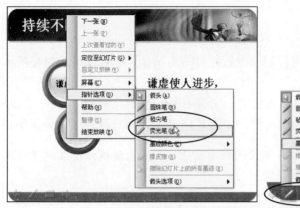

图 8-17　选择绘图笔类型

图 8-18　选择颜色

步骤 5　如图 8-20 所示，鼠标显示为 形，在需要擦除的墨迹处单击，可以清除屏幕中的墨迹。

图 8-19　选择"擦除墨迹"命令

图 8-20　擦除注释

　提示：如果想清除所有的墨迹注释，可以选择"擦除幻灯片上所有墨迹"命令。

步骤 6　结束幻灯片放映时，显示如图 8-21 所示的提示对话框，单击"保留"按钮后，可以幻灯片中保留墨迹注释，如图 8-22 所示，它们显示为图形对象，可以调整其位置和大小。

　　注意：鼠标指针变为绘图笔时，幻灯片不能继续播放。需要重新切换回鼠标箭头状态。

2．设置放映时鼠标状态

放映时鼠标指针可以显示或隐藏起来，具体设置方法描述如下。
步骤 1　开始放映。
步骤 2　在幻灯片上单击鼠标右键，选择"指针选项"中的"箭头选项"命令，如图

8-23 所示，继续选择鼠标指针的显示类型。

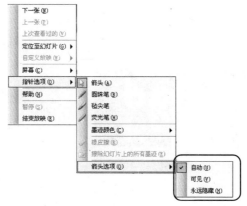

图 8-21　提示框

图 8-22　保留的墨迹注释

图 8-23　箭头选项

其各选项含义如下。

◆ 自动：选择该项后，可使鼠标指针自动隐藏或显示。即鼠标停止 3 秒钟后将自动隐藏，当再次移动鼠标时，指针自动重新显示。

◆ 可见：表示放映时鼠标指针始终显示。

◆ 永远隐藏：放映时鼠标指针始终隐藏。

3．使用演讲者备注

在"普通"视图中，用户可以在"演讲者备注"对话框中添加的备注文本，如图 8-24 所示的是显示在"备注"窗格中的备注文本。

在幻灯片编辑状态下输入备注的方法请参见第 1 章中的内容。

在幻灯片放映时，用户可以随时查看这些备注文本，并且可以进行编辑，演讲者备注的具体操作方法描述如下。

步骤 1　放映时，在放映的幻灯片上单击鼠标右键，在菜单中选择"屏幕"中的"演讲者备注"命令，如图 8-25 所示。

步骤 2　在"演讲者备注"对话框中可查看预先设定好的备注内容，也可以对备注内容进行修改，如图 8-26 所示。

图 8-24 显示在"备注"窗格中的备注文本

图 8-25 "演讲者备注"命令　　　　　　图 8-26 "演讲者备注"对话框

提示：每张幻灯片对应一个"演讲者备注"对话框。也可能在"备注"窗格或备注页视图中事先输入好备注内容。

步骤 3　设置完后单击"关闭"按钮。

8.1.6　本节考点

本节考点主要包括隐藏与显示幻灯片、自定义放映、设置幻灯片的放映方式、排练计时、添加演讲者备注、用绘图笔添加注释 6 点，需要完全掌握操作方法。

8.2　演示文稿的打印

如果已经为幻灯片设置好了合适的页面大小，就可以将它们打印在纸张上了，本节介绍演示文稿的打印。关于页面设置请参见第 2 章中的内容。

✍注意：由于更改幻灯片的大小和方向会影响页面中占位符和其他对象的显示，因此建议在制作之初就设置好幻灯片的大小和方向，若打印之前重新设置幻灯片大小和方向则需要注意显示效果是否良好。

8.2.1　打印设置

在打印之前需要对打印范围、打印内容进行设置，具体操作描述如下。

步骤 1　单击"文件"菜单中的"打印"命令。

步骤 2　打开如图 8-27 所示的"打印"对话框，可以对打印范围、打印份数、打印内容等进行设置。

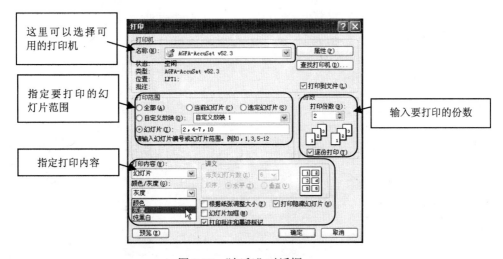

图 8-27　"打印"对话框

步骤 3　设置完成后，单击"确定"按钮，将直接进行打印。若不能确认打印的效果，可以单击"预览"按钮进入"打印预览"视图中查看效果。

✍提示：单击"常用"工具栏中的"打印"按钮可以直接打印幻灯片，不会弹出"打印"对话框。

1. 设置打印范围

在"打印范围"区域中，可以选择打印的幻灯片范围。

◆　全部：选中后表示打印所有的幻灯片。

◆　当前幻灯片：表示只打印演示文稿中当前所显示的幻灯片。

◆　幻灯片：选中后，可在其右侧的文本框中输入幻灯片的编号或范围。如果要打印非连续的幻灯片，可用逗号隔开它们的编号；如果要打印连续的幻灯片，可用短横杠(-)连接所要打印幻灯片的起止编号。例如，如果要打印第 1 张，第 4、5、6、7、8 这五张幻灯片，则可在"幻灯片"文本框中输入"1，4-8"。

◆　自定义放映：选中后可在右侧的下拉列表框中选择一个自定义放映选项。

2．设置打印份数

在"份数"区域中可以设置打印的份数。

◆ 打印份数：输入数值指定要打印的份数。

◆ 逐份打印：选中后将按照正确的装订次序打印多份演示文稿。

3．设置打印内容

在"打印内容"下拉列表框中，可选择要打印的内容，包括幻灯片、讲义、备注页和大纲视图四种。

◆ 幻灯片：选择该项后，将在每张纸中打印一张幻灯片。

◆ 讲义：选择该项后，可以在右侧选择每张纸上需要打印的幻灯片数。如图 8-28 所示，设置讲义为每页幻灯片数为 6，幻灯片方向为水平。

图 8-28　设置讲义

✍注意：此处设置的方向是幻灯片在讲义中的显示方向，如果需要更改讲义的页面方向，则需要在"打印预览"工具栏中单击"水平"或"垂直"按钮。

◆ 如果选择"备注页"选项，则打印指定范围中的幻灯片备注。

◆ 如果选择"大纲视图"选项，则会打印演示文稿的大纲。

4．设置打印颜色

在"颜色/灰度"下拉列表框中，可设置打印时的颜色选择。

◆ 选择"颜色"选项，将按照演示文稿中所显示的各项内容的颜色进行彩色打印。

◆ 选择"灰度"选项，则可在黑白打印机上以最佳方式打印彩色幻灯片。

◆ 选择"纯黑白"选项，将只用黑、白两色打印幻灯片内容。

要更改默认的打印内容和打印颜色可参见"8.2.3 打印选项设置"中的"2.设置默认的打印内容"中的内容。

8.2.2　打印预览

打印预览可以在打印之前看到实际的打印效果，根据情况可以进行一些调整，以使打印结果满足需要。

具体操作描述如下。

步骤 1　用以下方法可以进入"打印预览"视图。

◆ 单击"文件"菜单中的"打印预览"命令。

◆ 单击"常用"工具栏中的"打印预览"按钮。

◆ 打开"打印"对话框，单击"预览"按钮。

步骤 2　在如图 8-29 所示的"打印预览"工具栏中可以对预览进行设置。

图 8-29　"打印预览"工具栏

"打印预览"工具栏中的按钮功能说明如下。

◆ "上一页"按钮和"下一页"按钮：单击后可以向前或向后切换幻灯片。

◆ "打印"按钮：单击后将显示"打印"对话框，可在其中进行打印设置，具体可参见本章的"8.2.1 打印设置"中的内容。

◆ "打印内容"列表框：单击右侧的下拉按钮，可以选择要预览的内容。图 8-30 是讲义的预览情况，图 8-31 所示是大纲的预览情况。

图 8-30　预览讲义，页面横向

图 8-31　预览大纲，页面纵向

◆ "显示比例"下拉列表中可以选择视图显示的比例。

◆ "横向"按钮和"纵向"按钮：用于设置打印纸张的页面方向。

◆ "选项"按钮：单击后，可在菜单中选择和设置一些特殊的打印要求，如图 8-32 所示。

✍ **提示**：如果不希望打印隐藏的幻灯片，可在如图 8-32 所示的列表中取消"打印隐藏幻灯片"项的选择。

图 8-32　选项菜单

步骤 3　设置完成后，可单击"关闭"按钮，退出打印预览视图。然后在需要的时候单击"常用"工具栏中的"打印"按钮直接进行打印。

8.2.3　打印选项设置

在打印选项中可以设置后台打印和默认的打印设置。

1．打开或关闭后台打印功能

如果在打印的同时还想进行其他的操作，可以打开后台打印功能，操作方法描述如下。

步骤 1　单击"工具"菜单中的"选项"命令。

步骤 2　在"选项"对话框中单击"打印"选项卡，如图 8-33 所示，选择"后台打印"复选框，启动后台打印功能。

步骤 3　单击"确定"按钮。

注意：后台打印时将占用一些系统内存，对打印速度会有影响，如果希望加快打印的速度需要关闭该功能。

图 8-33　"选项"对话框

2．设置默认的打印内容

系统默认的打印内容为幻灯片，根据工作中打印的需要可以更改默认的打印设置。操作方法描述如下。

步骤 1 打开"选项"对话框。

步骤 2 在"打印"选项中,选择"使用下列打印设置"单选项,如图 8-33 所示,可以继续设置打印内容和颜色等选项,所有设置将作为打印时的默认设置。

步骤 3 单击"确定"按钮完成设置。

8.2.4 打印到文件

如果当前没有可用的打印机,可以将演示文稿打印到文件中,然后再在其他计算机中打印该文件。具体操作描述如下。

步骤 1 打开"打印"对话框,选择"打印到文件"复选框。

步骤 2 在如图 8-34 所示的"打印到文件"对话框中输入文件名,选择保存位置,单击"保存"按钮。

如图 8-35 所示,在指定位置将生成一个扩展名为".Prn"的文件。在正常连接打印机的其他计算机中,双击这个文件就可以进行打印了。

图 8-34 "打印到文件"对话框

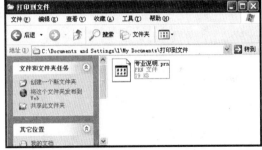

图 8-35 打印生成的文件

8.2.5 本节考点

本节考点包括打印设置、打印预览、打印选项设置和打印到文件 4 点。

◆ 打印设置:主要包括打印范围、打印份数、打印内容和颜色的设置,可在"打印"对话框中进行设置。

◆ 打印预览:包括讲义的预览设置、页面方向的更改 2 点。主要在"打印预览"工具栏中设置。

◆ 打印选项设置:在"选项"对话框的"打印"选项卡中完成。包括启用或取消后台打印,设置默认打印内容 2 点。

◆ 打印到文件:将当前演示文稿打印生成一个文件。在"打印"对话框中设置。

8.3   打包演示文稿

如果准备播放演示文稿的计算机中未安装 PowerPoint，此时可将其进行打包处理，将演示文稿及其所链接的图片、声音、影片等打包到文件夹或者一张 CD 上，然后在其他计算机上运行。

8.3.1   打包演示文稿到文件夹

如果当前计算机中没有刻录设备，则可以选择将演示文稿及其相关的链接文件打包到文件夹中，操作描述如下。

步骤 1   单击"文件"菜单中的"打包成 CD"命令。

步骤 2   弹出如图 8-36 所示的"打包成 CD"对话框，在"将 CD 命名为"文本框中可输入打包文件的名称。

步骤 3   单击"添加文件"按钮，在如图 8-37 所示的"添加文件"对话框中选择其他演示文稿，单击"添加"按钮。

图 8-36   "打包成 CD"对话框

图 8-37   选择要添加到文件包的文件

步骤 4   在返回的"打包成 CD"对话框中，如图 8-38 所示，可继续单击"添加"按钮来添加文件，也可以单击"删除"按钮删除列表所选的文件。

步骤 5   单击"选项"按钮，可在"选项"对话框中可进行设置，如图 8-39 所示，设置完成后，单击"确定"按钮。

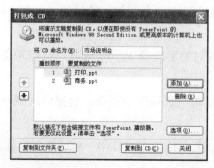

图 8-38   选择其他需要打包的文件

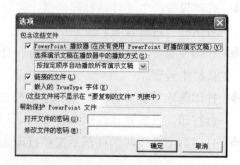

图 8-39   "选项"对话框

参数说明如下。

◆　PowerPoint 播放器：取消后将不会打包 PowerPoint 播放器。

◆　选择演示文稿在播放器中的播放方式：可选择一种播放方式。默认为自动播放。

◆　链接的文件：取消该项后，与演示文稿链接的文件不会被同时打包。

◆　嵌入的 TrueType 字体：选中后可将 TrueType 字体一起打包。

◆　帮助保护 PowerPoint 文件：可分别输入相应的密码。

✍提示：设置的打包密码会应用于文件包中的 .ppt、.pot、.pps 文件，这些密码仅适用于演示文稿的打包版本，不影响在原始文件中设置的密码。

步骤 6　在如图 8-38 所示的"打包成 CD"对话框中，单击"复制到文件夹"按钮，在如图 8-40 所示的"复制到文件夹"对话框中，输入一个文件夹名。

图 8-40　选择文件夹的路径

步骤 7　单击"浏览"按钮，可在如图 8-41 所示的"选择位置"文件夹中选择存储打包文件夹的路径。

步骤 8　返回"复制到文件夹"对话框中，单击"确定"按钮，可将所选文件打包到指定的文件夹中。如图 8-42 所示，在指定的文件夹中显示了打包后的文件。

图 8-41　选择位置　　　　　　　　　　图 8-42　打包后的文件

8.3.2　打包演示文稿到 CD

如果正确地安装了刻录设备，则可以直接将演示文稿打包到 CD 中。

步骤 1　按照前面的方法打开"打包成 CD"对话框，添加相应的文件并设置好选项。

步骤 2 将空白光盘插入到 CD 刻盘机中，单击"复制到 CD"按钮，如图 8-43 所示，显示复制文件的提示框，复制完成后返回"打包成 CD"对话框，单击"关闭"按钮关闭对话框，完成打包操作。

图 8-43 复制文件到 CD

8.3.3 放映打包演示文稿

打包后的演示文稿需要使用 PowerPoint 2003 播放器进行放映。

步骤 1 在如图 8-43 所示的文件夹中，双击"pptview.exe"格式的文件。

步骤 2 在如图 8-44 所示的启动画面中，单击"接受"按钮。

✍提示：如果单击"拒绝"按钮将结束播放器的运行。

步骤 3 在打开的对话框中选择需要播放的演示文稿，如图 8-45 所示。

图 8-44 启动画面

图 8-45 选择需要播放的演示文稿

步骤 4 单击"打开"按钮即可开始幻灯片的放映。

✍注意：PowerPoint 播放器不支持演示文稿的编辑，放映完毕后自动结束播放器的运行。

8.3.4 本节考点

本节考点主要包括打包演示文稿到文件夹、使用播放器查看打包文件两点。

8.4　本章试题解析

试　题	解　析
一、演示文稿的放映	
试题 1　使用快捷键操作，从第 4 张幻灯片开始放映	选中第 4 张幻灯片，按 Shift+F5 键
试题 2　使用按钮操作，从第 2 张幻灯片开始放映	选中第 2 张幻灯片，单击"从当前幻灯片开始幻灯片放映"按钮 🖳
试题 3　要求设置放映类型为观众自行浏览，设置放映方式为循环放映，按 Esc 键终止	参见"8.1.4"中的"1.设置放映类型"和"3.设置放映选项"
试题 4　要求使用菜单命令操作，使演示文稿从第 1 张幻灯片开始放映	选择"幻灯片放映"|"观看放映"命令
试题 5　在当前演示文稿中，对前 4 张幻灯片排练计时，要求播放时间分别为 2、5、3、2，通过设置，保留其排练时间	参见"8.1.3 使用排练计时"
试题 6　在当前演示文稿中，要求设置放映的范围为第 3 张幻灯片到第 5 张幻灯片，手动放映	参见"8.1.4 设置换片方式"
试题 7　在当前演示文稿中，设置放映方式，具体如下：在展台浏览（全屏幕），放映时不加动画，换片方式为手动换片	参见"8.1.4 设置换片方式"
试题 8　要求设置放映方式，具体如下：类型为演讲者放映，放映时不加旁白，换片方式为手动，放映分辨率为 800×600，最后使用按钮从当前幻灯片开始放映	参见"8.1.4 设置换片方式"，设置完后单击"视图切换栏"中的"从当前幻灯片开始幻灯片放映"🖳 按钮
试题 9　要求自定义放映，具体为第 2、6、9 张幻灯片，名称默认，并直接放映	参见"8.1.2"中的"2. 自定义放映"
试题 10　将"市场宣传"自定义放映中的第 2 张幻灯片移到最后	参见"8.1.2"中的"2. 自定义放映"
试题 11　在当前演示文稿中，要求首先从第一张幻灯片开始放映（使用菜单命令），再转到自定义的"市场宣传"	参见"8.1.2"中的"2. 自定义放映"
试题 12　新建一个名称为"部门内用"的自定义放映，放映顺序为：5、8、9、10	参见"8.1.2"中的"2. 自定义放映"
试题 13　使用菜单命令操作，在当前演示文稿中，将第 2、5 张幻灯片同时隐藏	先按住 Ctrl 键选择第 2、5 张幻灯片，再参见"8.1.2"中的"1.隐藏与显示幻灯片"
试题 14　使用菜单命令操作，在当前演示文稿中，取消第 8 张幻灯片的隐藏状态	选择第 8 张幻灯片，选择"幻灯片放映"|"隐藏幻灯片"命令
试题 15　在演示文稿中，要求使用按钮从当前幻灯片开始放映，再用右键菜单转到最后一页	单击"视图切换栏"中的🖳按钮，用鼠标右键单击，选择"定位至幻灯片"中的最后一张幻灯片
试题 16　已知当前的演示文稿正处于放映状态，要求定位到上次放映的幻灯片	在画面上单击鼠标右键，选择"上次查看过的"命令

试　题	解　析
试题 17　对演示文稿进行放映，要求如下：用按钮从第 2 张幻灯片开始放映，转到第 6 张幻灯片，再转到第 3 张幻灯片，最后结束放映	选中第 2 张幻灯片，单击⬜按钮开始放映，右键单击画面，选择"定位至幻灯片"中的命令进行跳转，按 Esc 键结束放映
试题 18　已知当前演示文稿处于放映状态，设置鼠标箭头为可见状态	右键单击放映画面，选择"指针选项"	"箭头选项"	"可见"命令
试题 19　已知当前演示文稿处于放映状态，要求进行如下设置：选择墨迹颜色为蓝色，设置指针为"圆珠笔"	右键单击放映画面，在"指针选项"中选择
试题 20　利用上题中的设置，使用"圆珠笔"在标题下画一条蓝色的线	参见"8.1.5"中的"1.使用绘图笔添加注释"
试题 21　已知当前演示文稿处于放映状态，要求擦除已经画出的所有墨迹	右键单击放映画面，选择"指针选项"中的"擦除幻灯片上的所有墨迹"命令
试题 22　已知当前演示文稿处于放映状态，要求擦除画面上蓝色的墨迹	右键单击放映画面，选择"指针选项"中的"橡皮擦"命令，然后单击蓝色墨迹
试题 23　已知当前演示文稿处于放映状态，要求为当前幻灯片添加备注"销售提案"	参见"8.1.5"中的"3.使用演讲者备注"
试题 24　要求在放映状态下，为第 2 张幻灯片添加备注"概要"	播放到第 2 张幻灯片，然后添加备注
试题 25　在放映状态下，首先查看第 8 张幻灯片的备注内容，然后将备注删除	请参见"8.1.5 控制放映"中的"3. 使用演讲者备注"，选中后按 Delete 键
试题 26　要求删除已经自定义的放映，名称为"公司内部"	打开"自定义放映"对话框，选中"公司内部"，单击"删除"按钮
二、演示文稿的打印	
试题 1　要求设置打印参数，具体如下：打印内容为讲义，每页的幻灯片数为 4 张，顺序为"垂直"	参见"8.2.1 打印设置"
试题 2　在当前演示文稿中，要求对其进行打印，具体如下：打印范围为"1,3,5-7"页，打印内容为讲义，每页打印 4 张幻灯片，打印 2 份	参见"8.2.1 打印设置"
试题 3　要求打印当前幻灯片，具体如下：设置颜色为灰度，打印 2 份，逐份打印，为幻灯片加框	参见"8.2.1 打印设置"
试题 4　通过设置，设置取消"后台打印"功能，设置默认的打印为"备注页"，要求为灰度打印	参见"8.2.3 打印选项的设置"
试题5　将当前演示文稿打印到文件中，保存在"我的文档"中，文件名为"打印"	参见"8.2.4 打印到文件"
试题 6　要求打印所有幻灯片的大纲视图	打开"打印"对话框，选择"打印内容"为"大纲视图"
三、演示文稿的打包	
试题 1　将演示文稿打包到文件夹，保存的文件夹名称为"打包文件"，打包时不包含 PowerPoint 播放器，其他均为默认	参见"8.3.1 打包演示文稿到文件夹"
试题2　要求在打包到文件夹过程中设置打开密码为 123456，修改密码为 456789，其他为默认	参见"8.3.1 打包演示文稿到文件夹"

试　　题	解　　析
试题 3　利用"打包成 CD"对话框，要求添加"我的文档"中"可行性报告.ppt"文件，然后打包到"我的文档"，设置文件夹名称为"打包文件"	在"打包成 CD"对话框中单击"添加文件"按钮，参见"8.3.1 打包演示文稿到文件夹"
试题 4　利用"打包成 CD"对话框打包到文件夹，设置打包演示文稿仅自动播放第一个演示文稿，其他为默认	在"打包成 CD"对话框中单击"选项"按钮，选择"选择演示文稿在播放器中的播放方式"为"仅自动播放第一个演示文稿"
试题 5　要求用 PowerPoint 播放器播放当前文件夹中的演示文稿"可行性报告.ppt"	参见"8.3.3 放映打包演示文稿"

第9章　安全、协同工作和其他设置

考试基本要求

掌握的内容：
◆ 为演示文稿添加密码的方法；
◆ 演示文稿的比较和合并的方法。

熟悉的内容：
◆ 将演示文稿保存为网页的操作方法；
◆ 演示文稿的审阅和运用批注的方法；
◆ 可以向演示文稿中添加个人信息；
◆ 会查看、设置演示文稿的属性；
◆ 能够恢复受损的演示文稿。

了解的内容：
◆ 在浏览器中预览演示文稿的方法；
◆ 建立和使用共享工作区，进行联机会议的方法；
◆ 信息检索和语言设置的方法；
◆ 对宏及安全性的设置方法；
◆ 个人信息的处理方法；
◆ PowerPoint 与其他 Office 模块进行协同工作和共享数据的方法。

现代化的办公环境是网络化的，协同工作方式可以在较大程度上提升工作效率和质量，PowerPoint 为此也提供了多种功能以满足应用的需要。

本章主要介绍 PowerPoint 2003 与 Office 2003 的其他模块间数据共享的方法；多人使用 PowerPoint 2003 进行协同工作的方法；设置安全选项、设置语言与信息检索等内容。

9.1 安全管理

在 PowerPoint 2003 中提供了许多安全管理手段，用于提高文档的安全性。本节介绍文档的安全管理方法。

9.1.1 密码保护

1. 添加密码

对演示文稿设置打开密码和修改密码可以增加安全性，使他人不能随意修改文档内容。具体方法描述如下。

方法 1 在保存文件时设置密码。

步骤 1 单击"文件"菜单，选择"另存为"命令。

步骤 2 在"另存为"对话框中，单击"工具"按钮，如图 9-1 所示，选择"安全选项"命令。

图 9-1 选择"安全选项"命令

步骤 3 在如图 9-2 所示的"安全选项"对话框中，可在"打开权限密码"和"修改权限密码"文本框中分别输入用于打开和修改该演示文稿的密码。

✍提示：密码可包含字母、数字、空格和符号的任意组合，并且最长可以为 15 个字符。

步骤 4 单击"高级"按钮，在"加密类型"对话框中可选择加密类型，并设置密钥长度，以及是否对文档属性进行加密，如图 9-3 所示。

步骤 5 设置完成后单击"确定"按钮，回到"安全选项"对话框，再单击"确定"按钮，在"确认密码"对话框中分别确定打开权限密码和修改权限密码。

✍提示：密码是区分大小写的，如果您指定密码时混合使用了大小写字母，用户输入密码时，键入的大小写形式必须与之完全一致。

步骤 6 单击"确定"按钮后，返回"另存为"对话框，单击"保存"按钮。

方法 2 使用"选项"对话框。

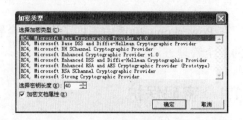

图 9-2 "安全选项"对话框　　　　　　　　　图 9-3 "加密类型"对话框

步骤 1 单击"工具"菜单，选择"选项"命令，打开"选项"对话框。

步骤 2 在"安全性"选项卡中，可以设置打开密码和修改密码，如图 9-4 所示，单击"确定"按钮。

图 9-4 输入密码

步骤 3 在"确认密码"对话框中再输入一次打开密码，单击"确定"按钮，再输入一次修改密码。

步骤 4 单击"确定"按钮，完成密码设置。

提示：设置好的密码应进行备份，若遗忘了密码，则将无法打开演示文稿。

2．删除密码

要删除已设置的密码，必须先知道密码拥有对文档的访问权限，然后如图 9-4 所示的对话框中清除已设置的密码。

3．以"只读"方式打开加密文档

如果一个文档被同时设置了打开权限密码和修改权限密码，拥有不同权限的密码对文档的打开结果是不同的。

具体描述如下：

当用户打开了一个被设置了密码的文档时，弹出"密码"对话框要求输入打开密码，如图 9-5 所示，输入密码，单击"确定"按钮。

◆　如果密码不正确，则弹出如图 9-6 所示的提示框，确定后将结束打开操作。

图 9-5　输入打开密码　　　　　　　　　图 9-6　密码不正确时提示

◆　如果密码正确，则弹出如图 9-7 所示的"密码"对话框，要求继续输入修改权限密码。

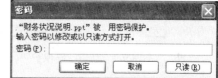

如果输入正确的修改权限密码，则可打开文档并进行编辑了。如果不知道修改权限密码，则可以单击"只读"按钮，以只读的方式打开文档进行查看和修改，但只能将文档另外保存。如图 9-8 所示，以"只读"方式打开文档后，在标题中将显示"只读"字样。

图 9-7　要求输入修改权限密码

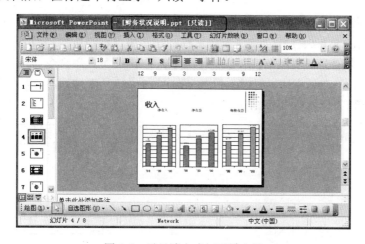

图 9-8　以只读方式打开的文档

4．禁用密码保护

如果不希望使用密码保护功能，可以将其关闭，操作方法描述如下。

打开"选项"对话框，在"编辑"选项卡中的"禁用新功能"区域中，选择"密码保护"复选框，如图 9-9 所示，单击"确定"按钮。

再次打开"选项"对话框，在"安全选项"对话框中，如图 9-10 所示，密码框已为不可用状态。

9.1.2　设置文档信息和个人信息

文档信息中包括了标题、作者、用途、单位、关键词、类别和主题等。设置和查看这些信息便于了解文档的基本情况。

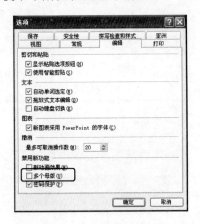

图 9-9 禁用密码保护

图 9-10 无法设置密码了

1. 设置文档属性

设置文档属性信息的操作方法描述如下。

步骤 1 用以下方法打开"属性"对话框，在其中可以进行一些设置。

◆ 在演示文稿窗口中，单击"文件"菜单，选择"属性"命令。

◆ 在"打开"对话框中，选择一个文档，单击"工具"按钮，在如图 9-11 所示的列表中选择"属性"命令。

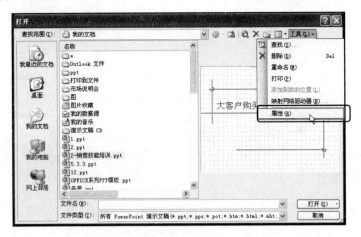

图 9-11 选择"属性"命令

步骤 2 打开文件夹，鼠标右键单击演示文稿文件，选择"属性"命令。

在打开的属性对话框中可以进行如下的设置。

◆ 在"常规"选项卡，可查看演示文稿的类型、位置、大小，以及创建、修改时间，如图 9-12 所示。

◆ 在"摘要"选项卡上，可以修改标题、作者等文稿信息，如图 9-13 所示。

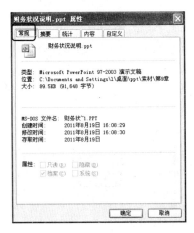

图 9-12　查看常规信息　　　　　　　　　　　图 9-13　设置摘要

◆ 在"统计"选项卡中，可以查看演示文稿的幻灯片数、段落数、字数等统计信息，
如图 9-14 所示。

◆ 在"内容"选项卡中，可以查看演示文稿中的字体、设计模板名、幻灯片的标题
等，如图 9-15 所示。

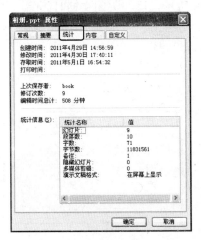

图 9-14　查看统计信息　　　　　　　　　　　图 9-15　查看内容

◆ 在"自定义"选项卡中，在"名称"中可输入一个类别名称；在"类型"下拉列
表框中选择分类的取值类型，在"取值"文本框中输入名称的值，如图 9-16 所示，
单击"添加"按钮，可将自定义的属性添加到"属性"列表框中，如图 9-17 所示。

2. 设置个人信息

在安装 Office 软件时，用户会输入用户名等信息，这些信息会显示在创建的演示文稿
中。软件安装完成后，可以根据需要进行更改，具体操作描述如下。

步骤 1　单击"工具"菜单，选择"选项"命令。

步骤 2　在如图 9-18 所示的"选项"对话框，单击"常规"选项卡，在"用户信息"

栏中可以查看当前的个人信息，可以对它进行修改。如有必要也可以删除这些信息。

图 9-16　自定义属性

图 9-17　添加的属性

步骤 3　设置完成后，单击"确定"按钮。

如果用户并不希望在某个文档中保留个人信息，在"安全性"选项卡中，选中"保存时从文件属性中删除个人信息"复选框，如图 9-19 所示，可在关闭文档时删除这些信息。

图 9-18　选择"常规"选项卡

图 9-19　"安全性"选项卡

9.1.3　恢复意外受损的演示文稿

当用户在 PowerPoint 中编辑演示文稿时，一旦遇到意外的情况，可以使用以下方法来处理。

1. 启动"Microsoft Office 应用程序恢复"程序

当 Office 程序停止响应时，为了防止数据的丢失，用户可以使用"Microsoft Office 应用程序恢复"程序。它可以强制程序重新启动，并在启动后恢复到最近一次保存时的状态。

具体操作如下所述。

　　步骤 1　单击"开始"|"所有程序"|Microsoft Office|"Microsoft Office 工具",选择"Microsoft Office 应用程序恢复"项。

　　步骤 2　在"Microsoft Office 应用程序恢复"对话框,如图 9-20 所示,在其中显示了当前正在运行的 Office 程序的列表。

　　在对话框中,按钮功能说明如下。

◆　单击"恢复应用程序"按钮后,强制所选程序重新启动并恢复任何未保存的数据。

◆　单击"结束应用程序"按钮后,强制所选程序结束不恢复数据。

　　步骤 3　单击"取消"按钮,将关闭

图 9-20　"Microsoft Office 应用程序恢复"程序

"Microsoft Office 应用程序恢复"对话框,并且不对未响应的程序采取任何措施,不会显示"应用程序错误报告"对话框。

2. 利用"文档恢复"窗格恢复受损演示文稿

　　当用户在 PowerPoint 中编辑演示文稿时,遇到意外而导致 PowerPoint 非正常退出时,PowerPoint 可以自动恢复正在编辑的演示文稿,如图 9-21 所示,将在窗口的左侧显示"文档恢复"任务窗格,其中列出了一些文件。

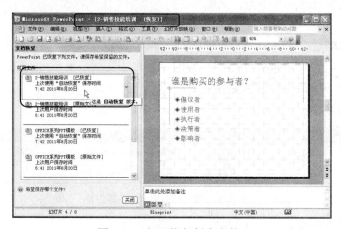

图 9-21　打开恢复版本文件

　　在其中可以进行如下操作。

　　(1)查看文档恢复情况。在"文档恢复"任务窗格中,鼠标指向某个文档,可显示该文档为原始文档还是自动恢复文档,如图 9-21 所示显示该文档为恢复版本,同时在恢复文档的名称中显示"已恢复"字样。

　　(2)保存自动恢复文档

　　可以将自动恢复的文档存为新文档,也可以将其保存在原始目录下,将原文档替换,保存的方法主要有以下两种。

　　方法 1　在"文档恢复"任务窗格中,鼠标左键单击某个文档,在窗口中打开该文档,然后再可以将其另存为新文档,或保存在原始目录下替换原始文档。如图 9-21 所示,在标题栏中显示出该文档为自动保存的文档。

方法 2　在"文档恢复"任务窗格中，单击某个文档右侧的按钮，如图 9-22 所示选择"另存为"命令，然后在"另存为"对话框中设置保存路径和文件名即可。

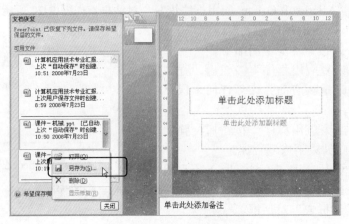

图 9-22　直接保存自动恢复文件

（3）删除自动恢复的文档，执行删除操作后，在"文档恢复"任务窗格中将不再显示该文档，具体的操作方法描述如下。

方法 1　在"文档恢复"任务窗格中，单击鼠标右键，选择"删除"命令，如图 9-22 所示，弹出如图 9-23 所示的提示框，单击"是"按钮确认删除。

方法 2　在打开自动恢复文档后，如图 9-21 所示的状态下，单击标题栏右侧的关闭按钮 ×，在如图 9-24 所示的提示框中，单击"删除"按钮。

图 9-23　确认删除

图 9-24　删除文档后的任务窗格

（4）关闭"文档恢复"任务窗格

单击"文档恢复"任务窗格底部的关闭按钮，可以随时关闭该任务窗格，如图 9-25 所示，在提示框中，可以选择是否保留那些自动恢复的文档。

如果选择"是，我想以后查看这些文件"项，在下次启动 PowerPoint 2003 时，将会再次显示"文

图 9-25　提示框

档恢复"任务窗格，并在其中列出那些未被处理的自动恢复文档。否则，将自动恢复的文档全部删除，不再显示。

9.1.4　本节考点

本节考点主要包括为密码保护、设置文档信息和个人信息、设置宏的安全性 3 点。

◆ 密码保护：包括两种题型，一种是为文档设置和删除密码，另一种是设置禁用密码保护。

◆ 设置文档信息和个人信息：要求能添加、更改和删除指定的某个信息项。

◆ 设置宏的安全性：在"选项"对话框中进行选择。

9.2 审阅演示文稿

如果演示文稿需要发送给他人审核，可以使用将演示文稿发送为审阅版本，这样，可以便于查看和处理那些意见和建议。

9.2.1 发送审阅演示文稿

PowerPoint 2003 中可以将演示文稿以邮件的形式发送给审阅者，然后，审阅者可以在该文档中进行批注和修订。具体操作描述如下。

步骤 1 打开要进行审阅的演示文稿。

步骤 2 单击"文件"|"发送"|"邮件收件人（审阅）"命令。

步骤 3 在如图 9-26 所示的电子邮件发送窗口，在"收件人"文本框中，可输入演示文稿要发送到的审阅者的电子邮件地址，在将计算机连接上 Internet 后，单击"发送"按钮，即可将演示文稿发送到指定地址。

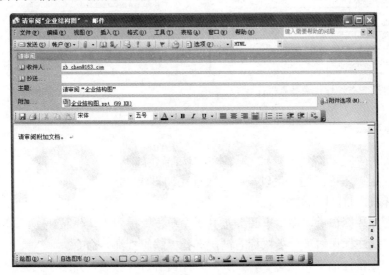

图 9-26 发送用于审阅的演示文稿

9.2.2 插入批注进行审阅

审阅者接收到演示文稿后，就可以对其进行审阅了。

1．添加批注

审阅者在接收演示文稿后，就可以对演示文稿进行查看和一些必要的修改。下面说明如何用批注添加建议。具体描述如下。

步骤 1　选中需要添加批注的对象（文本、图表、图片）。

步骤 2　用以下方法可以在幻灯片中添加批注。

◆　单击"插入"菜单中的"批注"命令。

◆　在"审阅"工具栏中单击"插入批注"按钮。

步骤 3　在幻灯片中显示了黄色的批注框,把光标定位到批注框中即可输入相应的批注，如图 9-27 所示。

步骤 4　鼠标在幻灯片中任意位置单击即完成批注的添加，退出编辑状态。如图 9-28 所示，页面中将显示批注标记。

步骤 5　鼠标移动到批注标识上，即可显示批注的具体内容，如图 9-28 所示。不同用户添加的批注将显示不同的颜色。

图 9-27　在幻灯片中插入批注

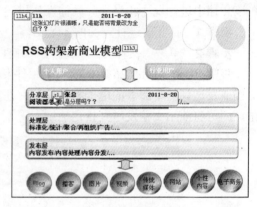
图 9-28　查看批注

2．编辑批注

添加的批注内容可以重新修改，具体的方法描述如下。

步骤 1　用以下方法之一可以重新进入批注编辑状态。

◆　鼠标双击批注标识。

◆　单击批注标识后，在"审阅"工具栏中单击"编辑批注"按钮。

◆　选中批注标识后，单击鼠标右键，选择"编辑批注"命令。

步骤 2　在批注的编辑状态下，重新对批注内容进行修改，如图 9-29（a）所示，批注以最后一个编辑的用户名显示。图 9-29（b）的左上角显示了最初添加批注的用户信息。

3．删除批注

可以对批注进行删除操作，具体描述如下。

步骤 1　单击要删除的批注标识。

步骤 2　用下面的方法之一删除。

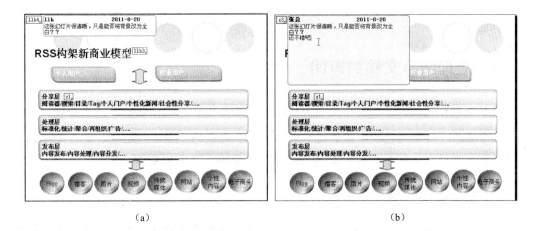

图 9-29　编辑批注前后的标识显示情况

◆ 单击鼠标右键，选择"删除
批注"命令。
◆ 在"审阅"工具栏中单击"删
除批注"按钮 ×· 右侧的箭
头，在如图 9-30 所示的列表
中可以选择命令执行。

图 9-30　单击"删除批注"按钮

9.2.3　用 Outlook 发送回审阅过的演示文稿

审阅者在修改完演示文稿后，应当将演示文稿发还给演示文稿的制作人，具体的操作
方法描述如下。

步骤 1　单击"文件" | "发送" | "原始发件人"命令。

步骤 2　在发送邮件窗口中，"收件人"框中可自动显示原始发件人的邮箱地址，如图
9-31 所示，输入相应的邮件内容。

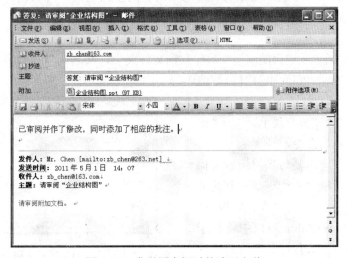

图 9-31　发送回审阅过的演示文稿

步骤 3 单击"发送"按钮，即可开始发送邮件到原始发件人。

9.2.4 处理演示文稿的审阅

演示文稿作者接收并打开审阅者发送回的演示文稿后，可以对修改做出处理。

✎提示：只有发送给审阅者进行审阅的演示文稿的作者才能看到对演示文稿副本所作的更改；保存正在审阅的演示文稿不会覆盖作者的原始演示文稿。

1．将修改合并到原文档中

如果能确认审阅者所做的修改，那么就可以将那些修改直接合并到原文档中，操作描述如下。

步骤 1 在 Outlook 中，双击打开审阅者发送回的演示文稿。

步骤 2 在如图 9-32 所示的"打开邮件附件"对话框中，单击"打开"按钮。

步骤 3 在启动 PowerPoint 打开该演示文稿的同时，会弹出如图 9-33 所示的提示框。

图 9-32 "打开邮件附件"对话框

图 9-33 提示框

在该提示框中单击"是"按钮，即可将对演示文稿的更改合并到原演示文稿中；单击"否"按钮，则只打开该演示文稿，但不会进行合并。

2．比较合并演示文稿

如果演示文稿作者不能确定是否直接应用所作的全部更改，可以先将审阅过的演示文稿与原演示文稿进行比较，以此来确定是否合并。

具体操作如下所述。

步骤 1 将审阅者发送来的演示文稿保存到文件夹中，命名为"待合并文档.ppt"。

步骤 2 在 PowerPoint 中打开原始演示文稿。

步骤 3 单击"工具"菜单，选择"比较并合并演示文稿"命令。

步骤 4 在"选择要与当前演示文稿合并的文件"对话框中，选定要合并的文件，如图 9-34 所示，单击"合并"按钮。

此时，在 PowerPoint 窗口中将显示"修订"任务窗格，其中列出当前幻灯片中的更改，如图 9-35 所示，选择所作的批

图 9-34 "选择要与当前演示文稿合并的文件"对话框

注，即可显示出批注内容。

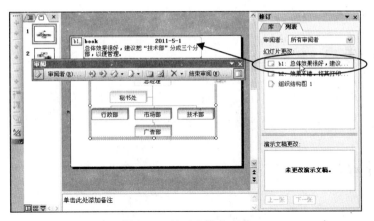

图 9-35　显示出批注内容

步骤 5　选择修改的项目，会弹出修改内容的复选框，选中该复选框，可对演示文稿应用所作的更改，图 9-36 所示，如取消对该复选框的选中，则会取消所作的更改。

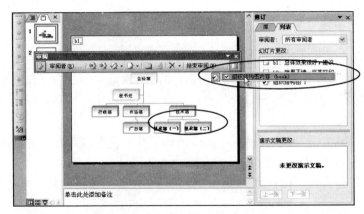

图 9-36　应用对演示文稿所作的更改

✍**提示**：在"修订"任务窗格中，单击"下一张"和"上一张"按钮，可浏览各张幻灯片中的修改内容。

步骤 6　在"审阅"工具栏单击相应的按钮进行操作。

◆　单击"应用"按钮 ▧▾ 右侧的箭头，如图 9-37 所示，可选择相应的命令执行。

◆　单击"不应用"按钮 ▧▾ 右侧的箭头，在列表中选择相应的命令执行。

◆　单击"结束审阅"按钮，弹出如图 9-38 所示的提示框，单击"是"按钮，终止审阅并应用所作的更改，对于未应用的任何更改都将丢失，同时关闭"修订"窗格。

图 9-37　单击"应用"按钮

图 9-38　消息框

✍提示：在结束审阅后，仍然保留审阅者对演示文稿的批注，演示文稿作者可视情况决定是将其删除还是保留。

9.2.5 本节考点

本节考点主要是批注的添加、编辑和删除。对于合并演示文稿和与 Outlook 的协作很少会考，但在工作中很具有应用价值，因此也需要掌握。

9.3 网络应用

9.3.1 在 Web 中使用演示文稿

如果希望制作好的演示文稿可以在公司内部网或 Internet 中直接播放，可以先将其保存为网页格式。

1. 在浏览器中预览演示文稿

将演示文稿保存为网页格式之前，应先浏览一下效果，具体操作描述如下。

在演示文稿中，单击"文件"菜单，选择"网页预览"命令，可在浏览器中预览到效果，如图 9-39 所示，在浏览器窗口的状态栏上方有一排按钮，使用它们可以对预览的网页进行控制。

◆ "显示/隐藏大纲"按钮 大纲 ：该按钮处于按下状态时，在浏览器窗口的左侧显示大纲信息；再次单击该按钮，将隐藏大纲框架。

◆ "展开/折叠大纲"按钮 ：单击该按钮可在左侧的窗格中展开或折叠大纲。

✍提示：只有在【显示/隐藏大纲】按钮 大纲 处于被按下的状态时，【展开/折叠大纲】按钮 才可用。

◆ "上一张幻灯片"按钮 ≪ 和"下一张幻灯片"按钮 ≫ ：用于在幻灯片之间切换。

◆ "全屏幻灯片放映"按钮 幻灯片放映 ：单击该按钮，将以全屏幕放映幻灯片。

2. 设置浏览选项

如果对预览的效果不十分满意，可进行适当的修改，同时也要对 Web 选项进行一些设置，例如对背景的黑色、文字的

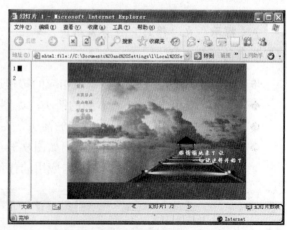

图 9-39 预览的网页效果

颜色等进行设置。

具体操作方法描述如下。

步骤 1 在 PowerPoint 窗口中，单击"工具"菜单，选择"选项"命令。

步骤 2 在"选项"对话框的"常规"选项卡中，如图 9-40 所示，单击"Web 选项"按钮。

步骤 3 在如图 9-41 所示的"Web 选项"对话框中可以进行各种选项的设置。

图 9-40 单击"Web 选项"按钮   图 9-41 "Web 选项"对话框

步骤 4 在"常规"选项卡中可以进行如下的设置。

◆ 添加幻灯片浏览控件：选中后将在浏览器窗口中显示用于控制浏览的按钮，取消后则不显示，如图 9-42 所示。选中该项后，可单击"颜色"框右侧的按钮，在列表中选择一种颜色组合，用于控制浏览器中的文字和背景颜色，如图 9-43 所示。

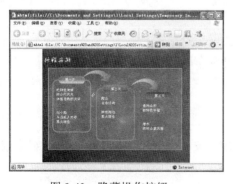

图 9-42 隐藏操作按钮   图 9-43 更改颜色的效果

◆ 浏览时显示幻灯片动画：默认保存的网页中不包含动画效果，选中该项后，可以在网页中保留动画效果。

◆ 重新调整图形以适应浏览器窗口：选中该项后，幻灯片中的图形对象可以随浏览器窗口的大小而变化并自动适应。

步骤 5 设置完成后单击"确定"按钮。

3．将演示文稿保存并发布为网页

对预览效果满意后，就可以将演示文稿保存为网页了，操作步骤描述如下。

步骤 1　单击"文件"菜单，选择"另存为"命令，在"另存为"对话框中，设置"保存类型"为"单个文件网页"选项，如图 9-44 所示，输入文件名。

✍提示：单击"文件"菜单，选择"另存为网页"命令，可以直接打开如图 9-44 所示的"另存为"对话框。

步骤 2　单击"发布"按钮，在如图 9-45 所示的"发布为网页"对话框中进行设置。

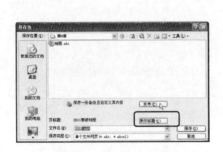

图 9-44　单击"发布"按钮　　　　　　　图 9-45　"发布为网页"对话框

◆　在"发布内容"区域中，可以设置幻灯片的范围。

◆　在"浏览器支持"区域中，可选择所发布的网页将对哪些浏览器提供支持。

◆　在"发布一个副本为"区域中，可以更改网页的标题，还可以单击"浏览"按钮，以浏览选定网页要发布到的位置，也可直接在"文件名"文本框中输入发布的路径和文件名。

◆　选中"在浏览器中打开已发布的网页"复选框，可在发布网页后，自动打开浏览器窗口预览效果。

◆　单击"Web 选项"按钮，将打开"Web 选项"对话框。

步骤 3　设置完成后单击"发布"按钮，即可发布网页到指定位置。

9.3.2　联机协作

利用联机协作功能，可以通过计算机网络将演示文稿传送给其他人，召开联机会议并展开讨论。

1．安排联机会议

联机会议是利用 Microsoft Windows NetMeeting 实现不同地点人员的实时交流。在进行联机会议之后，用户之间可以共享程序和文档，通过闲谈发送文本消息、传送文件，以及通过白板进行工作。

下面说明作为会议主持人安排联机会议的操作步骤。

步骤 1　打开演示文稿，该演示文稿将作为与会者的资料。

步骤 2　单击"工具"|"联机协作"|"安排会议"命令。

步骤 3　弹出会议窗口，在"约会"选项卡中的"收件人"文本框中，输入与会者的电子邮件地址，多个地址之间可以用"；"隔开，还可以输入会议主题和地点，以及会议的开始时间和结束时间等内容，如图 9-46 所示。

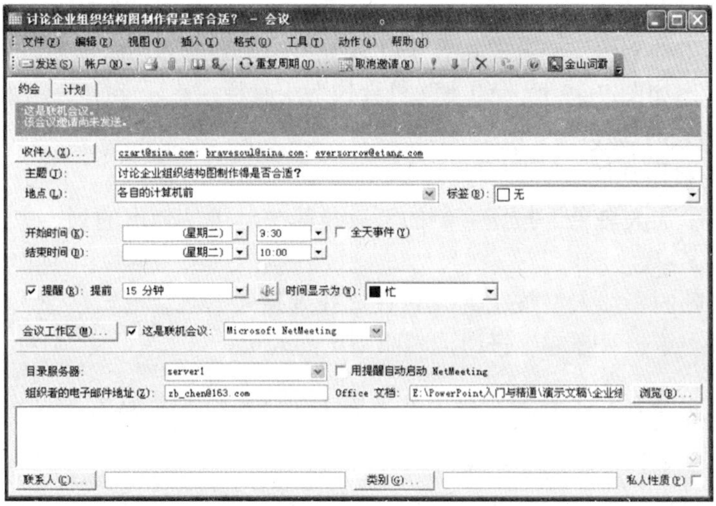

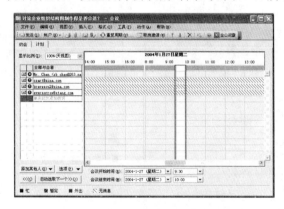

图 9-46　会议窗口的"约会"选项卡

✍ 提示：如果是第一次召开联机会议，则会显示如图 9-47 所示的"NetMeeting"对话框，可以输入相关信息，设置完成，单击"确定"按钮后，才会显示如图 9-46 所示的会议窗口。

步骤 4　在"计划"选项卡中，添加与会者姓名，设置召开会议的时间，如图 9-48 所示。

图 9-47　"NetMeeting"对话框

图 9-48　会议窗口的【计划】选项卡

步骤 5　设置完成后，单击"发送"按钮，可将该联机会议的邀请发送到指定的收件人。
步骤 6　在发送完会议邀请后，单击"文件"|"保存"命令，可保存该会议邀请，然后退出 Outlook。

2．召开联机会议

召开联机会议的好处是：与会者不必在会议室面对面开会，而只需打开自己的计算机，通过公司的局域网或 Internet 即可参加会议。安排了联机会议后，在约定的时间就可以召开会议了。

具体操作描述如下。

步骤 1　单击"工具"|"联机协作"|"现在开会"命令。

步骤 2　弹出如图 9-49 所示的"联机会议"工具栏，在其中可以进行相关的操作。

图 9-49　"联机会议"工具栏

工具栏中的按钮功能说明如下。

◆　单击"参加人名单"按钮右侧的下三角箭头，可从弹出的列表中查看联机会议的参加人名单。

◆　单击"呼叫参加人"按钮，可在"找到某人"对话框中，输入希望邀请的人员的姓名，单击"呼叫"按钮，呼叫指定的人员。

✍提示：只有联机会议的主持人才能邀请其他参加人参加在 Microsoft Office 中进行的联机会议。

◆　单击"显示闲谈窗口"按钮，可在"聊天"窗口中输入要发送的消息，在"发送给"下拉列表框中选择要将消息发送到的与会者，如图 9-50 所示，单击"发送消息"按钮，即可将消息发送给指定的与会者。

◆　单击"阻止他人编辑"按钮，可以限制与会者对共享文档的修改权限，但仍允许他们通过聊天互相发送消息。

◆　单击"显示白板"按钮，弹出 "白板"窗口，每个与会者都可以在其中编辑内容，如图 9-51 所示，单击标题栏右侧的按钮，可关闭"白板"窗口。在如图 9-52 所示的提示框中，选择是否需要保留白板的内容。

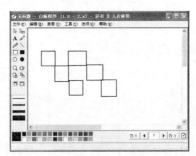

图 9-50　"聊天"窗口　　　　　图 9-51　在白板中编辑　　　　　图 9-52　提示框

◆　单击"结束会议"按钮，可结束此次联机会议。其他与会者可在"Netmeeting"窗口中单击"结束呼叫"按钮，随时退出会议。

3．参与 Web 讨论

联机的用户可随时进行讨论，具体操作描述如下。

步骤 1　单击"工具"|"联机协作"|"Web 讨论"命令。

步骤 2　在"Web 讨论"工具栏中，单击"讨论"按钮，在如图 9-54 所示的列表中选

择"讨论选项"命令

步骤3　在如图 9-55 所示的"讨论选项"对话框中，可以选择讨论服务器和要显示的讨论域，设置完成后，单击"确定"按钮，关闭该对话框并返回到 PowerPoint 窗口。

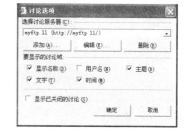

图 9-53　"Netmeeting"窗口　　　图 9-54　单击"讨论"按钮　　　图 9-55　"讨论选项"对话框

提示：单击"添加"按钮，可在如图 9-56 所示的"添加或编辑讨论服务器"对话框中，输入指定的服务器地址，单击"确定"按钮后，可返回"讨论选项"对话框中。单击"编辑"按钮，可重新显示"添加或编辑讨论服务器"对话框。

步骤4　单击"插入关于演示文稿的讨论"按钮，即可开始进行 Web 讨论。讨论完毕后，单击"Web 讨论"工具栏中的"关闭"按钮即可关闭 Web 讨论。

9.3.3　共享工作区

共享工作区是一个宿主在 Web 服务器上的区域，在那里同事可以共享文档和信息，维护相关数据的列表，并使彼此了解给定项目的最新状态信息。

图 9-56　输入服务器地址

提示：由于会议工作区网站和文档工作区网站都是基于 Windows SharePoint Services 的，因此也可以在"共享工作区"任务窗格中打开它们。

1．创建文档工作区

创建文档工作区的方法有很多，这里只介绍在 PowerPoint 中创建共享工作区方法，具体描述如下。

步骤1　单击"工具"菜单，选择"共享工作区"命令，如图 9-57 所示。

步骤2　在"共享工作区"任务窗格中，单击"成员"选项卡，如图 9-58 所示，可在"文档工作区名称"框中输入名称，在"新工作区位置"框中输入 URL 地址。

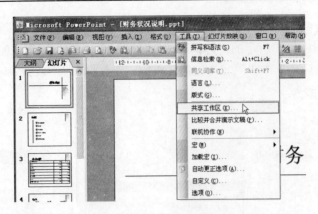

图 9-57　选择"共享工作区"命令

图 9-58　"共享工作区"窗格

步骤 3　在"文档工作区名称"文本框中输入名称，在"新工作区"位置文本框中输入具体的 URL 地址。

步骤 4　单击"创建"按钮完成工作区的创建。

创建的文档工作区位于指定的网站中，通常这是一个 Windows SharePoint Services 网站，可以直接向创建好的文档工作区上传文档，以供他人共享。

2．删除文档工作区

只有文档工作区的管理员才能删除文档工作区，在"共享工作区"任务窗格中，单击文档工作区的标题，单击"删除工作区"按钮就可以将所选工作区删除。

✍提示：删除文档工作区会删除文档工作区中的所有数据，删除文档工作区不会删除存储在您自己的计算机上的文档副本。

3．设置服务选项

如果希望工作区中的文档始终保持最新的修改，则需要对工作区的更新方式进行设置。

步骤 1 用以下方法之一打开"服务选项"对话框。

◆ 打开"选项"对话框,在"常规"选项卡中单击"服务选项"按钮。

◆ 在如图 9-58 所示的"共享工作区"任务窗格中,单击"选项"按钮。

步骤 2 在"服务选项"对话框中可以进行设置,如图 9-59 所示,完成后,单击"确定"按钮。

图 9-59 "服务选项"对话框

9.3.4 本节考点

本节考点主要包括设置 Web 选项、在浏览器中预览演示文稿、将演示文稿保存并发布为网页、设置服务选项 3 点。

9.4 与 Word、Excel 协同工作

Office 组件中,PowerPoint 可以与 Word、Excel 很好地协作。本节介绍具体的协同操作。

9.4.1 在 PowerPoint 中使用 Word 文档

为了演示的需要,常常需要准备许多 Word 文档进行论证、分析,因此许多数据其实早就在 Word 中制作好了,本部分来讲述一下如何调用的问题。

1. 直接导入 Word 大纲

在 Word 中创建的文本大纲,可以直接被导入到演示文稿中生成幻灯片,具体的操作

请参见第 1 章 "1.5.3 节中的 3.通过大纲添加幻灯片"中的内容。

2. 通过复制引用

使用"复制"和"粘贴"命令可以直接将 Word 文档中的内容应用于演示文稿中。下面以引用 Word 表格为例说明具体的操作方法。

方法 1　用"粘贴"命令进行静态引用。

步骤 1　打开包含表格的 Word 文档。选中表格后，进行复制。

步骤 2　在 PowerPoint 中，选择需要放置表格的幻灯片。

步骤 3　执行"粘贴"命令，即可将表格复制过来，用鼠标单击粘贴过来的表格，可以对其进行编辑，如图 9-61 所示。

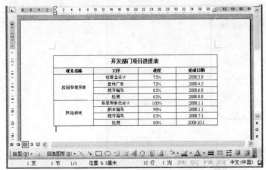

图 9-60　Word 中的表格

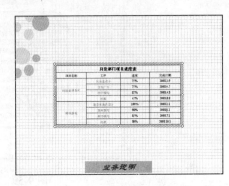

图 9-61　粘贴过来的表格

方法 2　用"选择性粘贴"命令动态引用。

如果希望粘贴到幻灯片中的 Word 表格能与源文档之间保持链接关系，可以用下面的方法操作。

步骤 1　在 Word 中复制表格。

步骤 2　在 PowerPoint 中选择需要放置表格的幻灯片。

步骤 3　单击"编辑"菜单，选择"选择性粘贴"命令，如图 9-62 所示。

步骤 4　弹出"选择性粘贴"对话框中可以进行相应的设置，如图 9-63 所示，完成单击"确定"按钮。

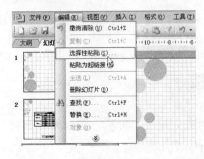

图 9-62　选择"选择性粘贴"命令

图 9-63　"选择性粘贴"对话框

◆　选中"粘贴"单选按钮后，可在右侧列表中选择具体结果。如图 9-64 所示是粘贴为图片的形式，可以对其进行剪裁操作；而如图 9-65 所示则是粘贴为文本的形式。

图 9-64 粘贴为图片

图 9-65 粘贴为"无格式文本"

◆ 选择"粘贴链接"单选按钮,如图 9-66 所示,则可以将表格粘贴为链接的形式,用这种方式粘贴过来的表格,用鼠标双击表格,可以自动启动 Word 进行编辑。

✍提示:如果在 Word 中打开原文档进行编辑,在 PowerPoint 演示文稿窗口中可以更新这些修改。

3. 使用"对象"命令

图 9-66 选择"粘贴链接"单选按钮

在 PowerPoint 中还可以将 Word 文档作为对象插入,或是创建一个新的 Word 文档对象。具体操作描述如下。

(1) 插入空白的 Word 文档对象

步骤 1 在 PowerPoint 窗口中,单击"插入"菜单中的"对象"命令。

步骤 2 弹出"插入对象"对话框,可以选择进行的操作,如图 9-67 所示,选择"新建"项后,可以在"对象类型"框中选择"Microsoft Word 文档"项

步骤 3 单击"确定"按钮后,可以在 PowerPoint 窗口中显示 Word 窗口,如图 9-68 所示,可直接在其中创建并编辑文档,完成后,单击幻灯片空白处结束对象编辑。当需要再次修改时,可以双击对象即可。

图 9-67 "插入对象"对话框

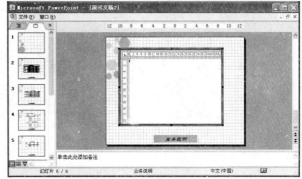

图 9-68 在 PowerPoint 窗口中的 Word 窗口

(2) 将现有 Word 文档链接到幻灯片中

如果想将现有的 Word 文档插入到幻灯片中，可以按下面的步骤操作。

步骤 1 在如图 9-69 所示的"插入对象"对话框中，选择"由文件创建"项，然后在"文件"框中指定 Word 文档所在的位置。可以单击"浏览"按钮进行选择。

步骤 2 选择"链接"复选项，可以使插入的 Word 文档与源文档之间保持自动更新的关系，如图 9-69 所示，选择"显示为图标"项，可以在幻灯片中显示一个图标而不是具体的文档内容，单击"更改图标"按钮，可以在如图 9-70 所示的"更改图标"对话框中选择需要的图标。

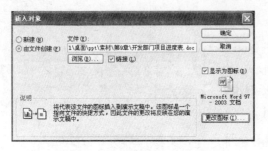
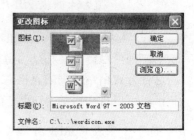

图 9-69 "插入对象"对话框 　　　　　　　　　图 9-70 选择图标

步骤 3 依次单击"确定"按钮，如图 9-71 所示在幻灯片页面中将显示一个指向 Word 文档的图标。

✍ 提示：在放映时，单击该图标不会执行任何动作，如果需要在放映时显示 Word 文档中的具体内容，可以为图标设置一个指向源 Word 文档的超链接。关于超链接的操作请参见第 7 章中的内容。

4．使用"发送"命令

在 Word 窗口中打开文档，单击"文件"|"发送"|"Microsoft Office PowerPoint"命令，如图 9-72 所示，可以直接将 Word 文档发送到 PowerPoint 中，生成对应的幻灯片。

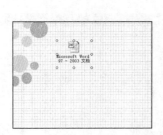

图 9-71 显示为图标的 Word 对象 　　　　　　图 9-72 发送 Word 文档

9.4.2 在 Word 中使用 PowerPoint 演示文稿

在 Word 中也可以使用演示文稿中的幻灯片、文本或其他对象，主要有以下几种方法。

1．复制幻灯片到 Word 中

在 PowerPoint 的演示文稿中复制需要使用的对象（幻灯片或其他图形、文本等），然后用"粘贴"或"选择性粘贴"命令粘贴到 Word 窗口中。具体操作方法可参考"9.4.1 在 PowerPoint 中使用 Word 文档"中的内容。

2．引用演示文稿大纲

如果需要在 Word 中使用演示文稿中的文本大纲，可以用下面的方法进行。

步骤 1　在 PowerPoint 打开演示文稿，在左侧的"幻灯片/大纲"窗格中选择"大纲"选项卡，如图 9-73 所示，按快捷键 Ctrl+A 可选择全部大纲内容。

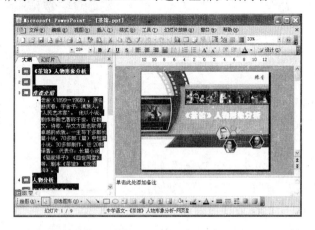

图 9-73　在"大纲"中选择文字

步骤 2　执行"复制"命令。

步骤 3　在 Word 文档窗口中，将内容粘贴到文档中。

3．将演示文稿另存为 Word 大纲

步骤 1　在 PowerPoint 中打开演示文稿。

步骤 2　单击"文件"菜单，选择"另存为"命令，将"保存类型"设置为"rtf"格式，如图 9-74 所示，输入文件名。

图 9-74　选择"保存类型"为"rtf"格式

步骤 3 单击"保存"按钮。

此后，可以用 Word 打开保存的 rtf 文件。

4. 使用"对象"命令

在 Word 中也可以将演示文稿作为对象插入，具体的操作描述如下。

步骤 1 在 Word 文档中单击"插入"菜单中的"对象"命令。

步骤 2 弹出"插入对象"对话框，如图 9-75 所示，在"新建"选项卡中，选择"Microsoft PowerPoint 幻灯片"对象类型。

步骤 3 单击"确定"按钮可以创建一个空白的 PowerPoint 对象。

5. 使用"发送"命令

在 PowerPoint 中可以轻松地将幻灯片以不同的版式发送到 Word 中生成讲义，具体操作方法描述如下。

步骤 1 在 PowerPoint 中打开演示文稿。

步骤 2 单击"文件"|"发送"|Microsoft Office Word 命令。

步骤 3 在"发送到 Microsoft Word"对话框中选择版式，如图 9-76 所示，选择"粘贴链接"项，以使发送到 Word 中的幻灯片与源文档保持链接关系。

图 9-75 "插入对象"对话框

步骤 4 单击"确定"按钮，即可启动中文 Word，并显示效果，如图 9-77 所示。

图 9-76 选择版式和变换方式

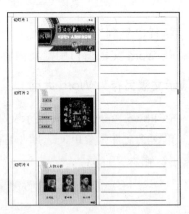

图 9-77 发送到 Word 中的幻灯片

✍提示：如果只需要发送文字，那么可以选中"只使用大纲"项，此时，不能选择"粘贴"或"粘贴链接"项。

步骤 5 在 PowerPoint 中对幻灯片进行修改，例如将标题幻灯片中的标题文本字体由"华文琥珀"更改为"黑体"，并且加粗显示。

步骤 6 在 Word 中，右键单击幻灯片后，如图 9-78 所示，选择"更新链接"命令。

如图 9-79 所示，可以看到幻灯片中的内容自动更新了。

图 9-78　选择更新命令

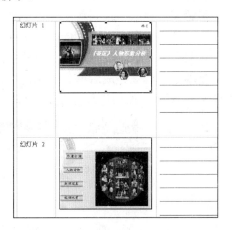

图 9-79　更新后的效果

9.4.3　PowerPoint 与 Excel 协作

Excel 是 Office 的组件之一，它用来 处理数据表格，Excel 与 PowerPoint 的协作，主要是把 Excel 表格或图表通过复制，或者通过"插入对象"的方式导入到 PowerPoint 中。

具体方法请参见第 5 章 "5.1.3　插入 Excel 表格"中的内容。

除此之外，用户还可以在已插入的 Excel 表格中，导入外部的 Excel 数据，具体方法如下：选择需要开始导入数据的单元格，然后选择"数据" | "导入外部数据" | "导入数据"命令。

9.4.4　本节考点

本节考点主要包括在 PowerPoint 中引用 Word 文档、在 Word 中使用 PowerPoint 演示文稿、在 PowerPoint 中使用 Excel 表格 3 种协同应用，主要的方法是复制，或作为对象插入，需要掌握具体的操作方法。

9.5　使用宏进行自动化处理

如果经常执行某些操作，可以将这些操作过程录制下来成为宏。执行宏后就可以完成一系列的操作了。本节讲解宏的相关应用。

9.5.1　录制宏

录制宏的具体操作过程描述如下。

步骤 1　单击"工具"菜单|"宏"|"录制新宏"命令。

步骤 2　弹出"录制新宏"对话框，在"宏名"文本框中输入宏的名称；在"将宏保存在"下拉列表框中，可以选择要保存宏的演示文稿，一般默认为当前打开的演示文稿；在"说明"文本框中可输入关于宏的备注说明，如图 9-80 所示。

步骤 3　设置完成后单击"确定"按钮，此时会随之出现一个"停止录制"工具栏，如图 9-81 所示，然后进行需要的操作。

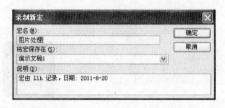

图 9-80　"录制新宏"对话框　　　　图 9-81　"停止录制"工具栏

步骤 4　操作完成后，单击"停止录制"工具栏上的"停止录制"按钮，即可完成该宏的录制。

9.5.2　运行宏

录制完的宏可以被运行，具体操作描述如下。

步骤 1　如果有必要，应事先选择好操作的对象。

步骤 2　用以下方法之一打开"宏"对话框。

◆　按下 Alt+F8 组合键。

◆　单击"工具"|"宏"|"宏"命令。

步骤 3　弹出"宏"对话框，在"宏名"列表框中选择要应用的宏，如图 9-82 所示。

✎提示：如果当前演示文稿中没有可用的宏，则可以从其他打开的演示文稿中选择，单击"宏作用于"列表框，选择其他包含宏的演示文稿。

步骤 4　设置完成后单击"运行"按钮，可对所选的对象应用宏所录制的操作。

9.5.3　删除宏

不需要的宏可以被删除，操作方法如下。

步骤 1　打开"宏"对话框。

步骤 2　在如图 9-82 所示的"宏名"列表框中，选定某个宏，单击"删除"按钮，可将该宏从演示文稿中删除。

图 9-82　"宏"对话框

✎提示：删除的宏不可被恢复。

9.5.4 编辑宏

在 PowerPoint 中，宏是以 VBA 代码存储的，在 Visual Basic 编辑器中可以对宏进行修改，具体操作描述如下。

步骤 1 打开"宏"对话框，选择一个宏后，单击"编辑"按钮。

步骤 2 在 Visual Basic 编辑器窗口中显示了所选择宏的 VBA 代码，如图 9-83 所示。

图 9-83 Visual Basic 编辑器窗口

步骤 3 根据需要对其进行编辑，编辑完代码后，单击"文件"菜单"保存"命令，进行保存。

9.5.5 设置宏的安全性

宏可以使操作自动化，但与此同时，由于宏可能携带病毒，因此存在运行的安全问题。控制住宏的运行可以使演示文稿更安全，操作方法描述如下。

步骤 1 单击"工具"菜单，执行"宏"中的"安全性"命令。

步骤 2 弹出"安全性"对话框，在"安全级"选项卡中，可以根据需要设置，如图 9-84 所示。

步骤 3 设置完成后，单击"确定"按钮。

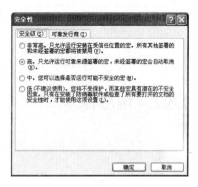

图 9-84 设置安全性

9.5.6 本节考点

本节考点主要是宏的录制、运行宏、删除宏 3 点。

9.6 语言与信息检索

本节主要讲解对文本进行检索翻译和指定拼写检查的语言词典等操作。

9.6.1 设置默认语言

PowerPoint 默认的语言为中文（简体），如果有必要可以将其更改，操作方法描述如下。

步骤 1 单击"开始"|"所有程序"|Microsoft Office|"Microsoft Office 工具"|"Microsoft Office 2003 语言设置"命令。

步骤 2 弹出"Microsoft Office 2003 语言设置"对话框，单击"可用语言"选项卡，如图 9-85 所示，在"请选择定义 Microsoft Office 应用程序默认方式的语言"列表框中，可以选择所需的语言项，单击"确定"按钮。

步骤 3 在"Microsoft Office 2003 语言设置"对话框中，单击"继续并丢失自定义设置"按钮，如图 9-86 所示。

图 9-85 选择语言

图 9-86 提示框

步骤 4 弹出如图 9-87 所示的对话框中，单击"是"按钮应用设置。

9.6.2 信息检索

使用信息检索可以对指定的文本进行翻译。

图 9-87 提示框

1. 对文本进行翻译

使用信息检索的操作方法描述如下。

步骤 1 单击"工具"菜单中的"信息检索"命令，打开"信息检索"任务窗格。

步骤 2 如图 9-88 所示，在"搜索"框中输入要进行检索的词，如"manager"，单击其下方列表框，选择一种"翻译"，在"翻译一个单词或句子"中设置将英文翻译为中文，如图 9-89 所示，在"信息检索"任务窗格中显示翻译结果。

单击这里设置翻译选项

单击这里设置信息检索选项

图 9-88　"信息检索"任务窗格　　　　图 9-89　检索结果

步骤 3　如果需要继续翻译其他的词，可以在"搜索"框中输入词，然后单击右边的"开始搜索"按钮➡执行搜索。

✍**提示**：如果要检索当前幻灯片中的某个词的信息，可按住 Alt 键，然后单击该词，即可启动对该词的信息检索服务。

2．设置翻译选项

单击该任务窗格中的"翻译选项"超链接，在如图 9-90 所示的"翻译选项"对话框中，可对有关翻译的选项进行设置。

3．设置信息检索选项

图 9-90　"翻译选项"对话框

为了增强信息检索的安全性，可以启用家长控制功能。

步骤 1　在"信息检索"任务窗格的底部单击"信息检索选项"链接，可打开如图 9-91 所示的"信息检索选项"对话框，单击"家长控制"按钮。

步骤 2　在"家长控制"对话框中，选择"启动内容筛选以阻止不良内容"复选项，如图 9-92 所示，在"为家长控制设置指定密码"框中输入密码。

步骤 3　在如图 9-93 所示的"确认密码"框中再次输入密码，单击"确定"按钮。

步骤 4　在"信息检索选项"对话框中可以显示一些信息，如图 9-94 所示，单击"确定"按钮。

图 9-91　"信息检索选项"对话框

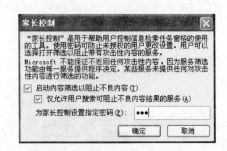

图 9-92　"家长控制"对话框

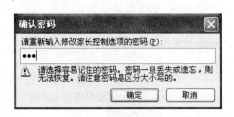

图 9-93　再次输入密码

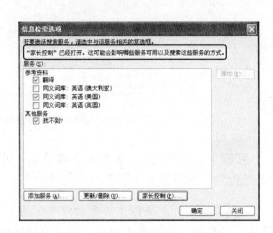

图 9-94　显示的提示信息

此时，在"信息检索"任务窗格中输入一个词后，单击"开始搜索"按钮➡，发现没有结果显示，如图 9-95 所示，再单击"翻译选项"链接后，显示如图 9-96 所示的"翻译选项"对话框，发现词典已被禁用。

图 9-95　不能执行信息检索

图 9-96　词典被禁用

9.6.3 拼写检查

1. 拼写检查文本

当幻灯片中存在许多英文单词时，难免出现一些错误，使用"拼写检查"功能可以帮助你快速找到错误的单词，并进行修改，操作方法描述如下。

步骤 1 用以下方法之一打开"拼写检查"对话框。

◆ 在"常用"工具栏中的"拼写检查"按钮。

◆ 单击"工具"菜单中的"拼写检查"命令。

步骤 2 如果页面中有拼写错误的单词，就会弹出"拼写检查"对话框，在"不在词典中"框中显示了有错误的单词，如图 9-97 所示，在"更改为"框中显示了所选的建议更正的单词，也可以直接输入需要更正的词。

步骤 3 单击"更改"按钮，可将错误单词修改。

✍ **提示**：有一些特殊的专业缩写词也可能被 PowerPoint 认定为是错误的，此时，不需要更改，单击"忽略"按钮，可以忽略这个错误检查。

图 9-97 更正拼写错误的单词

2. 对文本指定不同的语言词典

如果在幻灯片使用了多种语言，例如中文、英文、俄语等，此时，如果要进行拼写检查，就需分别为这些文本指定不同的词典，具体操作步骤描述如下。

步骤 1 选择要检查的文本。

步骤 2 单击"工具"菜单，选择"语言"命令。

步骤 3 在"将所选文字标为"对话框中，选择需要使用的语言，如图 9-98 所示。

✍ **提示**：在"将所选文字标为"框中选择一种语言，单击"默认"按钮，可以将其指定为默认的语言词典。

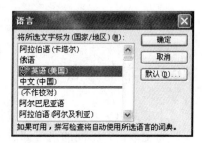

图 9-98 "语言"对话框

步骤 4 单击"确定"按钮，完成设置。

步骤 5 重复步骤 1 到 3，标记其他文本。

步骤 6 在"常用"工具栏中单击"拼写检查"按钮，系统将使用多种语言词典进行拼写检查。

为文本指定了语言词典后，该文本在拼写检查时将按照指定的语言词典进行拼写检查。

选择被标记为指定语言的文本，在 PowerPoint 窗口右下角状态栏上的语言指示器中可以查看是否生效，例如，如果已将选定的文本标记为葡萄牙语，则语言指示器显示"葡萄牙语"。

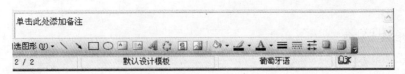

图 9-99　状态栏中的语言指示器

9.6.4　设置中文版式

不同的语言，对于标点符号的使用是不同的，当更改语言时可以对此进行设置，具体操作方法描述如下。

步骤 1　单击"工具"菜单中的"版式"命令。

步骤 2　在如图 9-100 所示的"版式"对话框中，单击"显示其设置"框右侧的按钮，在列表中选择一种语言。

步骤 3　选中"自定义"单选项后，可以在"后置标点"和"前置标点"框中输入一些自定义符号。如图 9-101（a）所示是"朝鲜语"的一些默认符号；如图 9-101（b）所示是"日语"的一些默认符号，如有必要可以自定义一些符号。

图 9-100　"版式"对话框

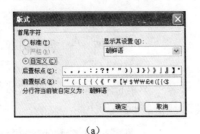

（a）

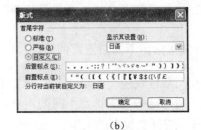

（b）

图 9-101　不同语言的自定义设置

9.6.5　本节考点

本节考点主要包括对文本进行翻译、设置翻译选项、设置信息检索选项、更改默认语言、为文本指定不同的语言词典 5 点。

9.7　本章试题解析

试　　题	解　　析
一、安全管理	
试题 1　为当前演示文档添加打开密码和修改密码，密码均为 123	参见"9.1.1 密码保护"
试题 2　用另存为的方式设置演示文档的打开密码为 123，修改密码为 456，然后将密码删除，最后用工具栏按钮保存	参见"9.1.1 密码保护"

试　　题	解　　析
试题 3　在当前文档中设置禁用密码保护	参见"9.1.1"中的"4.禁用密码保护"
试题 4　通过对选项的设置，要求在保存演示文档时从文件属性中删除个人信息	参见"9.1.2"中的"2.设置个人信息"
试题 5　通过设置演示文稿的属性（利用菜单命令），要求将作者改为"llh"	参见"9.1.2"中的"1.设置文档属性"
二、审阅演示文稿	
试题 1　为当前幻灯片中的文本框添加批注，批注内容为"请添加背景颜色"	参见"9.2.2"中的"1.添加批注"
试题 2　修改当前幻灯片中的批注内容（用双击的方法），在原批注内容的基础上添加文本和"边框颜色"	参见"9.2.2"中的"2.编辑批注"
试题 3　将当前幻灯片中的批注全部删除（使用工具栏上的按钮）	参见"9.2.2"中的"3.删除批注"
三、网络应用	
试题 1　在当前演示文稿中，设置网页发布后，显示浏览控件，显示白底黑字，显示幻灯片动画，且图形可以自动适应浏览器，最后预览效果	参见"9.3.1"中的"2.设置浏览选项"
试题 2　在当前演示文稿中，要求将其发布为单个文件网页，设置网页标题为"销售提案"，发布的内容为第 2 到第 4 张幻灯片，支持尽可能多的浏览器类型，使其在浏览器中浏览，其他设置为默认值	参见"9.3.1"中的"3.将演示文稿保存并发布为网页"
试题 3　在任务窗格中设置服务选项，要求在打开文档时始终获取文档和工作区的更新，获取更新的间隔时间为 15 分钟，在关闭文档时，从不更新工作区副本，在文档与工作区更新时显示桌面通知	参见"9.3.3"中的"3.设置服务选项"
四、与 Word、Excel 协同工作	
试题 1　已知当前打开了"项目进度表.doc"文档，要求将其中的表格粘贴到演示文档中，并显示为"无格式文本"（要求使用菜单命令操作）	参见"9.4.1"中"2.通过复制引用"中的"方法 2"
试题 2　已知名称为"项目进度表.doc"的 Word 文档保存在"我的文档"中，将其以链接的形式插入到当前幻灯片中，并显示为图标	参见"9.4.1"中"3.使用"对象"命令"中的（2）将现有 Word 文档链接到幻灯片中
试题 3　在当前幻灯片中新建一个 Word 对象，要求在页面中显示为一个图标	打开"插入对象"对话框，选择"新建"单选按钮，在"对象类型"中选择"Microsoft Word 文档"类型，选中"显示为图标"复选框，单击"确定"按钮。
试题 4　使用发送命令，将当前演示文稿发送到 Word 中，使用"空行在幻灯片旁"的版式，要求保持链接关系	参见"9.4.2"中的"5.使用"发送"命令"
试题 5　已知当前幻灯片中插入了 Excel 表格，要求从单元格 B3 开始，导入保存在"我的文档"中的"销售.xls"中的数据，具体为"一月"工作表	选择单元格 B3，选择"数据"|"导入外部数据"|"导入数据"命令进行导入

试　　题	解　　析
五、使用宏进行自动化处理	
试题 1　在当前演示文档中录制一个名称为"设置标题格式"的宏，不用录制操作，完成后删除该宏	参见"9.5.1 录制宏"，在"宏"对话框中删除宏
试题 2　设置宏的安全性级别，要求为"非常高"	参见"9.5.5 设置宏的安全性"
试题 3　通过设置宏的安全性，使得只允许运行可靠来源签署的宏，未签署的宏自动取消	设置安全性的级别为"高"
试题 4　为当前幻灯片中的标题文本应用"设置文本格式"的宏	选中标题文本后，参见"9.5.2 运行宏"
六、语言与信息检索	
试题 1　要求使用任务窗格，将英文"manager"翻译成中文	参见"9.6.2"中的"1.对文本进行翻译"
试题 2　要求使用任务窗格，将文本"技术"翻译成英文	参见"9.6.2"中的"1.对文本进行翻译"
试题 3　要求使用任务窗格，搜索 manager 的同义词库	在"信息检索"任务窗格中，输入"搜索"为"Manager"，在下方列表框中选择"同义词库"，单击"开始搜索"按钮
试题 4　要求使用任务窗格，搜索"管理"的所有资料	在"信息检索"任务窗格中，输入"管理"后，选择搜索类别为"所有参考资料"
试题 5　在当前幻灯片中进行拼写检查，要求按照建议更改每个错误	参见"9.6.3"中的"1.拼写检查文本"